全国少数民族文学创作

骏马奖

获奖作家作品精选集

东西 主编

作品精选

QUANGUO SHAOSHU MINZU WENXUE CHUANGZUO

JUNMAJIANG

HUOJIANG ZUOJIA ZUOPIN JINGXUANJI

石舒清

作品精选集

广西民族出版社

Gvangjsih Minzcuz Cuzbanjse

作者简介

石舒清，原名田裕民，回族，1969年生于宁夏海原县，1989年毕业于固原师范专科学校英语系，当过中学英语教师、县委宣传部创作员等，现为宁夏文联专业作家、宁夏文史馆馆员。写作以短篇小说为主，其短篇小说集《苦土》《伏天》分别获得第五届、第八届全国少数民族文学创作骏马奖；短篇小说《清水里的刀子》获得第二届鲁迅文学奖，根据该小说改编的同名电影获得第二十一届韩国釜山电影节“新浪潮”奖。

《全国少数民族文学创作骏马奖获奖作家作品精选集》

序 言

◎ 邱华栋（中国作家协会党组成员、副主席、书记处书记）

这是一套获得全国少数民族文学创作骏马奖（简称骏马奖）的作家作品精选集。骏马奖是由中国作家协会和国家民族事务委员会共同举办的，旨在奖励全国少数民族文学创作优秀成果的国家级最高奖项。骏马奖自1981年创立至今，已连续评选13届，对推动中国少数民族文学创作和提高优秀民族作家创作积极性产生了良好效果。这一奖项的设立，体现了党和国家的民族政策，体现了中华各民族的大团结，体现了各民族文学交流互补、共同繁荣的盛世气象，对中国的改革开放和祖国的统一发挥着积极的推动作用。

党的十八大以来，各民族作家在文学作品中自觉弘扬中华优秀传统文化，中华民族共同体意识显著增强，都在努力讲好中华民族共同体故事；继承和发扬爱国主义传统，自觉维护祖国统一、民族团结。许多作品展现了中国式现代化文明的新成果，全面、及时反映民族地区的发展变化以及中国式现代化的伟大成就，引发各族人民的共鸣、共情。

此次广西民族出版社推出的《全国少数民族文学创作骏马奖获奖作家作品精选集》，主要收录党的十八大以来，历届骏马奖获奖作家中的部分优秀作家所创作的作品，以此推动我国少数民族文化建设，增强各民族读者的“五个认同”，推动各族人民相互了解、相互尊重、相互包容、相互欣赏、相互学习、相互帮助，像石榴籽一样紧紧抱在一起。相信这些弘扬主旋律，有正能量、有感染力，能够温润心灵、启迪心智的文学作品以丛书的形式集中推出，能起到推动新时代民族文学融入现代传播格局，加强民族文学阵地建设的作用。

精选集包括了八位作家的中短篇小说集和一位作家的散文小说合集。这九位作家都是当代极具实力的创作者。他们分别是：满族作家于晓威、回族作家石舒清、藏族作家梅卓、仡佬族作家肖勤、回族作家马金莲、壮族作家陶丽群、蒙古族作家鲍尔吉·原野、布依族作家潘灵、壮族作家黄佩华。所收录的作品可以视为这些优秀作家近年来的代表作。这些作品各具特色，思想性和艺术性都比较突出。

有些作家的作品，呈现的是一种普遍的人类境况，或具有民族共同体成员的普遍性特征，深入人的心灵世界。如满族作家于晓威专注于对人性或人的命运与境遇的勘探，其《裙子的那种蓝》将两位人物的复杂内心与行为动机通过有意无意间的只言片语揭示出来，余音袅袅。《马桶》表面写的是男性和女性的不同思维方式，但背后是人和人的隔阂与疏离的现实，以及对沟通与爱的渴望，而深潜其中的忏悔、内疚与辩解纠缠在一起，呈现出心理的幽暗、隐微与内在冲突。《L形转弯》里对人物心理复杂性的描述，借助对真相抽丝剥茧的层层推进于峰回路转中完成，对那种爱恨交织的幽微精神世界的把握举重若轻。

回族作家石舒清对普通人、边缘人命运的关注，使其作品获得了一种超越一时一地的具体事件的普遍性意义。《淘书纪事》中，摆旧书摊的人是为了谋生获利，而淘书的人当时只是为了乐趣和喜欢，两种看似完全不同类型的人竟因书产生了一种不自觉的紧密联系。那些摆旧书摊的人，他们的命运，他们人生的意义，就这样与一位写书的作家关联到了一起，作家记录他们的行迹，也是为了映照自己的人生，从而形成了一种奇特的共生关系。而其《九案》选取九件旧案为题材，反映人生的各种乖张错谬，在那些看似离奇怪异、不易理解的人和事背后，几乎都有一个共同点在指引着读者对作品的理解，即事与愿违。《淘来的故事》及《慢光阴》的命意和叙事策略与《九案》相仿。如《记工分》一篇，本来似乎是一句道歉就能解决的小事，竟因当事人的固执与偏狭，导致了家破人亡的惨案。令人唏嘘之余，却也引人沉思，到底是哪些不可逆料的因素参与导演了悲剧。

现代教育与文化的普及，产生了一个重要结果，就是女性和男性一样，受教育程度和文化水平普遍得到提高，即使是在偏远的少数民族地区也不例外，所以涌现一批批少数民族女作家也就是顺理成章的事情。藏族作家梅卓的小说多以传统的安多地区为背景，既有融合历史、传说与现实的魔幻叙事作品，也有书写社会和时代巨变引发的人们思想意识和行为模式的剧烈变化的现实力作。《神授·魔岭记》将在藏族、蒙古族等少数民族间广泛流传的英雄史诗《格萨尔》中的英雄除魔故事，与藏族少年阿旺罗罗成为神授传唱艺人的历程交叉叙述，形成一个有机的双线（复线）结构，表现的其实是普遍的人类命运及人类理想。《在阿庆与多拉雪山之间》里，年轻一代接受了现代的文化教育，已经不再将传统的信仰视为神圣不可动摇之物，像才让甚至有可能是表面装着相信，其实却是借机敛财。作家虽然故意以模棱两可之辞制造悬念，才让的不辞而别显然已道破玄机，而他在外乡办学校的传闻，又使故事的含义变得暧昧与多重。

仡佬族作家肖勤的小说多以乡村、基层干部和群众的生活为题材，充满人世间的烟火气，同时常常以“曲终奏雅”来收束全篇。《你的名字》以人的名字与身份、命运的关系为切入点，在一种貌似戏谑的笔调背后，是对正道与人情的呼唤。《所有的星星都有秘密》写的是关于农村合作医疗资金被套取的故事，属于反腐题材，但作家没有停留在事件的表面，而是深入表现故事背后人物复杂的关系与内心。《丹砂》里的堂祖公为人驱魔却驱不了自己的魔，但他其实是个真正的好人，喜欢说“收了米油在手，不如存了丹砂在心”，免费教村里的孩子认字。当然，故事的核心是，有些秘密即使已经不是秘密，也还当其是秘密才能减少对人的伤害。

回族作家马金莲的作品多以底层弱者为关注对象，描写贫穷对人生活与生命态度的影响，特别是含辛茹苦的妇女形象让人印象深刻。《醉春烟》用多重视角来反映复杂的人际关系，姐姐和男孩的成长具有象征意味。中篇小说《日夜之间》设置了类似悬念又不能完全称之为悬念的叙事障碍，主人公赫莲如来到偏僻的乡下山野，为的是要“杀”自己的父亲——一个怪人。但在与父亲的相处中，她逐渐改变了自己的认识和态度。在大自然和人类自然情感的相互作用下，她开始与父亲和解，同时与自己和解。《暂借》里年近四旬的李小梅，吃自助火锅时偶然与一位男青年坐在一桌，最后误打误撞被别人当成了他的“女朋友”。善良的她没有揭破真相，有一些瞬间甚至感到无由来的幸福。小说通过一个意外事件将人内心的微妙复杂展现出来，构思精巧。

如果说马金莲笔下多以女性形象为主，壮族作家陶丽群则更加专注于对女性人物与命运的描述，有些篇章对人物心理的刻画非常深入。在《母亲的岛》里，岛是母亲走向经济独立、获得自我新生的空间。那个从异地嫁来的母亲，一直默默忍受丈夫和子女们的使唤，但有一天突然只身往孤岛去，自己开荒种地，养殖家禽。小说并没有交代她的动机，也没有指出结局，但非常明显的是，她想寻找属于自己的空间，而不愿再被当作丈夫和子女的附属品。《净脸》则是描绘人类对温暖的需要，莫老太给临终之人或逝者家属以安慰，而自己也从中获得某种解脱与宁静。几位女作家的写作，给读者的普遍印象就是细腻、幽微，甚至精致。

由于历史的原因，中国的少数民族普遍聚居于中国的边疆地区，对维护祖国的统一和领土的完整起着至关重要的作用，而其在生产方式和文化上既具有东方或中华民族的共同特征，也具有自身的独特性，展现出中华文化的丰富性和多样性。收入丛书的蒙古族作家鲍尔吉·原野的作品，既有散文，也有小说，主要以书写草原生活为主，视野开阔，气韵生动，而又情真意切，诚挚感人。《把干净的字排在一起》里写道，“鸟类、蚂蚁和月光都不需要说教，它们按着自己的轨迹轮回”，这可以说是对大自然最高的礼赞了。当然，我们的作家也没有天真到认为人类不会试图主导世间的一切。《草原上的小黄羊》里，善良的牧民收养受伤的小黄羊，因为没有报告有关部门而受到了批评，原因是不能“私自收养”。《跑步者》一篇，把一般人视为单调枯燥的跑步写得趣味盎然，但也涉及人的身体运用的复杂性，并不是简单地为健身和运动背书。

布依族作家潘灵的小说虽然也有边疆生活的背景，但每一篇都能自出机杼，别开生面。《太平有象》一语双关，将人民对美好生活的期盼写了出来。《奔跑的木头》通过两个各有残障的年轻人之间的故事，讲述历史变化与个人际遇的复杂纠葛，同时赋予人物性格一种复杂性。《被遗忘的戍者》读来令人唏嘘，那个“不知有汉，无论魏晋”的清代守边战士的形象让人难忘，相形之下，民国殖边队的几个人物反而有些面目模糊。小说最有意思的地方在于，守界者能活着并完成自己的使命，其实有赖于越界者。

壮族作家黄佩华的早期小说表现边远地区人们的生活与风俗习惯，如《远风俗》一篇就是代表，以一种古老的风俗“以弟为子”为出发点。他近期的小说以普遍性的题材为主，如《落叶》着眼于主人公的暮年生活，由其中风所引发的一系列情节，促使读者去思考如何养老这一现实问题。《乡村大厨》围绕着乡村创业展开，其背后是命运的转机问题。

总体来看，收入精选集中的作品题材丰富、风格多样，反映了新时代作家们的创作成果，是当代中国文学的重要收获。期待作家们创作出更多更优秀的作品，不负时代的重托，永攀文学的高峰。

是为序。

2024年7月7日星期日于北京

目　录

伏天

摘自短篇小说集《伏天》/ 获第八届全国少数民族文学创作骏马奖

羊虎子远远就看到那把锁子挂在牛粪屉屉家的门上。

羊虎子和牛粪屉屉都是有正式名字的，但大家偏爱叫他们一个羊虎子，一个牛粪屉屉。叫的时间长了，连他们也觉得习惯了，要是谁往人群里喊一声“牛粪屉屉”，就会有人在人群里自动应声，声明自己不是别人，正是牛粪屉屉。之所以叫他牛粪屉屉，是有原因的：他的脸，一哭一笑时都像稀牛粪屉屉；不哭不笑、一本正经时，又像干牛粪屉屉。说到羊虎子，却是因为他可以一边走路一边睡觉，佯佯昏昏的，大家就叫他佯昏子。佯昏子说：“还不如把我叫成羊虎子，睡着了是羊，醒来了我就是虎啊。”好，大家就把他叫成了羊虎子。

羊虎子走到门跟前，见那锁子像一只癞瓜子那样趴在门上，肚子上疙里疙瘩的有着一些图案。天热的缘故，在羊虎子眼里，那锁子真似一只晒热了的癞瓜子那样，肚子一起一伏，一起一伏。羊虎子探手去摸，又像被狗咬着一般迅疾将手拿回，原来锁子像一块火炭似的烫。羊虎子把烫着了的手指在裤腿上蹭一蹭，再看那锁子时，就觉得它与方才的神情很不一样了，它像是在昏睡中醒过来了，警觉地看着，似乎羊虎子要再动它一下，它就真变成一只癞瓜子咬他。羊虎子他们把青蛙叫作癞瓜子。癞瓜子不咬人便罢了，咬人可就是很厉害的。“呱儿，呱儿，我没牙，一嘴一个青疙瘩。”这句话就是专说癞瓜子的咬的。也真是怪，羊虎子真怕那锁子咬自己一下。羊虎子觉得那锁子真是会打瞌睡的，也是稍一惊扰就会醒过来的。羊虎子觉得与方才相比，现在它的颜色深黑了一些，从颜色上也可以看出，这癞瓜子一样的锁子是醒了。

羊虎子把方才被烫过的手指拿到嘴前面吹吹，眼睛却是谋划着看向锁子的，然后用衣襟将手掩护着，一下子擒住锁子。果然是好办法，不是很烫了。羊虎子用力一拉，就像吃冰棍的孩子咂嘴巴那样响了一下，锁子就被拉开了。羊虎子猛地被吓了一跳，手还隔着衣襟捏在锁子上。被拉开的锁子像脱落的下巴那样显得难堪又无奈，似乎连它也没有想到自己轻易就会被人搞成这副样子。它已完全没有了方才的警觉和自信，像个残废的人那样悬吊着半条腿，怎么踩也踩不到地上了。

羊虎子的心像网里的鱼那样跳着，汗由眉丛里生出，很快就溢满眼帘。他左右偷偷地掠了一眼，脖子里像有着一根棍子那样硬硬的。左右的巷道里什么也没有，阳光把两边墙根里躲着的阴影像雾一般晒得没有了。羊虎子又大着胆回头望了一下后面，棍子还像在脖子里，使他的回头缓慢而僵硬。也并没有什么人立在身后，只是一回头时恍惚瞥见了悬在一端的日头。他猛眨了几下眼睛，就觉得一连有好几个日头被眨落了，都飞落到地上来，像是落入地里面不见了。用袖头擦擦汗，竟有这么多的汗，自己像一个热气腾腾的水桶。一用力，锁子又锁上了。羊虎子松开锁子，衣襟却还在手里捏着。看锁着的锁子时，像又换了一种表情，不同于开着的时候，也与刚才锁着时有些不同，警觉是一点也没有了，也似乎无心思再咬谁了。

门是由几块旧木板拼合成的，木板之间有着好几道缝隙，缝隙看起来像是几道不规则的亮光，随着目光的移动，会看到那几道亮光有一些难以言说的变化。风吹日晒的缘故吧，木板都有些老朽了，和两边长着青苔的老墙倒是有一些谐调。有一条木板上钉了不少钉子，看样子钉进去已有不短的时间了，不知这木板原来是做什么用的。其实这样的门是用不着大锁的。但村里多是这样一些近乎老朽的门，这些门由几块木板拼合而成，用力在上面拍也拍不出多响的声音的。

锁子一锁，羊虎子镇静了不少。“我在他牛粪屉屉的家门上看看总是可以的吧。”他用这样的想法宽慰着自己。又前前后后看一番。日头当顶，村里几乎没有一片阴影。村里有着一种闷闷的静寂，似乎村里的人都受不了这暴晒逃走了，只剩下这白寡寡的废墟似的村子。

羊虎子望了门外面，心里安宁了一些，就开始望门里面。门里面是容易望到的，顺着一条条木板间的缝隙就可以望向院内。心一时像不再跳动。他看见正房的门锁着，灶房的门虚掩着，晾绳上搭着一两件衣服，早干得要变为相反的颜色。看到一只公鸡在窖盖上单腿站着，张着嘴喘气。看到院子里的果树纹丝不动地站着，叶子倒是绿着的，然而干干的，一片片看起来像是假的。从不同的缝隙里会看到不同的东西。

羊虎子又换了一条缝隙，眼睛往上面一贴，心又似网中歇缓的鱼猛地动了一下。他看到他要看的了，他看到它在的，在圈里。它一定是卧着的，羊虎子只是看到了它的一小块肚子，像有蚊蝇骚扰着似的，那一小块看在眼里的肚子不时会抽搐一下。在灼亮的阳光下，那牛紫红的颜色使人不敢久看。高高低低的墙头似乎被晒得要冒出青烟来。

羊虎子把锁子猛地拉开，又迅疾锁上。这一次连烫也没有顾忌，就似乎是不烫的。正午的阳光像晒一口大锅那样晒着大地。不知怎么一来，羊虎子已在门前没有了。门前的地硬而且白，一只脚印也没有留下。匆匆跑来两只蚂蚁，又匆匆跑散了，似乎被地火烧得无处逃遁。

羊虎子家的乳牛是半个月前闹腾起来的。原本这牛很温驯，甚至有些文静，毕竟是乳牛，又是大姑娘家嘛，就是和公牛、犍牛动不动就奋蹄瞪眼有很大不同。它吃草喝水都另有一番样子的，譬如喝水，就把唇轻轻地浸在水里，眼睛恬静地望着水面，水面上由远而近生生灭灭着一些细碎的水纹，它的眼睛很久也不眨一下，似乎不是在喝水，而是在看水，在与水轻轻地相吻着。直到水渗漏一般缓缓沉下去时，你才觉出它是在喝水，自始至终，听不到一点粗鲁的声音。就是这样宁静有致的一个丫头，突然间变了面孔，在圈里跑来踏去。草一下一下被它拱到槽外面来；水刚放到它面前，喝两口，猛地一头顶翻；墙也被它撞出了一块一块的白印。这倒罢了，它还叫。它从未用这样的声音叫过，这样的声音听起来叫人坐卧不宁，五心烦乱。有一天它竟把栅栏门撞得粉碎，跃出来在院子里一顿疯跑，险些将羊虎子蹲着拉屎的儿子踩着了。

羊虎子就以为这牛得了病。牛得病比羊虎子自己得病都叫他难过，犁地、摆耧、驮水，样样活计都靠着这牛的。

后来还是羊虎子娘，到底不能再忍，就对羊虎子说："姑娘大了要嫁人的嘛，这牛娃是长大了，人牲一理，赶紧给它找个泡牛吧，这牛是想给咱们下牛娃子了。"

羊虎子他们把公牛叫泡牛。

原来是想泡牛了。

原来是想下牛娃子了。

一头牛有望变成两头牛，自然是羊虎子再高兴不过的事。

夜里羊虎子对媳妇说："了不得，了不得，乳牛想起泡牛来了不得，这还算是个姑娘家吧，想起泡牛来命都不顾了，羞丑都不顾了。"

又问媳妇："可曾像乳牛娃想泡牛这样想过男人吗？想得没办法了怎么办？"

媳妇说："人总是人啊，就是和牛一样想，就是想死，也不能和牛一样蛮干。"

因为家里有了这样一头牛，羊虎子和他媳妇在夜里就不免生出一些事来。

羊虎子牵着乳牛娃，像一张悄悄撒到海里的网那样出现在牛粪屉屉的门口。乳牛娃原本在脖子下面有个铃铛的，走停之间会发出一种悦耳幽娴的声音来，此刻却没有了。在羊虎子又警觉地向四面看时，乳牛娃闲闲地事不关己地甩着它修长的尾巴尖。

锁子又像脱臼的下巴那样被拉开了，羊虎子拿它下来装入口袋，口袋沉甸甸的。然后他像贼似的一推门，门像做梦的鸡那样呜了一下。羊虎子又迅疾地向四下里一望，就把牛牵入去，门自己闭合着一般从里面关上了。羊虎子用旁边的一把铁锹顶在门上，又堵了一块石头，便匆匆拉了牛走。也许是他走得太快的缘故，走在身后的牛似乎在向后拖着。绳子一松一紧地震颤着，在阳光下震颤起一些尘土和毛屑。牛也加快了脚步。羊虎子轻车熟路地把乳牛娃牵到偏僻的牛圈里去，还没到那里，就听到里面轰隆一声响，原来是那头高大的泡牛站了起来，一边摇晃着臀部，一边把头从围墙上探过来。

羊虎子觉得被日头晒白的墙面上不断地开出小小的花来，花朵闪烁迷离，使他有些眼花，而且他手心出汗，脚下面总有一种踩着棉花似的暄软无力的感觉。他打开牛圈门，把乳牛娃放进去，然后就在外面焦灼地望着，又频频望向街门那里。汗像油似的从他的脸上溢出来，使他的脸亮亮的，显得闹哄哄的。乳牛娃像是被吓住了，紧贴着墙根一动不动。泡牛高出乳牛娃至少一尺。它先是在乳牛娃的脸上、耳朵上、脖子上使劲嗅，像在辨析一种什么味道。乳牛娃半闭了眼睛任它嗅，但它显得拘谨又不安，紧紧地贴着墙根。羊虎子紧张地看着，任脸上的汗水向下流。只将快流入眼里的汗水用手背蹭一蹭，他把更多的目光投向街门那里，嘴里轻轻吆喝着一些什么。但是当泡牛一路嗅到乳牛娃的后胯那里时，乳牛娃猛地一吸腰身，蹿向前面去了，受辱了一般的泡牛跑上去在它的肚子上顶一头。羊虎子猛擦了一把汗，推门进去，将鼻孔张开着的乳牛娃捉定在那里，一边用手不断地在它的脖子上安抚着，一边目光紧张而散乱地看着。泡牛依然嗅个不已，依然用头轻轻顶乳牛娃的肚子，依然嗅它的胯部。羊虎子抓牢乳牛娃。羊虎子急坏了，汗似乎全往眼里流，涩得厉害。“妈的，这牛一点也不会来事。”羊虎子心想。好不容易嗅到位置上了，乳牛娃又猛地向前一蹿。羊虎子再次把牢它。泡牛却又来顶乳牛娃的肚子，一记一记轻轻地顶，像在恳求一个什么。“没用的东西。”羊虎子骂出声来。羊虎子急坏了，他想弃了乳牛娃去引导泡牛。就在这时候，像一座小山丘飞起来一样，那泡牛凌空飞起了前蹄，然后像一个黑乎乎的屋顶那样落下来，稳稳卡住了乳牛娃的身子。乳牛娃又要前蹿，羊虎子死死将它向后抗住。他看到那泡牛的脸时而硕大起来，像一张亘古未见的狂奔中的巨脸，时而又远退去，在骤然的远退中，他看到那不断缩小着的巨脸给人一种难以言述的幻变感。乳牛娃的腰塌着，不断地倒腾着四蹄，以便站立得住。羊虎子死死地抗住乳牛娃，像抗住一座大震中的房子那样。他头晕目眩，胆战心惊，又莫名其妙地有些幸灾乐祸。阳光痴白地亮着，无数繁盛的小白花在他眼前盛开不休。

先是，羊虎子来找牛粪屉屉，想借用一下牛粪屉屉的泡牛。

牛粪屉屉铲着果树坑儿里的杂草。铲子在盛草里出没着，亮得蜇人的眼睛。

羊虎子蹲下来用手帮着拔。

“你不要拔，你不要拔。”牛粪屉屉说。

羊虎子还是拔。

羊虎子说：“今年是个马年，马年就是不一样啊，今年庄稼是成了。”

牛粪屉屉说：“马年就是不一样。”

羊虎子说：“你的麦子我看了，比我的麦子俊啊，尤其坎里那一块，俊得使人爱呢。”

牛粪屉屉说：“都俊着呢，都俊着呢。”

他们用“俊”来形容长得好的五谷。

羊虎子说：“还是你的麦子俊啊，不是我说，大家都说呢。我上的化肥多了，上多了化肥也不好。”

牛粪屉屉说：“只要有雨，没化肥都成。”

“对啊，对啊。”羊虎子一边说，一边忙不迭地点着头，想着怎么把话一下子过渡到牛身上去。

后来羊虎子还是直陡陡地问了。

“老哥，我今儿来也不是闲来，麻烦你帮个忙呢。”

牛粪屉屉就警惕地看了羊虎子一眼，说：“帮嘛，能帮的话就要帮嘛。”

“不管咋说，你得帮我一下，老哥，我想用一下你的泡牛。”

羊虎子对住牛粪屉屉疑惑又茫然的眼睛继续说：“老哥，我的乳牛娃到行犊的时节了，这些日子闹腾得一家子不得安宁，因此想用一下你的泡牛。”

牛粪屉屉早已停止了铲草，他将手里的半把草紧握着，眼睛白寡寡地睁着，看来不全是看着外面的。他像遭到突然袭击那样在很短促的时间里想着对策。

“村里就两头泡牛，你知道，那头没你的这头攒劲嘛。”羊虎子说。接着，像又慢慢想起来似的说：“当然不白用，这个事情是很费牛的，这个我知道，我掏上五十元钱，给牛买点好料补补。”

这样的时候牛粪屉屉的脸最像一块牛粪屉屉，说稀不稀，说干不干。牛粪屉屉又缓缓挥起铲子了。

“老哥，这个忙你得帮我。”

“六十吧。再加上十块，六十块。”

羊虎子说着也一下一下拔起草来，手看起来木木的，心思显然不在拔草上。

牛粪屉屉铲着草说：“羊虎子，现在是伏天啊，伏天的牛累不得，这你不是不知道啊。”

“我知道我知道，可是你得帮我，我不找第二个人了。”羊虎子死皮赖脸中带着一些尴尬。

牛粪屉屉说：“要不是伏天，倒是可以的，伏天是万万不敢的。要在冬天，你不说钱的话都成呢，现在实实在在是伏天嘛。”

“老哥，你……”

但这一次牛粪屉屉不待羊虎子说完，就抬起头，看住羊虎子，明白无误地说：“不成啊，羊虎子，伏天不成，你知道，不敢嘛，要是你的牛你也不会吧，这不是个钱不钱的问题。”

话说到这一步就算是说死了。

便不再提这个话头。羊虎子觉得一时还不好走脱，怕突然走掉让牛粪屉屉以为自己生气了便不好。而实际他已经生气了。正好牛粪屉屉说要到地里看麦子，两个人便一同出来。牛粪屉屉一边走，一边将一把大锁子锁上拉开，锁上又拉开，似乎这锁子是无须钥匙的。羊虎子觉得这锁子奇怪，但也没有多话。出了门，牛粪屉屉似乎也困窘于一下子不能走脱，就以抱歉的声音说：“真的，要是冬天，你拉到你们家去行犊都成，现在这个天气呀。”他说着仰观了一下日头，将头摇了摇，咔嚓一声上了锁子。

淘书纪事

原载《中国作家》2009 年第 2 期

我是2000年搬到银川的。转眼之间，已过去八年。当着专业作家的缘故，我与社会的往来是很少的。当有人问及我有什么业余爱好，我答为逛旧书摊时，问的人就会笑起来。笑的人自是有其笑的理由的。但逛旧书摊，确系我一大嗜好。这些年逛旧书摊，给我的生活平添了不少的滋味和乐趣。闲暇无事之际，想一想那一个个摆旧书摊的人，想到他们的喜怒哀乐，想到他们和我讨价还价的时候，相互之间那琐碎而微妙的心情，也是有些意思的。人生在世，许多人和你并无关系，只有少许的一些人和你有关系，也正是这些关系构成了你的人生。一天逛旧书摊时，我忽然想，我们之所以循声而来，正是因为有这样一些摆旧书摊的人；而如果没有我这样一类人，摆旧书摊的人也是不可能存在的。

这样的想法竟使我暗吃一惊，像是无意中窥见了一个秘密。

人就是这么互相刺激和诱惑着活了下来。

人生的趣味和收获难道就这么一点吗？这说来是让人悲观的，但是，只要是投身其间，个中的用心和乐趣也是大得很呢。可以说是死而不已。譬如像我这样的人，要是有一套自己喜欢的书没能收归名下，那是死难释怀的。

明白了这些摆旧书摊的人在构成着我的人生时，我不得不对他们郑重起来，像对待自己郑重一样。我想要是把他们一一记录下来，就如同写了一份自己的传略。

·老王·

老王是北京人，回族。他常常和他的女人一同出来摆书摊。老王中等个头，总还是有着一些北京人的气概。尤其一开口时，使你禁不住要再看他一眼。这一看时，就会觉得他和你刚才所见的那个人真是有些不同。就是这样，有些人只要开口说话，就会立即改变你对他的印象。老王六十开外。他身上的许多东西你不可能一眼就看个透彻和全面。他是很懂书的，你拿起一本书，他会从内容、版本等多方面给你讲上一通，使你觉得他在这方面是个行家。想书价一定是不便宜的，行家总是不会贱卖的。但老王虽能说得头头是道，却并不讨高价的，他要出一个价钱来，使你觉得正中下怀，有时候比你预想的价格还要低一些。这自然是很让人高兴的。好像他那样鼓动口舌说上一通，并不是要抬高书的价钱，只是他愿意这样说一说罢了。这样说一说，在他是很需要的，也是很能使他满足的。他这样说的时候，他的女人立在一边，不断地给听的人递着眼色，意思是“看哪，老家伙又在显摆了”。但看她的眼神还是很为此得意的。她的得意是掩饰也掩饰不住的。

她要比老王年轻一些（后来才知道他不是老王的原配），个头很高，身材也是不错的。年过半百了吧，但她还穿牛仔裤，穿上也是很好看的。不看她的脸，只看她的身材，会觉得她更年轻一些。她虽然不过在街头摆着书摊，穿戴却是很讲究的。好多次，人们都把我误作了摆书摊的，而把她看成了顾客，只不过是累了，坐在一边的椅子上休息的客人。这使我很沮丧。我许多次都被人当作了摆旧书摊的，向我问询着书价。这时候我是不愉快的，态度也不是很好。其实回头一想又是多么可笑。她很多时候都戴着口罩、手套。听说她是在跳老年健身操的。她也是回族，银川本地人，有时好像记起自己是个回族人了，就戴一顶白帽子，这样的时候大都在斋月。斋月她还是很讲究的，不光是戴白帽子，斋也是封着的。她知道我也是回族，便问我封不封斋。总之，只要是回族，对封斋的人还是有好感的，情感上会更近一层。

开斋节时，我会在清真寺里碰到老王，他也来做礼拜。他戴一顶礼拜帽，因为时常不戴，突然戴了白帽子出现时，会使我感到很突兀。我一定也使他觉得突兀了吧，因为我也戴着礼拜帽。城里的回族是不大戴礼拜帽的。一年戴礼拜帽不过三天。这里面的意味一定也是很深的。在清真寺里见了面，老王会显得很亲切，忽然会紧握住我的手，其实我们也许昨天就见了面的。而且他会那样动情地向我笑着。那样的笑，在书摊上，我一次也没有见过。我觉得在清真寺里见到的老王就像是另一个老王。

斋月一过，他的女人也就不戴白帽子了。她的头发稍显稀疏，但是很少见到白发，梳洗得很周正。毕竟她年龄大了嘛，我要比她年轻得多，却已经是白了头发，就觉得是可以这样问的，于是就问她："头发这样黑，染过没有？"她就带些自得地笑了，说："想染得很，就是没钱啊。"这明显是得意的话。也许正是要卖派自己的头发，她才不戴帽子吧。当然不会这么简单。

这个女人，和气得很，但是我们这些买书的人却不愿见她，希望最好是老王出来卖书，她待在家里不要出来。她卖书，是卖不了几本的。为什么呢？她的书总是卖得很贵。譬如老王要五元的书，她就会要个十元、八元，老王要二块、三块，她就会要五块、六块。有时候老王和买主已经谈好了价钱，她像一个长颈鹿那样，显得警觉地过来了，把书拿过去翻上几翻，说："这个书怎么三块就卖呢，昨天谁谁谁给了五块也没有卖，这可是名著啊。"书上真的有"名著"两个字的。买主笑一笑，扔下书走了。这时候老王就会受到她的埋怨，说："你这样的买卖，还不如直接拱手送给人呢，还落得一个人情。"老王向一边看着，一副有理无法说的样子。老王总归是有些怕这个女人的。有时候人问价时，老王就会指一指坐在一边嗑瓜子的女人，说："问她，人家是掌柜的。"但这样子就会使生意有些萧条。说来还是老王会做生意，薄利多销嘛。老王的女人她是想一下子就挣够。

常常听到她在跟买主争竞，说："这还贵吗？书店里一本新书多少钱？"买主说："你这不是新书啊，你要是新书你也不摆到这里来了。"这话老王的女人是不爱听的，就把书从顾客手里拿过来，说："你给多少钱我也不卖给你了，你走吧，连个话也不会说。"她实际上并不懂书，总算是在老王的调教下，知道古籍出版社、文物出版社出的书是好的，中华书局、商务印书馆出的书是好的，只要是这些出版社出的书，对不起，她都会给你开出高价来。

老王两口子，其实是退休工人，有退休金的，摆书摊只是打发岁月，顺带补贴家用。做生意更是应该注重"和气生财"之道。但这个女人却似乎就是要凭卖旧书发大财。当然和气她倒是很和气的，她只是索价高罢了。

和其他许多旧书摊相比，他们的旧书摊是很干净、很有秩序的。譬如他们把书摊分成了几小块，每一小块都有各自统一的价格，写在一片硬牛皮纸上，竖在那里。字是老王写的，很见功夫。最大的那一块没有标明价格，这一块就是老王两口子认为的好书，是需要议价的。这样一分布，看起来就很分明。有时老王不出来，由他的女人一个人出来摆摊，和她做买卖实在是叫人头痛的，但是这样一块一块地标明价格，就好办了，议价的那一块我就不去，我就买你已经标明了价钱的。譬如这一小块，标明是"每本两元"，那我就只需拿起书来，交你两元钱罢了。这是很便当的。老王不在时，我就买标价书。由于各人对好书的看法不同，角度不同，有时他们认为不好的书流落在标价摊内，我一看，心里暗暗高兴，那正是我需要的好书，于是脸上装作风平浪静的样子，上去给她交钱。按说这样不该出什么事的，但后来她也渐渐起了疑心，总认为我收到的书一定是好书，就拿在手里翻来覆去地看着，似乎要从中看出个究竟来。我知道她是后悔了。我就说："你看，这不是商务印书馆的书，也不是中华书局的书，要不是两元钱，我也是不买的，买上也只是闲了翻翻，其实是可买可不买的。"她听着，似信非信地点着头，将书有些舍不得地给我。这使我不愉快。于是有一段时间，当老王不在，或者她干涉老王太甚时，我就和朋友约好了，不买她的书。她的女婿小唐就在她的旁边摆着书摊，我们就故意流连在小唐的旧书摊上，买许多书；也会在她的书摊上转悠，但是一本也不买。

这样几次后，她似乎意识到了。我们再和老王议价的时候，她就躲得远远的不再过来，等我们买好书，她就讪讪地走过来，故作惊讶地说："哎呀，今儿买了不少书啊。"我们就把这话重复一遍，说："今儿运气好，买到不少书。"看来她也在慢慢变化的。这就对了嘛。其实我们清楚，他们的书是从收破烂的人那里弄来的，当然不是按册来买，而是以斤论的。能挣上一点也就行了，不能指望这个发大财。当然人家指望以此发财也是人家自己的事。但这样一来，买卖就做不下去了。

还有过这样的事，一次我买到几本书，已和老王谈好了价钱，老王的女人一直盯着这一边，眼看着就要过来巡察。我有些紧张，只想交了钱早早走开了事。但那女人终于是站了起来，向这边问是多少钱，老王大声说多少多少，就让她重新坐在了椅子上。其实老王报的不是实价，要比实价高出许多，老王一边报价一边向我递着眼色，有些忍俊不禁的样子，好像是这样一来把老婆子给捉弄了，而且捉弄得很成功呀。我有些感动，加了两元钱给老王。老王当然是不收的。

这样一些买卖想来是很有意思的。

要是出摊时老王的女人不在，只有老王在书摊上，我会喜出望外，立即给经常同逛书摊的朋友打电话，约他快来。他也很快会来，而且也是喜不自禁的样子。我们都因此会有一种渴者得井的感觉。毕竟老王的书摊上，好书多，书的品相也好。这是很难得的。老王的女人不在书摊上的时候，我们和老王买书，心情是有些异样的，有着一种从事秘密活动的新奇与喜悦。就好像得知警察休息了，小偷们可以放任地偷一场了一样。真好像是这样的心情。

露天摆书摊，是很受罪的。下雨下雪不用说了，这样的天气是不能出摊的，但有时候好好的天气，突然会下起暴雨来，收拾不及，会损坏很多书。刮大风的时候，几乎每一本书上都要压一个什么，还要给吹落去，刮得哗哗响。冬天出摊也是很遭罪的。那样的时候，老王的女人全副武装，把自己包裹得只露出两只眼睛。老王戴着大耳檐帽，在下巴下面紧紧地系住。那样冷的天气，街上没多少人的，但只要他们出摊，我们总还是要去的。买书就是要多跑。你不知道哪一次会碰上好书。我去逛书摊时，老王的女人会说："这么冷，还往外跑啊。"

这是用不着回答的，笑一笑就是了。

摆书摊的人最头痛的是城管，银川分两处旧书摊点，一处在老城，一处在新市区。老城那处是在一道深巷里，有着二三十个摊点。不知为什么，他们很少被城管干扰。新市区就不同了，也是不知道为什么，城管对旧书摊管得很严，其他摊点都可以摆，就是对旧书摊驱赶得厉害。因此，摆摊的人也是没有定所，两天在这里，两天又在那里。我知道了这一点，有时候骑着自行车，会信马由缰地逛来逛去，说不定在什么地方就能碰到一家摆书摊的。我们见了面时，眼神里的意思是很丰富的："原来你在这里啊！""在这里也给你找到了啊！"类似这样一些意思通过眼神交流着，使我们一时觉得亲近，似乎买卖倒成为次要的事了。

见过多次城管驱赶旧书摊的事，有时甚至是连书带三轮车一起没收。这事情不是与我无关的。这等于是剥夺了我的一项乐趣。没有旧书摊可逛的日子，在我是不可想象的。但也只能眼睁睁地看着他们把书装在三轮车上，连同摊主的三轮车不容商量地拉走，敢怒不敢言。城管们这样不容旧书摊，总归有着他们的理由吧。凡事都是有其理由的。

有一段时间，街上曾经有旧书摊的地方被清理得很干净，然而也是很冷清。我觉得这样的干净并不见得是好的。

就像是把一张床改制成了棺材那样。收不到旧书的日子是很寂寞的。于是约了朋友，直接到摆旧书摊的人家里去淘书。

事先会打一个电话，征得同意，于是就兴冲冲前去。

前几天还到老王家里去淘过一次书。却是没有打电话，直接找上门去。正好老王两口子有事，要出门的样子。但是我们恳切的意思两个人都看出来了，就商量着两个人谁留下来陪我们看书，谁出去办事。

我们当然是期盼着老王留下来。

最后是老王留了下来。老王的女人和他们的小女儿出门办事去了。老王的小女儿个头很高，但是并不漂亮，学医出身，好像还没有找到工作。老王的大女儿，也就是小唐的妻子，却很漂亮。那女人穿牛仔裤时，修长的双腿很是能吸引人的眼睛。她的性格也比妹妹好。老王的小女儿总给人一种试管一般的冰冷感与单调感，而且身上总是有酒精味似的。她还喜欢撒娇，那么大的人了。

老王的家里是很干净的。

我和朋友多次来过老王家里，一个突出的感觉是老王的家里很干净。

那天中午，趁着老王的女人不在家，我们在老王家里饶有兴味地花去了好几个小时，不虚此行，我们都淘到不少书。我收到一本民国版《鲁迅小说集》，老王的索价低得让我意外，同时还收到几本中华人民共和国成立初期及“文革”期间的日记本，大都空白着。我也是乱收，随着淘书的时间越来越长，兴趣也越来越广泛。私心里真是想当一个博学多识的人了。我还收到一幅字，可惜只有上联，不知作者是谁，但是字是写得很有功夫和味道的。我让老王找到下联时一定给我。

我和朋友淘出来的书摆了大半个茶几。

真是收获不小。

老王也很高兴。

算账。老王算多少，我们给多少。这是没有二话的。

买卖做得如此圆满真是不多有的。

老王把我们淘得的书分装在塑料袋里。我们拎着书袋出门时，那种沉甸甸的收获感真是难以言表。

时间不经意间已经过去了许多，楼影在前面铺开了一大片，我提议朋友赶快走。他心领神会。

我们快速地走着，都有些担心碰上老王的女人。

· 小唐 ·

小唐是老王的女婿。

大高个，衣着朴素。我们相识快十年了，印象里他一直就是那一身衣服。也许他总是穿深色衣服的缘故。他很少言笑，言笑总似有些不得已。他的神情是有些忧郁的。在书摊边的三轮车栏上坐着，无人买书时，他就偏着头，有些出神。像是并非书摊的主人，而是受雇照看着这个书摊罢了。他抽烟很凶，一根接一根地抽。我忘了看看他的烟是什么牌子。

小唐是有工作的，在什么厂里当工人，因此只在周末出摊。其实他的女人可以出摊的，但那女人似乎不堪此用，或者她自己不愿摆书摊吧。想来他们夫妻俩为此一定是争论过。她是没什么工作的，日复一日待在家里也不是个事啊。出去摆摆旧书摊，既过得充实，又可以挣几个小钱贴补家用，何乐而不为呢？小唐一定是这样劝过。但小唐不出来的时候，很少见他的女人独自出来摆摊。

近几个月，也许是实在受不了家人的唠叨，加上年岁渐长，认识到生活毕竟是不容易的吧，她终于拉下脸来，偶尔出一次书摊。就摆在老王的书摊旁。也许她的出摊跟老王两口子是有些关系的。女婿说不动老婆，就会找丈人、丈母娘发些牢骚，这要比直接劝说老婆管用。他们一定有过谈判和条件的。譬如女儿说："我摆出去就行了，我可不会做买卖。"老王两口子要的就是她这个话，只要能出来摆摊就行了，买卖他们老两口可以给张罗着做。实情也是这样的。

那女人到书摊上，总是有些心不在焉、魂不守舍。有时候顾客问书的情况，她会吃一惊，像从梦境里醒来。她好像对书摊的情况完全不熟悉，顾客问书价钱时，她比顾客还要茫然。"你等一等啊。"她说着，拿起书，去老王的摊点上问价钱了。她总是问她的母亲。这就容易使她的书卖不出去。书卖不出去，她又是很容易受打击的样子，好像因此受了不小的挫折。但因为她的好看和独特，书摊上流连不去的顾客还是不少的。有的顾客好像醉翁之意不在酒，或者是起了怜香惜玉之心，她从她母亲那里讨得一个高价时，顾客也乐意痛快地掏钱出来。她就红着脸接过钱去，装在一个系带很长的挎肩小包里。看得出做成一桩生意她还是有些兴奋的，只是这兴奋容易稍纵即逝。

买书的人多时，老王两口子就会分出一个人专门照料女儿的旧书摊（多数时候都是老王过来帮她料理）。这时候她就完全成了一个局外人的样子，饶有兴味地看着老王和顾客讨价还价，事不关己，乐观其成的样子。那一刻她的神情真是灵动又妩媚，使人看在眼里，不能不多生感慨。

小唐周末出摊时，她偶尔也会跟出来。小唐似乎倒不希望她出现在书摊上。因此，她总是晃上一晃，就到旁边的书摊上和母亲神神秘秘地说点什么，给老王暗暗做一两个鬼脸，就不见了。小唐到近旁的饭馆里吃饭时，她也会帮着看看书摊，只要小唐从饭馆里擦着嘴出来，她就会离开。我有几次听到她离开的时候，轻声向小唐说“拜拜”，手指尖从衣袖里出来摆一摆。但小唐并没有什么表示，只是打一个嗝，像没有听到什么似的。等她走远了，向她的背影瞥去一眼，也说不清他的眼神里究竟是什么意思。

小唐对书的了解，不及他的丈人。但是他的书最大的一个特点就是品相好，他说脏兮兮的书他从来不收。他卖书也不胡乱要价，差不多就行了。很多时候都是一次性成交。偶尔他自以为重要的书，他会下了决心一般要出一个高价来。要出高价后，不知为什么，小唐的表情一时会显得严峻，也不再看你的脸，而是定定地看着一个方向，等你做决定。这时候你要说不买，他就会立即偏头对你笑一下，点点头，一副很释然的样子；但相互间熟悉了，不买的话是难说出口的，于是估摸着还出一个价钱。小唐说："其实我要的不多的。"话虽如此说，但买卖已经做成了，他已经找塑料袋装书了。和小唐讨价还价，不曾超过两轮。

我也到小唐的家里淘过书，去过多次，和朋友一起去的。

小唐的住处很远，但因为是要去淘书，就不觉得远。那是一个很大的小区，常常看到一幢幢楼下有人围成一圈，打牌、打麻将。小区里也种着不少树，但不知种下多久了，树都没有长高，仅仅是高过了放自行车的平房。而且像城市里的游狗一样，显得萎靡而失神。即使有小风吹过，树也懒得翻动叶子。但那些楼还是不错的，像碉堡一样，显得结实，很能耐久的样子。听说这里住着八千多人，而且都是某厂的职工。某厂是20世纪70年代由外省迁来的。其中来往的男男女女一打眼就可以看出，和本地人有着一种明显的不同。我第一次来这个小区时，竟有来到了另一个城市的感觉。

这样说来，一个城市其实是很大的，任何一个城市都是这样，总是比我们所以为的要大，要丰富许多。一个人其实是很难全面感知一个城市的。

小唐和他的父母住在一起。感觉他们的住处是不大的，好像只是两室一厅，不知一家三代人是怎么住的。但小唐的女儿还小，一两岁的样子吧。小唐的父母都还很年轻，尤其是小唐的父亲，简直像是他的一个兄长。这一家是很讲究的，总是看到小唐的母亲戴着穆斯林的头饰。但是这家人的生活好像有些压抑，很少听到说话声。小唐的父母都面色淡然而冷漠，似乎是自己不愿意说话，也厌恶别人说话。小唐的母亲穿着一双拖鞋，怕裤脚落到地上，挽着裤腿，在屋里走来走去，做这做那。她好像是带着一些不满在做这些的，好像谁把这屋子里弄凌乱了，使她不得不如此收拾。其实屋子里是很干净的。她走动时，拖鞋就会咯吱咯吱响，使这屋子里显得冷清又空寂。有时会看到小唐的父亲从一扇小门里出来，不见了，上卫生间去了吧。他似乎只是在远处闪一下身影，不大到客厅里来。因此，屋内安静的时候，不见他的身影的时候，你不敢肯定他是不是就在哪个小屋里一声不响。小唐吃饭的时候也是闷声不响的，只是低头吃饭，他的女人有时会端出一碟菜来，往他的眼前一递，等他夹上一筷子后，又拿回去。就是这样的一个家庭。

说来这家里最活跃的还是小唐的女人，她虽然也穿着拖鞋，也是轻手轻脚地来去，但是却带着一些舞蹈的样子。她还会表情夸张地低着声音和小唐说什么，似乎这样收敛着声音，要是表情再不夸张一点的话，她会受不了的。小唐不看她的表情，只是嗯嗯啊啊地应付着她的问话。他似乎还拿她当一个孩子，而且拿她没有办法。也许他一定是暗暗地调教过她的，让她守规矩，让她不要这么没大没小，不要这么轻狂，但是她的性格就是这样的。这就没什么办法了。一定是她流过不少眼泪，他费过不少神，才成了今天这种表情夸张、低声说话的样子，还要让人怎么样呢？

小唐的女人在婆婆身边走过时有些特别，她就像在冰上那样，近乎小跑地从婆婆面前过去，两个人谁也不看谁。屋子里的过道是很逼仄的。因此，当媳妇从身边经过时，当婆婆的就立住身，有时甚至是将身子侧着，好让媳妇过去，但是她面孔严冷，嘴唇抿得很紧，明显是在忍耐着的。好在这样的忍耐她似乎也已经习惯了。小唐的母亲有时会抱着孙女在客厅里走来走去。只要孩子一哭，小唐的媳妇就会把女儿从婆婆怀里接过去。婆媳之间在这一瞬也是没什么交流的。逗弄女儿笑的时候，小唐的女人偶尔会有些忘情，忘情到声音大起来，她总是叫女儿宝宝。在这样冷寂的环境里叫女儿宝宝，不知为什么，总是使人觉得有些异样。她还晃动小玩具和女儿玩，还把女儿举得高高的，这时候小孩子就会发出一连串清脆的笑声来，她也笑着，气喘吁吁地笑着。这笑声使人不安。虽则我们只是偶尔去一下她家，也不是去做客，只是淘书而已，但似乎已经习惯了她家的那种特别的冷寂，因此她们的笑声会莫名地使人不安。

果然在门道的阴影里会看到小唐的母亲，她抿紧嘴唇，冷峻地立在那里，使过道显得幽深又怪异。但是这母女俩都玩得忘情，似乎都顾不上向她那里看一眼了。

也许那做婆婆的也拿这样一个儿媳妇没什么办法吧，她完全不是故意这么做，完全不是要故意使婆婆生气，她实在是控制不住自己了。

看来一个人只要固执地做自己，别人最终是拿他没办法的。

两亲家之间好像也不怎么热乎，一次和朋友在老王家里淘书，末了意犹未尽，我们就提出想到小唐家里看看的话，想先打电话预约一下，但是不知是真是假，老王两口子竟说不知道亲家家里的电话。其实两家相隔着不足两站路。

不仅如此，小唐的母亲对儿子的电话也是不大熟悉的。一次我们也是不招自来，吃完午饭，我就和朋友来到了小唐家门口。

正午的阳光晒没了大楼的阴影，一幢幢大楼像海水干涸后露出的岛屿，给人一种幻视感。

我们敲了很久的门，小唐的母亲才开了门，她的脸似乎受不了阳光，挑起门帘，让帘影落在自己的脸上。她说："小唐他们已经搬了。""搬到哪里去了呢？"我们问。她想了一想，就随手给我们指了一下，说在那边的五楼。

这还是不清楚。

我们就索要小唐家的电话。她说她不知道电话，她只知道小唐的手机号。

可以的，手机号更好。其实小唐给过我的，不常用，就忘记了。

但是小唐的手机号她也没记住。

她让我们等一等，自己进去了，随手拉上了防盗门。这是自然的。

我们等了好久还不见她出来。朋友说走吧，一定是不出来了。但她还是出来了，手里拿着一个纸片，是一页废旧的诊断证明，背面就用铅笔写着小唐的手机号。写得并不怎么清楚，好像是在黑暗里摸索着写出来的。

她出来的时候，怀里抱着她的孙女。她的孙女总是捏她的嘴唇，她不在意，任她捏弄着。

我们都觉得这手机号未必牢靠。试拨了一下，却是关机。这时候日头晒得人昏昏然，淘书的心思也淡下来。说不定人家正在午休呢，这是不好打搅的。

返回的时候，没淘上书的原因吧，就觉得这路有些长。我们说起了小唐小两口。想他们终于是住到了自己的小空间里，这一来小唐且不说，他的女人一定是要换一种活法的。

在那样一个女人的鼓噪下，刻板的小唐会活成什么样子呢?

· 小丁 ·

一直叫他小丁。却不知道他叫丁什么。

有些人就是这样，你和他的接触不可谓不频繁，关系甚至也可以说密切，但你似乎不必要了解他很多。

我和小丁相识已近十年了。小丁并不知道我是做什么的。因为我常淘书，有一段时间，他以为我是做租书生意的。我打着哈哈不置可否。后来他猜定我是一个中学教师，我就露出被他猜准了的样子。这使他很得意，说他一看我就是个教书的，不然买那么多书干啥呢。

我们的关系是很好的。不知从什么时候起，我开始叫他丁丁，觉得很顺口，就这样叫了下来。一段时间不见他，也是有些牵挂的，倒不仅是为淘书的缘故。当然他要是去做了别的生意，我们的关系也是容易了断的吧。书总归是一个很好的媒介。

小丁是内蒙古人。我说："你是蒙古族吗？"他笑而不答。看来他不是。然而看得出，他愿意自己是个蒙古族。

小丁卖的书品相不好。不止小丁，他的父母、姨父姨娘以及妹妹妹夫卖的书，品相都不好，简直可以说是一些破烂。但淘书淘书，重点就是一个"淘"字。即使在破烂里，也能淘出不少好书来，这是我的经验之谈。这些年在小丁一家的旧书摊上，我淘到不少好书。这是偶尔转一次旧书摊的人所不能体会的。

小丁卖书，每本不超过十块钱。尤其是我们熟悉了之后，他更是不讨价，让看情况给就是了。这倒使我为难，勾住他的脖子，就是要他说出个价钱来。他就讪讪地笑着，看着我要买的书，似乎一时间连他自己也不知道要一个什么样的价钱才好了。

时间长了，心有默契，我们之间的买卖也是很好做的。譬如我选中一本书，也不问他价钱，只是随手给他几块钱就行了。他也不说什么，甚至不看钱，直接就装入口袋里去了。

有时候运气好，我会在他的书摊上一下子挑出许多本书来，这使他有些吃惊，似乎没料到自己的书摊上竟有这么多宝贝。这时候他就会郑重其事地算上一算。譬如算的结果是二十五块，他就会说："五块抹掉，二十。"人总归还是爱占小便宜的，觉得在他这里做买卖，心情好得没法说。然而看上去他的心情比我还要好。

一次我在他的书摊上见到了一捆明信片，实在是大方又精美，如同古时的奏折一样。内页印有国画，像是画在宣纸上又粘贴上去的。其实那国画可以揭下来装裱成册页的，一旁还留有写字致意的空白。现在的明信片烫金缀银，愈来愈显得俗气，像这样古雅又时尚的明信片实在不多见。我估计，在书店这样一张明信片至少能卖到十元。孙犁先生喜欢在明信片上给友朋写信，寥寥几句，言简意赅，我也有此爱好。当时见到这些明信片，我就爱难释手。那么多张明信片，小丁竟和我要了不足一本书的钱，真是没想到。除了小丁，没人愿做这样的买卖。也是心有所愧，我就从家里挑出一些废旧杂志和书籍来，送到小丁的书摊上去。不料这却使小丁有些为难。我再买书时，他就不好意思收钱了。看来这样子是不成的。做买卖就是做买卖，双方搞得太客气了反倒不好。很好的朋友，甚至会因此生分起来。于是我就在小丁的书摊上挑了两本书，言明："我们之间已经是两清了，以后我再拿书，你就要收钱。这是规矩。规矩一破就不好收拾了。"小丁深以为然，把一只手举起来向我击了击，算是击掌为约了。

时间长了，会有一本书重收的情况。这一定是好书，不然也不会一再收来。但有两本同样版本的书是没意思的。我就会拿到小丁的书摊上互通有无。说老实话，虽说摆书摊许多年了，但小丁对书还是不大了解。因此我拿了书和他互通有无时，就难以做到理直气壮。倒似乎自己存心来糊弄他。

但是也有一个办法，我可以换一本较薄的书，并且比较着给他看。我说："你看清楚，我的书要比你的厚一些。"要是精装本就好了，更可以成为一个说辞。这时候小丁会显得不安，说："咱俩你还这样，换一本厚的，换一本厚的。"说着，就挑出一本厚书给我。

我就想，如果不摆旧书摊，而是做别的生意，小丁这勤谨又实诚的人，说不定真能发财呢。书和别的生意不同。书还是需要专业眼光的。譬如薄薄一册《野草》初版本，出很高的价钱我也是会买的。但落在小丁手里，有可能一块钱就卖掉。

好几年前的事了，一段时间，忽然不见小丁了。对我来说，有没有小丁的街头是大不一样的。哪里去了呢？得到消息说小丁这一下时来运转了，当上老板了。原来是一个书商看上了小丁，让小丁做他在银川的代理人。这让我觉得失落，但对小丁自然是好事。就此也能看出一个人的私心来，我需要一个摆旧书摊的小丁，却不需要一个当老板代理人的小丁。这期间，我偶然在别人的书摊上见过一次小丁。他果然已经是模样大变，看他的衣着和气概，再让他摆旧书摊实在是不合适了。我们说了些什么已经不记得了。只记得我有一个感慨，人变化起来也是很快的。但是不知什么原因，后来小丁又摆他的旧书摊了，还是当代理人前的老样子，似乎他从来没有当过什么代理人一样。

这也是正常的。

我又和小丁熟络起来了。

只是他的书摊有了变化，不但有旧书，还添加了不少新书。好像都是盗版书吧，印制也还不错。不过我的兴趣总在旧书，新书是不怎么买的，何况盗版书。

小丁卖书，和其他人不同。其他人多少有点斯文，一个明显的特点就是抱着姜太公钓鱼——愿者上钩的态度，从来不吆喝。老城新城加起来，摆旧书摊的有二三十家，但吆喝的只有两家，一家在老城，那人一边和人打扑克，一边吆喝着卖他的书，但他的书不容易卖出去，他的书真是太贵了，让人望而却步。新市区也有一个吆喝着卖书的人，就是小丁。他的说辞和其他商铺里的吆喝声如出一辙，不过就是“大甩卖”“大减价”“瞧一瞧”“看一看”一类。不吆喝的时候，他就唱歌，唱流行歌，声音不高不低，既不影响别人，又能娱乐自己。我说：“丁丁，声音再响一些。”这就使他一惊，似乎没觉得自己一直在唱歌。就挤弄着眼睛笑一笑，歌声是一时听不到了，但一会儿又唱起来。好像他自己不注意的时候，歌声会自动从他嘴里跑出来。

小丁一家摆有好几个旧书摊，除小丁外，他的母亲还摆有一个旧书摊；他的父亲也摆有一个旧书摊；他妹夫也摆着一个；他的姨父姨娘不知为什么不把旧书摊聚拢在一起，也是分开来各摆着一个。我有时也纳闷：一家人，为什么要分开来摆书摊呢？书摊都不大，要是合到一起摆书摊，至少管理费一项，可以省出一些钱的。

但他们既然这样分开来摆，就一定有着非如此不可的理由。

也许小丁一家的旧书摊太像破烂的缘故吧，他们一家也最容易受到城管的“围剿”和驱逐。这家人真可谓是一组游击队，声东击西，神出鬼没，一会儿看见一家在这里摆着旧书摊，一会儿看见一家的旧书摊又摆在一个十分幽僻的地方，除非瞎碰上，着意找是不容易找到的。他们互相间似乎没有照应，其实是互知底细的。只要见到一家旧书摊，就可以问询出其他书摊的下落。按照指点摸索过去，总是不会跑空的。

虽说闪躲有术，但小丁的书及三轮车还是被城管没收过几次。

一次我到摆旧书摊的地方，发现书摊不见了，小丁还站在那里，周围给人一种刚刚发生了什么事情的感觉。果然是小丁的书连同三轮车都叫城管给没收了。

“多少钱的书？”

“四千几。”

“能要得来吗？”

“人家等着交罚款呢，罚款一交，就要回来了。我不给他交。”

小丁这样说着，使我觉得茫然。他立在那里，神情也是不大好，像是被人泼了一身泔水，又被勒令站在那里不准动似的。

然而时过不久，又见小丁出摊了。他的三轮车也立在一旁，显出经历了什么的样子。我不知说什么。总之，小丁又出来摆摊了就好。把书和三轮车从城管手里讨回来，我想，一定是一件极难的事情，轮到我，也许还不如小丁有办法，我不知道怎么去跟城管打交道。总归是各有各的道理，城管们是要城市干净有序，要争夺文明卫生城市的荣誉，小丁们是要吃饭要生活，两方面都有各自的目标和不得已。

小丁照旧吆喝着卖他的书。就像一棵草，被脚踩踏过，但是直起腰后却使人一眼看不出踩踏痕迹。

一天，在小丁的旧书摊上忽然出现了一个女人，她似乎一出现就抱着一个孩子。那女人肥腴得像一头水牛。她似乎一直在奶孩子，把冬瓜似的乳房从撩起的衣襟下放出来，奶着怀里的孩子。但是孩子却显得弱小，和那样的一对乳房实在是有些不相称。

那女人就是小丁的老婆，孩子自然是小丁的孩子了。

后来得知，小丁的孩子竟患有先天性心脏病。这一定是出在小丁身上，他那样瘦，是容易生出一个有病的孩子的。好在他找了一个那样好身体的老婆。

但是那肥健的女人似乎对于事事都无所用心，如到旧书摊上来，并不是来给小丁帮忙，一定是家里待得寂寞，不似街上热闹，才使她乐意来小丁的旧书摊上。她一直是坐在那里，一个小马扎，被她坐得完全看不见了。她只是奶孩子，另外是忙于自己吃东西，一会儿在吃酿皮，一会儿在吃饺子，一会儿向她那里瞥去一眼，发现她又在吃西瓜了，都是小丁去饮食摊上给她买来。她说“给”，把没有吃干净的碗给小丁，碗里还有几片酿皮。她抱怨着说：“太辣了。”小丁说：“辣吗？”说着就吃起来，两口就吃完了，似乎他并没有在乎辣不辣的感觉，走到一边给人家把碗还了回去。每卖出一本书，小丁把钱放在手里捏一会儿，就走过去交给老婆，老婆就装入怀里去，看来她的怀里不仅有着一对大乳房，还有着一只大口袋。

小丁的家里我也去过，虽然只去过一次，但是留下了很深的印象。是小丁带我去看书的。听他说是在一个公寓里。走了好久才到，是一个倒满了垃圾的院子。上楼去，楼道里黑乎乎的。大白天，不知楼道里为什么竟然这样黑。远远走过来的人只听到脚步声响，看不清身影。在一间水房里有几个人在洗衣服，好几个水龙头都开着，开得很大，水声很响。不知为什么，他们（多是女人）洗衣服的样子使我觉得有些怪异，就像是不慎之间被我偷看到的一幕。我忽然想，在这里洗衣服做什么呢？楼道窄小又深黑，两面好像都是墙，但是能听到人在里面活动着。我忽然有些不安，甚至有些怕。我忽然觉得熟悉的小丁有些陌生了，他把我这是往哪里领呢？我甚至不想去了，但还是紧紧跟上。小丁大步走着，似乎这样的黑暗他早就习惯了，好像这样的黑暗他并不觉得黑，反而能洞见一切似的。我踏到什么，软乎乎的，吃了一惊。小丁回头一看，说："不用管，不知是谁放在门口的垃圾袋。"我问小丁："你住在几楼？"小丁说是六楼，但我觉得是在同一个楼道里拐拐弯弯地走着，或者早就不止六楼了吧。小丁一边走，一边用手指打出响声来，在这静静的楼道里显得格外响。他倒像是有些兴奋。终于停住，看到半面帘子在暗影里微微飘动。小丁轻轻地吹着口哨将门打开，门推开的一瞬，我真是吓了一跳，我看见小丁的女人正坐在床上奶孩子，像在坟墓中见到的一样。

·小丁母亲·

小丁母亲总是黑乎乎、脏兮兮的，似乎她一直在炭窑里生活。

其实这个女人要是好好洗涮洗涮，拾掇拾掇，还是有一些风韵的。我老婆就喜欢过她的身材。不胖不瘦，个头也适中，是许多女人花钱收拾也达不到的。但是她好像从来没有在这方面用过工夫，给人的印象，她好像不曾意识到自己是个女人。看她的耳垂、手腕、脖子上，是没有佩戴过什么的，她的眉毛、嘴唇也从来不见修饰过的痕迹。她几乎连脸也不像洗过的。但她好像并没有意识到这些，也不在乎这些。

她的丈夫，就是小丁的父亲，倒是很魁梧的一个人，穿戴也还讲究，说着带有内蒙古口音的话。但是他的话是极少的，就像你戳他一锥子时他才会闷闷地哼一声。他立在他的书摊边不发一言。若是不熟悉，真不能肯定他就是书摊的主人。他就像一个忽然落得窘迫的人，百思无计，就脱下自己的外衣、棉帽什么的，随手放在前面的空地上出售。他的书大多没了封皮。他就用牛皮纸或别的什么硬纸给做一个封皮。他的一个爱好是给自制的封皮上写书名，用一支粗粗的软头笔写，他似乎总是记不住书名，写一个字，就翻开内页看一看，有时一个字他要看几次才能写就，看来他认识的字是不多的。但他写起书名来是很认真的，甚至是有些和字较劲。这时如果你拿起他的一本书，他就停住看着你，似乎要看你怎么办，怎么办都由你，怎么办都成，他是不多一句嘴的。你看上了，要拿，他的价钱是固定的。你问他："能再少一些吗？"他说："不少，就是这个价。"他的价钱要得并不高。要是你把书放还书摊，他就转过头去继续描画书名，仿佛什么也不曾发生的样子。他有一辆崭新的电动三轮车。他的书并不多，勉强能装满一厢，用厚厚的黄帆布罩着。有时他会掀开罩布的一角，只取出少许书来摆在地上，更多的书还在车厢上，不知是什么意思。有时顾客少，即使日正中天，他也会忽然带些情绪收了地上的书，发动电动三轮车扬长而去，好像在和谁赌气似的。这一点和他的女人比，真是很不同。

他的女人，小丁的母亲，摆摊是很踏实的，是所有摆旧书摊的人里最为踏实的。只要城管不来，多热多冷的天气她都会出摊的。而且似乎无论酷夏或是寒冬，她都穿着那一身衣服，穿着她那身藏青色的牛仔衣。这当然是不可能的，也许天冷的时候，她会在牛仔衣下多添一套棉衣棉裤吧。有时候路灯都已经睡眼蒙眬了，你还会看到她的书摊在那里。这时候有人买书吗？即使买能买几本呢？"还不收摊吗？"这样的话我问过她多次。她说："收呢，收呢。"但她似乎是不甘心收摊的。倒像是她在奉命守着这样一个小书摊，虽然明知时候是有些晚了，但还没有接到可以收摊的命令。我是喜欢夜游的，若她在，我总会游逛到她的书摊上，在昏黄的灯光下查看一番。这样的时候就很想买一两本书，觉得空手走掉真是说不过去。当她在夜影里伸出手来接钱时，那手会显得很醒目，会留给我很深的印象，一时挥之不去。有时候在晚间，我逛到她的旧书摊前时，她显得很意外，她说："这么晚了还出来啊？"若碰到她正在收书摊，看见我时，就会停下来。等我看过一轮后，她再接着收。我要是帮着她收，她是决不同意的，她会停下来拦挡。似乎有一些帮助，她真是不需要的。

夜深人静，街面上显得空阔又冷寂，街灯也没有刚入夜时那样精神，好像已落在了梦境里似的。这时候看到远远的街边，昏沉的灯光下，那女人在悄无声息地收拾着她的旧书摊时，会想到这世间不知有多少人，他们的劳作和收获之间，是如此的不相符。

也会纳闷，都这个时候了，怎么不见小丁和他的父亲来帮帮这个女人呢？毕竟一个是她的儿子，一个是她的丈夫。

总之，这一家人的关系是有些让人费解的。

偶尔无事时也揣摩，小丁且不说，他的父母亲这样各自摆着旧书摊，不相往来的样子，那么他们真的生活在一起吗？什么时候生活在一起的呢？又是怎样生活的呢？

但如果细心，也是能看出一些蛛丝马迹的。譬如一些书，某天是在小丁母亲的书摊上，另一天去看时，却在小丁父亲的旧书摊上了。这说明他们的书也许是在一起的。

而且一天我忽然心思一动，试着问小丁母亲："听说你的孙子是先天性心脏病啊。”

这话一下子就触动了那女人，使她禁不住似的一口气说了很多。她说：“一家人都愁这个事呢，愁死了。那么一点子小娃娃，害了这么个花钱的病，还不如让我得上呢。”

我说：“小丁没钱，还得靠你们老两口。”

她说：“就是嘛，都没钱，又给你害了个花钱的病，你说还不把人给愁死。”

看着她的这一小块旧书摊，我也想起她丈夫和小丁的旧书摊来。这样的几个小摊点，经营多少年，才能挣够给孩子动手术的钱？

· 小丁的姨 ·

小丁的姨虽说和小丁的母亲是姊妹俩，但姊妹俩长相、个性都不大相同。小丁的姨胖大结实，性格也显得外向豪放。跟她买书时，连我也似乎可以变得豪放起来。我从她的书摊上拿起一本书，两手把正面举给她看，大声说：“四块卖不？”她说：“五块。”我说“好”，拿四块钱给她。她笑着说：“你总是不给我挣钱。”买卖就这么做成了。

小丁的姨经常和城管吵架，吵起来有些不管不顾的样子。这使她在书摊上有了一些威信。她有些蔑视其他摆旧书摊的同行们，嫌他们都不敢说话，城管一来，就乖乖的，像犯了多大的错似的。多大的错呢？不就摆了几本旧书来卖吗？就算是抓进去能判你个死刑？她说书摊上要是多几个她这样的人，城管就不会那么嚣张，那么无法无天。任何人的毛病都是惯出来的，你不给他惯毛病，他也就拿你没办法。说是这样说，城管拿她还是有办法的，把她的书没收过多次。但她的书摊也还在摆。她的性格也还是那样的。

因为她敢和城管论高低，她说一些难听的话时，同行们还是能容让的，装着没听见就是了，她就是那么个性格嘛。何况她与城管吵架说理时，他们虽然不大敢帮腔，心里却是很痛快的，对她也是有些佩服的。但有时候他们也烦她，恼恨她，因为她一个人使城管不高兴了，城管会责罚到他们全体，勒令他们多少天不能出来摆摊，让他们啥时候想通了，态度端正了，嘴巴干净了，再出来摆书摊吧。这就使大家很恼火："我们的态度不端正吗？嘴巴不干净吗？我们说了什么了？我们不是自始至终都乖乖的吗？"胳膊是拧不过大腿的，这个道理大家早就清楚了的。大家认为这样"一刀切"的处罚是不对的。但是追根溯源，就觉得问题不在城管身上，而在小丁的姨身上：人家城管刚来的时候，火气就没有后来这样大，你要跟人家论理，你能跟人家论个什么理呢？你一个摆书摊的也能跟人家论理？你的理就那么多？谁不知道你那些理？谁都知道，在人屋檐下，不能不低头，这才是个理里头的理。原本说上几句软话也就过去了，人心都是肉长的，就你会说个硬话？你说硬话得到了啥结果呢？倒害得大家跟着你遭殃。这样的时候，小丁的姨是很孤立的。

即使城管勒令停摊，小丁的姨也会出来摆摊的，不过她会选择一个很偏僻的地方，然而城管也总是能找到她，不跟她多理论，就直接把她的书拉走了。人们总是根据结果来判断是非的。小丁的姨和城管理论，并非次次都得到消极的结果，有一些时候，城管还是被这个母狮子一般不计后果的女人骂退了。就好像他们带的枪弹不足以应敌一样，他们悻悻地撤回去了。这样的时候，本该那个女人来庆贺自己的胜利，而且城管的撤去，也使她的同行们敢走上前来夸奖她慰问她了。但是她却有些委屈地抹起眼泪来，她会趴在她的三轮车的车栏上哭，不听他们的劝勉和夸奖。这样的一个女人，大家思量来思量去，觉得还是需要她的，有她总是要比没她好一些。

书摊上偶尔会加入一些新手。他们（以女人居多）并不是要以此为生，只是家里有一些书或者废旧杂志，当破烂卖了可惜，自己也是个闲人，于是就出来摆摊销书，书一卖完，她们也就在这个群体里消失了。

一次一个女人出来摆摊，她的书摊很小，在一条窗帘上摆着数十本书而已。这时候城管就来收税了。那女人没经历过这样的场面，有些紧张，不知道要收她多少税，她实在还没有卖掉几本呢。她正好在小丁的姨旁边摆着摊。小丁的姨就暗示着她。于是两个人把那女人的书摊拼到了小丁的姨的书摊上。小丁的姨让那女人什么也不要说，就当是路过闲逛的一样。这样城管就只能按一个摊点收费。但是不知谁已经给城管走漏了消息，一会儿城管过来，脸上带着奇怪的笑，什么也不说，就把刚刚拼到一起的书摊又分开了。然后厉声问是谁的书摊。那个女人躲在人群里，吓得不敢出来了。小丁的姨也不说什么，一个人把小书摊又拖回自己的摊点上，问城管该交多少钱。城管说："这些也是你的吗？"小丁的姨说："不是我的是你的？"城管点着头，把小丁的姨盯了老半天，像是要用这样的盯使她屈服，忽然说："好，你说是你的就是你的，可是你这个摊点太大了，只能按两个来算。"其实两个书摊拼到一起也不算大的，像老王翁婿俩的旧书摊，都要比这个拼起来的书摊大。小丁的姨说："咱们不费口舌了，算一个半吧。""两个。"城管说着就把票据撕下来了，给小丁的姨递过去。小丁的姨没有接票据，而是把书摊重新归拢了一下，这就余出一些空间来，她把窗帘上的书挪腾了过去，余出的空间还没有摆满。这一来就只能算一个摊位了。她把那条花窗帘抖一抖，随手披在肩头，说："行不行？算一个半。"后来城管就给她算了一个半摊位。

城管走后很久了，书摊上起了一阵小小的风波。那时候已经到了正午，一个摆书摊的小伙子从旁边的副食摊上要了一份酿皮，辣子调得很重，那小伙子吃出满头的汗来。这时候就见小丁的姨走过来，笑着给他打招呼，然后不容他反应过来，就在他脸上打一巴掌，把他嘴里的酿皮都打得喷了出来。小伙子起身要反击时，小丁的姨已不慌不忙地走回去了。那小伙子也没有跟上来。他恨恨难平，在凳子上呆呆地坐了很久，才把剩余的酿皮慢慢吃完，然后吼了一声把碗掼碎在地上。但是小丁的姨还在和顾客说说笑笑地讨价还价，像没有听到碎裂声似的。

原来就是那小伙子向城管告的密。

小丁的姨父也摆着一个旧书摊。但是他出摊并无定时，而且从不和大家搅和在一起，他总是一个人在一个角落摆书摊。他的内蒙古口音也是很重的。他长得帅，衣着也讲究，他一定意识到自己仪表还可以，因此虽则摆着旧书摊，然而脸上是有些傲慢的，就好像他原本是一个演员，不过在扮演着摆旧书摊的角色罢了。他很少出摊，倒是在文化宫前的广场上常能看到他在跳广场舞。他的舞跳得不错的，乐感很好，而且彬彬有礼，很照顾舞伴的情绪。那样的时候，真看不出他就是个摆书摊的。

他们的儿子也是很帅气的，卷发，脖子上、手腕上都佩戴饰物。他有时也会出现在他妈妈的旧书摊上，他并不是来卖书的，而是神情很酷地坐在一旁的三轮车上，一定是有一个女孩和他相伴。曾见过好几个女孩和他坐在那三轮车上。一次看到一个女孩坐在他的腿上，他的手则将她搂着。他总是在不停地打手机，不停地对着手机说个不休，也不知说的是什么，要说那么久，也不知他是跟谁说。但我想的是，那么无休无止地打手机，手机费谁来出呢？看他的样子，他虽然生得帅气，但是没有什么正经工作的。

果然一天在小丁处得到了证实。他说他的姨父和他的那个表弟都是二杆子，说来只是苦了他姨，挣钱养活着那两个没心没肺的家伙，吃她的花她的，但从来没说过她的半句好话。

· 靖远王 ·

摆旧书摊的人里有好几个姓王的，这一个来自甘肃靖远，就叫他靖远王吧。

在所有摆旧书摊的人里，靖远王可谓是很特别的一位。他长相一般，穿着也邋遢，和小丁的父亲、姨父是远远不能比的。但他有些真人不露相的意思。他心怀抱负，其实是最不甘心只摆一个旧书摊过日子的。

他自然是懂书的。但他的懂书和老王又有些不同。如果老王只是个票友的话，那么他就有些正式演员的意思了，而且唱、念、做、打，每一样他都可以来几下，很是自负。即使他从不说自负的话，你也能从方方面面觉察到他的这种自负。

他有一柜子书，号称只可以看看，从来不卖，这一柜子书都是他多年收书的精华，他要留下自己用的。果然许多年了，他一本也没有卖过，也都是些好书，任何一个会淘书的人见了都会动心的。

他自恃知书，因而价钱也要得高。这就使我们有些不痛快，尤其不喜欢听他头头是道地讲说。觉得与其这样，倒不如他什么也不懂的好。在他那里是讨不到什么便宜的。

但是不知为什么，许多年下来，他竟也没有发什么财。而且混来混去，连个老婆也没有。一次我问他的年龄。他说了，紧跟着的一句话就是“可是还没个老婆”。

其实任何人只要他愿意，都会有一个老婆的。

靖远王之所以孤身生活，固然是与他的经济窘迫有关。然而摆旧书摊的又不是只有他一个，并非都是没有老婆的。其实数来算去，没老婆的也只有他一个。老城里几个摆旧书摊的，不光是有老婆，老婆一个个还很出众呢。这都是我亲眼见了的。他之所以没老婆，有一个原因是他这个人深受宗教的影响，他说他拜过师父，得过师父的指点。靖远王有一次上崆峒山，遇见一个守山的老师父，就留下来侍奉他了，和他一同生活了近三年。这三年的生活对靖远王的生命是极有影响的，使他既不甘平庸地活着，又觉得一切豪奢的生活都不是他追求和向往的。他多少还是有着一些出世之想的。

他在郊区租住了一小间房子，里面塞满了他多年来收集的旧书、旧报刊一类的东西，使这屋子更像是一个仓库。他的许多书都用尿素袋子装起来，像农村人存粮食那样码满了几面墙。我们都想那里面一定是有宝贝的，劝他趁天气好、日照足的时候，翻腾出一些来，以备我们拣选。他说“好好好”，但很少翻出一袋来让我们看。他倒好像不乐意卖他的书，好像是有些舍不得。那么为什么要在街上辛辛苦苦地摆旧书摊呢？人总是矛盾的，总有不得已，这个我也知道。但既然是做买卖，那么就不能过多地扮作一个知识分子，做起买卖来应该痛快一些。这是我的主张。当然他也自有他的主张。

我常到他家去。从我家到他家，骑自行车约有四十分钟的路程，而且有搞基建拉石头的大车在那些路上来去着，路又窄，是有些危险的。我去时，他就要有意无意给我讲上一通。得承认他讲得好，知道得多，有些东西我是不知道的，知道了也未必有他讲得好。但是一环视他的住所，再听听他的高论，心里的感觉就有些驳杂难述。

他的小屋里总是有着一种很古怪的味道，很浓重，很刺鼻，说不清是什么味道。其中一股味道就是烧香味，在一个书柜后面，他用帘子遮着一个暗道，虽是在房间里，但那暗道给人一种处在地下的感觉。我有一次不经意间掀起冰凉的帘子，发现那里原来是一个礼佛敬神的所在，深处的木台上摆有佛像、香案，香案下设有潮乎乎的蒲团，香像在古庙里一般亮着，还不曾烧去半截。一个礼佛烧香的人总归是一个好人吧。

我问他："是不是天天都要上香，在蒲团上默坐冥思？"

他说："天天。"

这个在他脸上也能看出些许迹象的。

我说："小王，你是不是打算要出家？"

他说："有时候真是想出家得很，但一些绳索还没有断，就有心无力。"

我说："你现在这样可算是一个居士了。"

他说："居士是算得上的，可是不好找老婆。"

他总是有意无意会说起关于老婆的话来。

我说："你要找老婆，礼佛上就受限制了。"

他说："这你不懂。"

我说："总归是要受一些限制的，不然礼佛的人里面就不会有那么多的出家人。"

他说："就是为这个矛盾着呢。老母亲在世的时候，总是盼着儿子能结婚，我偏不，一个理由就是想出家当和尚修行。老母亲过世几年了，家没出成，老婆也给耽搁了。"

我说："这还不是你自己的问题？没个定见，要是你决定娶老婆，也许费不上三天就能领回一个了。"

这话显然是使他高兴了。

他说："没那么快吧，三天？"

他摇着头，表示三天的时间是太快了，但是他很快还是说出了他的心里话："人毕竟是个人，不是任何一个女人都可以给你当老婆的啊。"

我从他的这话里听出了他的自负。

果然一次谈得高兴，他就禁不住说出一个秘密来。说是一个女大学生，和他谈了一段时间，两个人互相感觉都不错，可惜缘分不够，终于还是散了。说老实话，我有些惊讶，不知道他们是在哪里谈的恋爱。总之，在这样的出租屋里，和一个女大学生谈不成恋爱的吧。

我的一个朋友跟我来淘书，在靖远王的屋子里待了有一刻钟，拉着我离开了，说无论有多么好的书，也不能吸引他待在那屋子里了，他认为那味道是可以杀人的。这有些言过其实了。但是从靖远王处淘到的书，拿回家里去，就会使我的妻子儿女很快嗅出一种异味来。我觉得只要靖远王可以忍受，那么我就是可以忍受的。

他说到那女大学生对佛教也很感兴趣。学生娃的兴趣都是不持久的，而且总不免有一些鹦鹉学舌和强说愁的意思。

和女大学生终于没成好事，靖远王归结于缘分不到，他认为缘分到了猫和老鼠都可以成亲的。他忽然要拿出女大学生写给他的信让我看，不知为什么，我竟脱口而出，说："不必看了。"这使他略显尴尬。我说："你们的秘密事，外人不应该看的。"这一说就使他点头了。他摸着头皮说："其实也没有说个啥，主要还是谈佛学。"

我就知道他的老婆也许真是不好找的，别说三天，三年也未必碰得到的。但这是他自己的事，他给自己的老婆定一个高的标准，说来也是无可厚非的。

他说那女大学生和他分手的时候，人非草木，当然是很伤感，但是也开玩笑一般给他设了个条件，说他挣够二十万时，她就回转来嫁给他。

靖远王认定这只是她的玩笑，从她的表情、声音以及当时的气氛，任何人都会判断出这只是一个玩笑。

"但是我把她这个玩笑当成真的了，"靖远王说，"我真是想一下子挣够二十万，拿给她看呢。哪怕她不嫁我都成，这没关系，我要让她看看，她的一句戏言我可以把它变成真的。"

靖远王除了收旧书外，还会收一些邮票啊老照片啊什么的，也留意收了不少字画。

他备有多本书画家名录辞典，他收字画也是有眼光的。觉得笔墨功夫不错的，他就会打开辞典查寻作者，也会上网查。这样子日积月累，也收到不少好的字画。但是因为书画沦落在了他的手上，就使人即使睁大眼睛看着，也不得不起疑心，总觉得那是假的。靖远王就说："怎么能是假的呢？都是从谁谁谁家里收来的。他们不识货，或者是不喜欢，让家人当废纸给卖了出来。"这所谓的谁谁谁，都曾经或正是一些头面人物、显要人物。这样的情况想来也是有的。

连我这样的平头百姓，也遇过这样的事。有一画家朋友，送我一幅牧羊图，朋友送我的时候，手指指着羊只一一数了的，一个牧羊女外，仅羊就有四只。拿回来装在一个信封里，随手搁在了一个什么地方，从此再不看它。后来这朋友声名鹊起，到处在卖他的画，听说是按平尺来卖的，按羊头来卖的，听说他现在最多给人画三只羊，大多数时候都是一个牧羊女牧着两只羊，有时竟只有一只小羊羔抱在牧羊女的怀里。这是不能不让人动心的，我那幅可是有四只羊之多。就赶紧寻那个大信封。把家里翻了个底朝天，一只羊也没寻见。一定是让老婆席卷在旧报刊里当破烂给卖掉了。

所以，靖远王说的这种事是有的。而且头面人物家里的字画自然是比我多的。我在靖远王家里见到好几个书画家给同一个人题赠的字画，书画家的名字是知道的，受赠者却是不详其名。靖远王是知道的，说就是那个谁谁谁呀，他一说我当然也就知道了，难怪这么多的名人给他字画。说不定还是他们的代表作呢。

靖远王的字画虽然我在口头上表示了质疑和不屑，心里却是痒痒的，通过交涉谈判，和他也做成了两笔生意。其中一幅是贾平凹的字，我总觉得是真的，一见之下，就颇动心，靖远王让我抄我的一篇小说来跟他换。这是我乐意做的买卖。他要求是代表作、获奖作品才可以，我不能说我没有代表作，就抄了一篇自己的小说，七千多字，换回贾平凹的一幅字来。一次偶然见到贾先生，说起此事，我没好意思说是用自己的钢笔字换的，说是花了钱收来的。贾先生就问：“多少钱？”我说：“旧书摊上收的，一千。”旧书摊上一千元是很高的价了，但是贾先生想都没想就说是假的，他说他的字早就一幅至少一万了。

另一幅字是我所熟悉的一位知名书法家写的，他在世的时候，我没好意思讨要，如今他已过世，书价也一日贵过一日。那幅字我可以肯定是真的，用一篇小说外加两篇散文的手稿换了来，这样的买卖其实我还是很乐意接着做下去的。靖远王却不乐意了，说：“行了，你的手稿我收一点就够了。再要就需掏钱来买了。”

靖远王是有眼光的啊，他有那么多书画家名录，他还要上网查个明白，这就使他的画价要得不低的，其实和画廊里比较低不了多少。一天在他那里看到一幅福寿图，是猴子献桃祝寿的内容，打眼一看，不同寻常。作者是徐培晨。徐培晨是谁？靖远王已经像他家里的亲戚一样熟悉徐培晨了，给我讲着徐培晨是谁谁。我是很动心的，倒不是为徐培晨，就为这幅画，为这只顽劣不驯的猴子。靖远王说是从军区副司令的家里收来的。我说：“这个你打算卖多少钱呢？”靖远王说可以给我打一个折；但是这一个折扣打下来，那画价也是惊人的。我就想靖远王收这画时花了还不足一包烟的钱吧。我忽然想，要是靖远王把手里的字画卖出去，那么二十万的梦不是不能实现的啊，他不是一只猴子就可以卖得一万吗？

但不知为什么，他手里的字画总是卖不出去。有些字画好几年前我就见过，再去时也还在那里，像被靖远王忘记了似的。靖远王苦笑着说："都是些势利眼，不看字画，就看我，我有个啥看头嘛。"

靖远王能背《道德经》《论语》等，佛经自然也会背不少。古文不标点，他是可以流利地读下去的。他这些方面的功夫我自愧不如。他还练字，练魏碑。这使他在字画上的眼光也不错。

但是，他只是在日复一日地摆着旧书摊。

饮食也是很凑合的。他屋子里有一只小狗，一只鞋大小，病恹恹、脏兮兮的，总是睡在炉边取暖，要么就是摇摇晃晃地走过去啃咬旧书。靖远王说这是他从街上捡来的，快死了，靠着炉边躺了一会儿，又活了过来。不知为什么，我总觉得那是靖远王的一个儿子。靖远王和他的小狗吃着一样的饭菜，我有时去会碰上他正在做饭，他的小狗就立在他的脚边，仰头看着他，或者一门心思地咬他的脚后跟。靖远王的饭菜是很凑合的，好像总是在吃剩饭，而且是用冷水泡着吃。如果他不是个修习佛学的人，我真想多嘴劝他改善改善伙食了。

一天，他忽然给我打来了电话，说他想办一个儒学班，专门给小学生讲授儒家经典，希望我能助他一臂之力。我怎样才能助他一臂之力呢？他说他希望和我合办这个学习班，适当可以收一些费用，而且他觉得现在也正当其时。他说那个女大学生和他有过这个想法，然而没成。他不死心，想真正为社会做点事，讲授儒学，这个自信他还是有的。

我觉得他的要求太突然，我一点准备也没有，而且我本身就不是抻头做事的人，于是快刀斩乱麻，婉拒他了。

他一点也不勉强，说那就再等机会吧，然而从口气里还是能听出遗憾来。

他要讲《论语》，一定会讲得很好，尤其《道德经》，他会讲得更好，但他还是决定给孩子们讲《论语》。他有些自负地说，谁谁谁讲《论语》，那根本就没有讲到点子上。

办个学习班，讲儒学的打算已经好几年了，但直到现在他还在摆他的旧书摊。一天黄昏，我打开手机，忽然看到一则来自他的短信，让我拿上胶水和气筒到他摆书摊的地方去，因为他的车胎破了，没气了，短信是下午五时多发过来的，而那一刻电视上已在播《焦点访谈》了。急忙打他手机，欠费停机。拎着气筒，抱着一丝侥幸心理赶到预约的地方时，见那里已是空空的了，旁侧的树坑里落着一些叶子，一半被焚烧过了，一半被夜风吹得僵僵地动着。

·某人·

我确实不知道他姓甚名谁，只好以某人称之了。其实我与他之间是很熟悉的。竟有这样的情况，你和他很熟悉，却不知他的姓名。难道他的姓名是不重要的？是不需知道的？

他这几年已不常出来摆书摊，不知在干什么。但还是在做旧书的生意吧，因为在电视上见过他几次，他都是在谈书。电视台给他制作过几次节目，称誉他是小人书收藏大王。他的确收了不少小人书，在屋地上花花绿绿排了大半地，给主持人一一讲说着来历、价值及意义。他是很能讲的。讲的时候，好像是沉浸在一桩往事里，不愿意从其中出来似的，使得主持人几乎插不上什么话。

我觉得镜头里的他和生活中的他有些不同，也说不清这不同在哪里。就像是一个颇为落魄的知青，刚刚从田地里回来，挽起的裤脚还没有解下来，脚板上的泥点也还没有来得及清洗，但是忽然获悉已考上大学，手里拿着通知书，在接受记者的采访一样。

他也就这点事，但不知为什么，电视台好像对他情有独钟，给他做过多次节目。其实通过和媒体的交往，渐渐地也就能了然一些行情。

总之，电视台只是在做他们自己的事而已，受访者不过是他们的一个工具或话题罢了。这正像一个画家作画，是需要模特的，对模特自然也是有选择的，但他们作画的目的，难道在模特吗？这画即使成为名画，拍出了高价钱，也是没有模特的什么好处的，惜乎一些刚刚接触媒体的人，都容易头脑发热自以为是，总不免在媒体上搔首弄姿，装腔作势，把好好的一个自己扮得不成个样子。媒体的度量多么大啊，它倒是希望着你能搔搔首弄弄姿呢。因此，虽则看到他在电视上频频亮相，我也不以为意，只不过觉得和别的摆书摊的人相比，他多了另一种兴趣和精力而已。

果然在他上过电视后，偶尔再碰到他时，他还是旧时模样，也依然做着旧日营生。我想着提不提他上电视的事。说一说吧，毕竟人一生值得夸耀的事也是不多的。这个话题他是感兴趣的。一种成分复杂的得意会在他的脸上显露出来。他说电视台硬要拍，推也推不掉，只好给他们拍。又说哪家电视台也要拍呢。

和老王家一样，他不出门则已，出门则必带着他的老婆。当然也可以说成是他的老婆带着他。他老婆是一个胖乎乎的女人，话少，神情呆板，但是当他带着一些成就感说到上电视的事时，他老婆的神情就会有一些变化，坐立不安的样子就出来了。看来她是不情愿他说这些。但是不说又怎么可以，毕竟这是事实。而且满街往来的人里，即使是看起来像模像样的人，有几个上得了电视呢？还不是一般的上电视，还是给你做专题。这事这么样一想，好像不值一提，但换个角度想想，又似乎真有些非同小可。这是不能不说的啊，但他说的时候，总归还是有些忌惮他的老婆，边说边禁不住用余光觉察着她的动作和情绪。他对此也是有些不满的，做老婆的理应配合着丈夫来说这些事的。看得出要是他的老婆不在，他的讲述一定会是另一番光景。他有时候会咳出一声以示对老婆的警告或者说恳求。好在那女人也不过是在情绪上有所流露，言语方面她倒是不给他泼凉水的。算是已经给了他面子吧。

一次打开收音机，忽然又听到他在里面讲说，不需多听，就能听出那用沙哑的声音讲说着的不是别人，就是他了。这番他讲的不是小人书收藏，他讲的是广播电台存在着哪些问题。广播电台的栏目设置还应该怎样怎样，他讲得头头是道，并非信口胡说。气氛好像是比较热烈，有鼓掌声。我看着冷冰冰的收音机，听着他的声音，想不清这一刻他又是坐在怎样的一个场合里。

他早年出书摊很勤的。他的要价比他老婆的要高一些。总是他的老婆张罗着卖书。其实她也不怎么张罗的。只不过紧守着书摊而已。那做丈夫的则总是立在一侧，和几个气味相投的人高谈阔论。他好像穿什么衣服都会显得不洁和邋遢。这真是没有办法。有那么一些人，似乎怎么打扮也打扮不出一个好样子来。他的下巴上有硬胡楂子，黑白相间，就像是一些污雪落在了枯草里。两腮也长出几根毛来。头发很乱，像多日前在胶水里洗过似的。当他立在那里讲说的时候，会看到命运加于他的种种限制。但是也会一眼就能看出他的自视不低与自命不凡来。给人的感觉，他是要做一只雄鸡，但是偏偏给人剪去了鸡冠和鸡翎，这样子实在是不好再做一只雄鸡的。我有时倒希望他能化不足为优长，更为放浪形骸一些，留大胡子，后脑勺上也弄出一个马尾巴来，干脆就扮作落魄艺术家的样子，说不定倒生出一些歪打正着的功效来。毕竟他的形象，扮一个落魄艺术家，比扮作一个常人要更容易一些的。

他身上总是不自觉带有一些表演的成分。

我和朋友到书摊前淘书时，他就会走过来和我们拉呱几句，碰到了同类似的。虽说他以收藏小人书知名，但他的书摊上并不见一本小人书。看来这部分藏品他秘而不宣，不愿出售。我们淘到一些书时，就会赢得他竖起大拇指来，夸我们有眼光，把他书摊上的精华部分淘出去了。但这样的夸奖不知为什么使人觉得不自在。我从他们夫妻俩的书摊上淘到过不少书，印象最深的有托尔斯泰的女儿写托尔斯泰的传记，两大册，可惜在他那里只收到下册。我刚从书中抽出那本书来，他就跟上来说一句："有眼光，好书。"我就知道这书的价格不会低了。

他自从上过几次电视后，就很少出来摆书摊了。不知这两者之间有无什么联系。也不见他的女人出来摆书摊。但偶尔的一次却是有的。一次就碰到他出来摆摊，双方显得很亲热。我问他怎么长时间不见面，他说了些什么，具体内容却不记得了。他好像是在倾力收藏小人书吧。他的家里我还没有去过呢。于是就问除了这些摆出来的书，他家里的书还多不多，值不值得前往一看。他说书是不少的。于是就约好了时间，和朋友一同去看。我们都带了一些钱，做好有备而来、满载而归的打算。

他的家也在郊区，离靖远王家不远。但与靖远王不同，靖远王只不过租着一间小屋，他却是租着一个大院子，有五六间房之多。如此虽在郊区，租金也一定是不低的吧。然而很是脏乱，像是一个被抢掠过的车马店。我们走过破烂四布的院子，被他领到一间屋子里。

屋子里是不错的，沙发、电器，应有尽有，但都像是从旧货市场上淘来的，屋子里还有套间，套间里黑乎乎的看不大清。一个小女孩，八九岁的样子，在门侧的一张小桌上写作业，不时地用橡皮擦在纸上擦一擦。屋子里最为醒目的是一台手提电脑，屏幕宽大，打开着，但处于屏保状态。刚进屋时，还觉得暗黑，随着渐亮起来，会看到屋子里很凌乱，像是即使想收拾收拾，也无处下手的样子。沙发上也堆着不少东西。他就搬过一些，高高地堆在沙发的一头，腾出地方让我们坐下，地上还遍布着污痕水渍。其实这个屋子是不错的，这个院子也是不错的，只是有些脏乱罢了。

我们都着急看书，不愿久坐，但是发现他有些心不在焉的样子。屋子里书也不多，我们看了看，也没有看出值得一淘的书来，我只是看到一本叫《金圣叹批水浒》的书，有些动心，可惜品相又不好。都想着还有书供我们看的，但是他却已经像完成了一个阶段似的招呼我们坐下，不容我们说什么，就把一个光盘插入光驱里去，说："你们不太忙吧，请你们看个东西。"很快就放映出来，原来是电视台采访他的节目。这一期节目我正好看过，但不忍拂他的意，就坐在那里看着，看得出当初采访的地方正是在这间屋子里。但是不知为什么，电视中的屋子和眼前的屋子似乎有些不同。我就比较着电视里的他和眼前的他。他一边饶有兴味地看着电视，一边注意着我们的反应，不时小声咳嗽一声，害怕惊扰了什么似的。

看完一片，他又让我们看另一家电视台对他的采访，也还是在这间屋子里，地上摆满了花花绿绿的小人书。听他在电视上的介绍，他的小人书已经收了有一万二千多册，谁谁谁曾出价多少收购，免谈，有些东西是不能卖的。主持人问他：“最终也不会卖吗？”他在电视里说：“不卖，到死也不卖。”这时候他回过头来对我们说：“这个小柴（指那个主持人）不会理解我的，她虽然给我制作了几期节目，但是到现在也不理解我。采访过后，她明确说过不理解我的话，我也不求她的理解，不要说她，我老婆跟我生活了多少年，就城市也是周转着生活了好几个，到头都不能理解我，我理解我自己就行了。”他这样说时，我们说些什么呢？

他的第二档节目只看了一小半，我们就出来了，内容大体上差不多，只是换了主持人而已，因主持风格的不同，会觉得有些小的区别。朋友的手机响了，有人找他，其实并不是多么要紧的事，但我们就借机走了出去。我出门时，在那个小女孩的头上顺带着抚摸了一下，觉得她的头发很是润凉。他把我们送到门口，有些歉意地说：“没让你们淘上书。”我还是买了那本《金圣叹批水浒》，在手里拿着，想着要是有一小片餐巾纸，就可以把它擦一擦。

他邀请我们下次再来，说下次来可以看他的小人书。是啊，可以看看他的小人书，也算是开个眼，多个见识嘛，他那么多的小人书，都藏在哪里呢？还不等我们提出看小人书的要求，他就赶紧说：“抱歉，这次是看不到了，有些不大方便。”看看书会有什么不方便的？但藏家们都多少有着一些怪癖的。实际我们看小人书的兴味也不是很浓，毕竟不过是小人书而已。“藏”是可以的，“看”则未必能看出多少益处来。

离开他的家，我和朋友都有些沮丧。真是没料到会是这个结果。但来是总归要来一趟的，不然到最后也是免不得。

从书摊上也总是能听到一些相关信息，这信息就是关于那人的，说他上过几次电视，大小也算是一个名人了，一些场合，只要人家邀请，他就会去参加的，一次就参加了一个领养孤儿的聚会，会议结束的时候，他就领回一个孤儿来。

是那个在门口做作业的小姑娘吗?

你说他一个摆旧书摊的，他逞什么能？领养孤儿，他自己就过下那么一份日子嘛。老婆当然是不同意。他们没孩子，但他老婆不愿意收养一个别人的孩子。他让那个孤儿喊他老婆“妈”，他老婆就跟他离了婚。其实她早就有离婚的心了。他最担心的是离婚老婆和他分小人书，但老婆什么也没要就离开了他。

· 小黄 ·

小黄叫黄全东，是我的老乡。忠厚本分的一个人。

他和他媳妇都是大学中文系本科生，学历比我高，而且他们毕业的时候，工作也不像如今这样难找。何况他们又都是很出色的，我的感觉，凭他们俩的能力，当个中学教员是绰绰有余的，但是不知为什么，毕业后，小夫妇俩却选择了摆旧书摊。

我总是有些替他们可惜。

同时就拿他们来教育我的老婆，我说："你看，大学本科生都在街上摆书摊啊。"言下之意，像她和我这样学历不高者，能拿上一份稳定的工资，是值得庆幸的了。

小黄的媳妇姓闻，我一直呼她小闻，名字却是不知道的。小闻一看就是城市人，但家境又平常的那种。她个头不高，比魁伟英俊的小黄要矮一个头。但她身材匀称，模样周正，而且显得很贤惠，没有在小黄面前显示出一个城市人的优越来。她一个大学本科生，能跟小黄风里雨里地摆旧书摊，真是很让人佩服，这样的女子，在某个特殊时期，也许会成为一个不凡的女性吧。这对小夫妻，虽不过在摆着一个旧书摊，但从他们身上，不知为什么，隐隐约约总能感到一些让人钦羡的地方。他们在书摊上的合作也很默契。有时候是小闻一个人在守书摊，就说明小黄一定是进货去了。

我是很乐意逛他们的书摊的。好像从他们的书摊上淘到的不仅仅是书，还有别的什么。这是说不清的，却又是很真切的。小闻细声细语地和你做生意时，使你几乎就没有那种做生意的感觉，倒像是在排练一个你愿意参与其中的节目或游戏。一切都来得那么自然，丝毫不感到造作。小黄的普通话说得不错。如果不明说，我已听不出他是我的一个老乡，但只要我们之间说话时，就会很自然地用家乡话来说了。有些事情看似平淡无奇，但是事过多年，却可以让你追忆之际，有所留恋。在小黄夫妇俩的书摊上淘书的那些日子，我就很留恋。然而，他们现在已经不再做摆旧书摊的生意了，这也是必然的。

我在他们的书摊上淘到不少书，印象深刻的有一套鲁迅影集，制作古朴又精美，是文物出版社出品，有十余张吧，正面是鲁迅个人或友朋家属的合影，背面是鲁迅先生的书法。那些照片，属印刷品，却有着真迹的品相。后来某刊物讨一帧去发表，却忘了还我，找上门去讨要时已寻不见了，使此影集成为残物，这是很让我感到痛惜的。淘书也讲缘分的，有些东西，很可能一辈子你只能碰着一次；一次都碰不到也是有可能的。小黄是中文系学生，卖给我那组照片时，割爱的意思虽掩饰着，也还是看得出来的。

毕竟是大学生，小黄两口子的经营就比较活泛，收书的渠道相对也多一些。一次他们和外文书店签订了一个合约，把外文书店的一些积压书拿来卖，卖多少算多少，卖不出去的最终还可以还回去。如何分成我就不知道了。但那属无本买卖，自然是有些好处的。记得某一日我就买了好几百块钱的画册。那些画册，其实不远处的新华书店里就有，价格要高出数倍之多，不知外文书店何以把这样的书积压多年，一朝廉价卖掉。

不管它。这于我们总是好事。

小黄两口子的书摊就摆在大学门前，一些校友们也很给他们捧场，加上他们二人和气生财、善于经营，书摊上一直是很热闹的。周末时候，会热闹到有些忙乱。这时候只他们二人是顾不过来的，于是小黄就会雇几个大学生，前前后后地张罗着，吆喝着，帮着他们看场子，做生意。人气一时旺得像赶庙会。

记得小闻肚子很大了，还守在旧书摊上。穿了平跟鞋的缘故吧，挺着大肚子的小闻显得更加矮小，就像一个小女孩竭力地端着满满一大脸盆水一样，使人很是担心，一不小心，这水就会溢出来。我总是疑心小闻怀了双胞胎。她这个样子，是很容易让人生怜惜心的，似乎被强加了一件超乎她能力的事情。小黄也带些歉意地说："原本是不想这么早要孩子的，想着再好好打拼几年，有一套自己的房子再说。"

怀孕给小闻带来的变化是很大的，不仅是使她的身体变形，使她的脸也有些不像了。虽然我和她是熟悉的，但如果她离开书摊，走在街上，我不能肯定她就是小闻。她似乎也清楚自己已变得不成个样子，看到熟人时脸上会显出一丝难为情来，但腹中果实却又使她有着一种母性的踏实与坦然。我有时觉得如果去了她的那个大肚子，她会立即变成一只轻捷的燕子飞走的。

小黄他们后来不在街上摆书摊了，他们在大学里租了两室一厅的单元楼，在里面开了一个旧书店，也代销一些书帖画册之类的东西。门口的招牌就是小黄自己写的。惜乎小黄没名气，要是能混得一点声名，他那个字就可以拿去换银子了。这时候他们的孩子已经出生了，胖墩墩的一个男孩子，难怪使他母亲的肚子显得那样大。做了母亲的小闻就像一个油足捻丰的小油灯一样，恬静地亮着，使人觉到生活的盈实和滋味。

这样过了有一年多，忽然一天去小黄的单元楼时，见招牌依然，里面却换了主人。一时心情异样，如同遭遇了生活中一个变故似的。其实也正是这样一些事情使人觉到人生的莫测与无常。还是那个屋子，也还是那些书，但感觉已大为不同。得到消息说，小黄两口子去哪个子弟学校教书了。

但后来我却在老城的西塔附近见到他们小两口，他们已开起了一个小规模的画廊。我是偶然撞进他的画廊里去的。相见之下，自是欢喜和感慨。他们夫妻俩虽还淳厚依然，但衣着气质方面已有了一些不同。一个农村模样的小女孩在那边的圆桌上逗弄着一个虎头虎脑的孩子，那一定是他们的儿子了。小黄两口子殷勤地带我在画廊里看这看那，但我似乎什么也看不进去，只看到白白黑黑、花花绿绿的一大片，倒像走在一个梦境里。

· 老贾 ·

也只是知道他叫老贾。

摆书摊人里除了老王老两口子，就数老贾的年龄大了。他的年龄并不是一眼就可以看出来的。一次他看着我的两鬓白发，感慨不已，劝我说："人活在世上，当然名也是要出的，但终归还是身体第一，生活第一，不可以为了一点虚名这样苛待自己。"他认为我的写作就是为了博得一点名声。我也就顺了他的话说："是啊，就是让一点虚名声给害了。"

老贾说话时总是很容易庄重起来，很容易把话说得正式和深刻，他和你说话的时候，会离你很近，而且是在说秘密话、知心话的样子，似乎这样的贴己话不可以被无关的人听去的，但只要老贾自认为重要的话一说完，他的神情马上就会轻松下来，脸上的笑也有了，话题即刻会跳到别的方面去。就像是两个地下工作者已经对上了暗号，说了要紧的话，然后为了障人眼目，故意地打了一些哈哈那样。

那一次老贾神情疑重地端详了我的白发后，就露出神秘的样子来，让我猜他是多少岁。凡是这样子让你猜测他年龄的人，他自己一定先有了这方面的自信与自得。我也就猜一猜。老贾的头发显得枯干，白发却是没有的，脸上许多草根似的胡子也不见白。

我说："最多五十几吧。"

这就使老贾得意了，说："六十三。"

老贾说着，用手指比出他的真实年龄来。老贾这样自得自惬的时候，真是很让人动心的。觉得一个人能有着这么使他骄傲的一点，是很让人欣慰的。

我表示了我的惊讶，说："真是看不出老贾你有六十几，我父亲还不足六十，可是看上去比你老多了。"

我父亲真是要比老贾老许多，胡子已是白多黑少。

"他一定心机太重、郁闷，闷闷不乐，生灾招祸。"老贾说，说话间已贴紧我站着了，又是说秘密话的样子。

"我为什么看起来还算精神，"老贾说，然后把手指向心口，"原因都在这里，我这里不搁事，人生在世，生不带来，死不带去，这就是我的原则。你不要看我一天站在这里风吹日晒的，我心里舒坦着呢。心舒坦了，人才能舒坦呢。”

说过这话，老贾观察了一下我的反应，自己就开颜笑起来。他笑得自然又释然，似乎已逮住了一个根本，一切都可以迎刃而解，而且已经是迎刃而解了那样。老贾的那种笑实在是不多见的。我就不会有老贾那样的笑，就像一个跑到了终点的人，回过头来向那些还在跑着的人笑一样。

我说：“老贾，你会活，活得好。”

老贾在这一点上不客气，他说：“我也觉得自己活得不错，反过来说，为什么又不好好活着呢？就应该好好活着呢。”

活不是大道理。各人有各人的活法。学也是学不来的。

我和老贾也只能各活各的人罢了。

老贾虽说摆着个旧书摊，但他也经常收字画。他的书摊上有一个大纸箱，里面装的就是字画。到老贾的书摊上去，我留意更多的倒是他的字画。因此，连老贾也清楚，我即使在他的书摊上看来看去，甚至是买到几本书，那也是醉翁之意不在酒。但老贾的字画，好东西不多。我俩常常把字画展开在他的书摊边看着，还记得有风的时候，字画在我俩手里水浪一样鼓动着，哗哗响。路过的人会侧目，以为我们在看着什么珍品似的。在老贾的书摊上，我收获的字画并不是很多。有时刚刚展露开字画的一角来，老贾就草草卷上去，说：“这个你不要看了。”我说：“老贾，你把好货拿出来咱们看嘛，又看不掉上面的颜色。”老贾就意味深长地笑着，使你不清楚他究竟有无好东西。

不知道老贾字画方面的鉴赏力如何，反正当地的书画家，他可以做到如数家珍，这也是容易的，难得的是他还会对他们一一做出分析和评价，说谁谁的东西真好，只是不会运作，酒香还怕巷子深哪；谁谁是借风使力，得到一点虚名，卖得一个好价钱，然而不久长的，为什么呢？因为根本不牢固嘛。字画家的根本不是别的，就是字画，因此真正会收藏的人不是投资名家字画，而是投资那些真正具有潜质、将来会出名的人。书画家名录辞典，老贾的书摊上也有着几大册的，有时候我对某字画有微词时，老贾就会搬救兵那样搬出一本辞典来，给我找到那作者，什么头衔啊什么奖项啊获得了一大堆。我说："老贾，你也信这个？"老贾就笑着合上辞典，说："不信咋办呢？都给你印到书上去了。"但看得出老贾也是不信的。

老贾说这些年来，他也买卖过一些好的字画，一次就收到一幅沈鹏的字，卖得三千块。但老贾有时候也有些随兴而为。譬如本地一个著名书法家，系一名医，还兼任过省书法协会首任主席，我在一家书摊上见到过他的一副对联，深稳老辣，真是非寻常之辈能比，我是动了心的，可惜摊主索价太高。但是这个老贾，他竟把这个书法家的一幅斗方，极便宜地卖了。他说他根本不喜欢那书法家的字。"你不喜欢别人喜欢啊。"我心想。这事也许只有老贾做得出来。还有一个书法家的字，装裱齐整，我眼睁睁地看他二十块钱卖给了一个小伙子。早知是这个价，还能轮到别人吗？倒好像老贾的心里没个可靠的标准。然而这必须有个标准啊。

老贾原来在哪个厂里干过，真不能相信他竟当过副厂长，只是后来厂子倒闭了。和老贾说起这事，老贾作诗一般说：“曾经当过副厂长，如今摆个旧书摊。”他说：“那时候厂里的标语什么的，都是由我来写的。”“说来是写了不少空话啊。”老贾笑着说。老贾的字写得怎么样？他的书摊上有几本《书法报》合订本，老贾给做了封面，封面上就有老贾的字，有些隶书和魏碑的味道，但是不合规矩。或者就是偏偏不按规矩来。那样的字，难说好坏，但特点是极鲜明的。

老贾一直鼓励我写字，甚至鼓励我用毛笔写小说、写日记，并抛出诱饵来，说好的字画，讲老实话，他是有着一些的，要不这么多年搞字画买卖，岂不是白搞了？等我的字写好了，他看上了，他承诺，可以用我的字换他的藏品。承他美意，我的心里也是有些为之痒痒，然而终究是吃不了那个苦，总是三天打鱼两天晒网。老贾说：“你不要乱临帖，选择出一个你喜欢的名家名帖来，不要心有旁骛，就练他一家一帖，坚持下去，没有不成功的。”

道理是不错的，就是需要日复一日坚持。

譬如老贾自己，能讲出道理来，但是也并没有如他所说，成为书法家嘛。

但老贾的话总归是不错的。

老贾似乎很看重一个人的人品，贴近我的身子，说贴己话时，也多会牵扯到这上面去。他对字画商们嗤之以鼻，认为大多不过是虚张声势，惯于守黑道白，指鹿为马，高级骗子而已。但对小黄夫妻俩的评价却是不错。我说：“就是聚贤阁的那个小黄黄全东吗？”“正是他，”老贾说，“要是真有收藏之意，到聚贤阁去拿货，钱多钱少不说，受骗是不会的。”这话我听了也高兴。

老贾的二胡拉得不错。顾客少时，他就坐在他那把经了许多岁月的竹椅上，拉起二胡来。闭着眼睛，摇头晃脑，有些身心两忘的样子。我就立在一边听。随着收势，老贾的眼睛就睁开来，欣悦地向我笑着，倒好像他早就知道我站在这里。

一次我逛过书摊，在离去时，被一个收藏家拦住了，说三说四，一时脱身不得。那时候老贾就在拉他的二胡，我一心二用，一边看着收藏家的嘴像某个机关似的开合不已，一边留神听着老贾的二胡声。好不容易等到和收藏家告别，我正要走时，却被赶上来的老贾叫住，老贾离我很近地站着，使我能看到他的一根眼睫毛掉了，粘在他的眼皮上，同着他的眼帘一动一动。老贾压低声音问我：“你清楚那人是谁吗？”我说：“清楚。”我说了收藏家的名字。老贾说：“你知道他的为人吗？”其实所谓收藏家的为人，在老贾的眼睛里已看得一清二楚。这个收藏家是有些声名狼藉的。我会心地说：“老贾，你放心，我只是和他说说话而已，他拦住我，不说话又不行。”老贾释然地说：“这就好，因为是你，我才多这个嘴，别人我是不管的。”说了这话，老贾扭头就走。真是来去得有些突然。看他腰板直挺，健步轻快地走着，很难相信那是一个已过花甲的老人。

·王凤生·

觉得对王凤生，该说的话最多，但是却不知说什么才是。

他和老贾都是在老城摆书摊。在老城摆书摊的好处是，可以不东躲西藏，踏踏实实来摆书摊，不知为什么，几乎不见城管到这里来。

在所有摆书摊的人里，王凤生无疑是有些特别的。他总是给人一种手足无措、魂不守舍的感觉。好像有什么事还没有来得及做，随时都会从书摊上拔脚走掉的样子。他的书摊不大，却很精。从他的书摊上总是能见到一些好书、难得的书。他的书价是不低的，而且不容商量，似乎他根本就没有同你商量的余地和时间。但是对我们几个写东西的，他却可以宽和许多，书价也会陡然地降下来。他会在一边盯着你，只要看你是真心想要这本书，那么他比你还要急切，介绍说这本书多么好多么好，似乎只要你要，那么白送给你他也是情愿的。这倒使人难为情。但他似乎也是有条件的，他的条件就是你能和他说一说话，讨论讨论文学。

譬如，他会问你是怎么写作的，是白天写还是晚上写；长篇好写还是短篇好写；是否写作要从散文练起；不写散文，直接写小说行不行；为什么许多诗让人读不懂；有一些小说没有什么情节，然而让人读得很愉悦，是什么原因，算不算是好小说；那么故事性的强弱到底和小说是一个什么关系；是不是有时候会觉得无话可说，写不下去；写得太顺手是否倒不是好事；等等。

他的问题真是多得很，而且纠缠得很，就像你是一朵花，他是一只蜜蜂，他就是要跟着你，而且你是不好摆脱他的，除非你把手里的花枝扔掉。很多时候，你逛到别的书摊上去了，他还跟牢你，将他的书摊扔在那里不管不顾。有时候你以为他离开你了，但是一抬头，见他立在一边，向你笑笑，示意你自管看你的书，他只是转转而已。但显然他还有许多问题想问你。常常有顾客想买书时却找不到摊主，旁边的小媳妇就喊他，说他再不管，钱她就收了，于是就看见他像一只翅膀受伤的蝙蝠那样跑过去。

他对文坛的情况是很熟悉的。对本地的一些作家作品，也是耳熟能详。你刚有一篇小说发表，他不知怎么已经知道了，看过了，问你觉得怎么样，自己满意不满意。问谁谁谁的小说怎么样。说谁谁谁的某一篇还可以，倒是比他获奖的那一篇还要好。他带些小心地批评着文坛的一些事情，似乎再如此搞下去，连他这个旁观者也看不惯了。我说：“不是你说的那样子。”他说：“不是吗？我觉得就是这样的。”他的样子让人想到，一只大肚子的青蛙，把头从水里探出来，总是禁不住要呱呱地叫着。

他到底是个什么人？

我一直记得他好像在学画，而且在书摊上出售过自己的画，后来相熟了，他说他从没有卖过画。但画画他是喜欢的。

他会常常考察般地问我："最近又写了什么？发表在哪里？"我说："我觉得你好像比我还清楚呢。"他就小心地笑起来，说："最近你好像没有写什么东西。"他的笑也是特别的，好像嘴巴上有伤，只能如此小幅度笑着。他上唇的两端及下巴上生出少许胡须来，显得柔细，给人一种水生植物的感觉，是暗黄的颜色。似乎他的这几小撮胡须会永远是这个样子，不会再长，也用不着剃刀来剃的。

好几年过去了，忽然得知原来他也在写小说。这是不让人意外的。我就劝他先从短章随笔写起，先投报纸副刊试试。当时我的一朋友还在某报副刊当编辑，我说："假如你真写得好，我可以推荐的。"他就那样习惯性地笑一笑，不置可否。看得出，虽然他在写作，但并不是很热衷于发表的。这倒是难得。

他告诉我他在写一篇小说，但是写得极慢，有时一天只能写一百多字。一天写一百多字在我是不可想象的，我觉得这有点太慢了。但这也是可能的，各人写作的方式不同。小说的好坏和写作的快慢是没有关系的。蜗牛爬得是慢，但若在一个关键处运动，慢倒会给人一种惊心动魄的感觉。在高空走钢丝的人也不会快的。我说："不怕慢，只要好。"他听了很高兴，说："很快的速度是写不出好小说的。"我说："是的，好的小说要文火慢熬。"

但是过去了几个月，几乎一年，他的小说还没写完。我想他一定是在写长篇。他说："不是长篇，几万字的一篇小说，总是写写改改，改改写写，总是不满意。”我说：“不要改得太厉害，就像一个人，走一步查看一下自己的脚印，这样是会耽误走路的，只要是在走路，脚印自然会留下，因此先一鼓作气，写出来再说。”看来这话他是听进去了。

然而又过了许久，还不见他的小说出来。我于是就觉得对他写小说这事是不必认真的，兴许他一个字都没有写呢。写又能写出个什么来呢？写作方面的天才是有的，但多么少。我觉得没有什么迹象使我把他和天才联系起来。

但是一天，他说他的小说写出来了。我有些意外，好像一个玩笑开成了事实。因为先前说过要给他看稿子的话，我就让他去拿稿子。原来他是带着的，打开一个小纸箱，拿出一只绿塑料袋来，袋子里就是他的小说，沉甸甸的感觉。拿出来一看，手稿，第一印象是，字写得不错。他说：“上一周就拿来了，一直在等你。”我有好多天没来这里了。他写了些什么呢？我说：“给我半个月时间吧。”他说：“半年也可以的。”我把小说拿回家，打算看完后写一封短信，连稿子一同还他。不知为什么，我觉得不看他的稿子也可以退还他的，似乎这样的一封信不看稿子也是可以写的。人有时候是多么的轻率和自以为是。

然而一看稿子，我却大感意外，原本想着陆续看完，但是一拿起来竟不能放手，三万多字的小说，我一口气就看完了，看得我眼睛痛。但心里却很快慰。小说写得不错，连贯通畅，根本看不出来修修改改的痕迹，好像是一气呵成。看来小说要的就是结果，真是不在写作速度的快慢。内容扎实，情感真挚丰沛，文笔也不错。当时就想打一个电话给他，但那时已是深夜，而且我也不知道他的电话。他小说里的人物和情绪还在我的脑子里萦绕不去。

小说写的就是旧书摊上的事，看似平常琐碎，放在小说里却耐人寻味，让人动心。看来这么一溜小小的旧书摊，长不足百米，其实也是一个非常丰富和完整的世界啊。我虽然在旧书摊上流连了这么多年，看了王凤生的小说，却觉得自己一直是在浅水边戏耍着的，深水处是有的，就在王凤生的小说里，我竟是从未探及过。各有各的生活，各有各的边界，这也是难免的吧。

小说近乎纪实。里面的许多人物我一眼就可以看得出来现实中是谁。譬如老贾，在王凤生的小说中就占了不少的篇幅和分量，看来老贾在王凤生的生活中也是一个不可或缺的人。老贾是一个热心人，爱给人帮忙，也能帮到点子上。老贾就是书摊上的一个潜在的首领。这一点，我之前倒是没看出来。

小说主要写了主人公和两个女人的故事。一个是他的老婆，一个是和他一样摆着旧书摊的女人。他在两个女人身上都陷得很深，尤其是那个摆旧书摊的女人，被王凤生写得情深意长，又含蓄隐忍，实在是很能打动人的。我看了不多就很自然地把王凤生当作了主人公，而且认定他写的就是他自己，那么，如此说来，那个让王凤生牵肠挂肚、欲进又退的女人她是谁呢？我脑子里一一过着摆书摊的女人们。哈哈，一个写小说的人，竟也对号入座起来了。

老实说，摆旧书摊的小媳妇里，有几个真是颇具姿色，性格也好。真是不清楚她们为什么来摆旧书摊，凭着她们的长相和能力，我觉得她们是可以另寻一份工作的。但也许她们摆旧书摊的生意不错，赚的钱超过了一个拿工资的也未可知。她们也是很珍惜自己的，打扮起来也是舍得花钱的，太阳烈一些时，她们的椅子边上就会插一把精巧的遮阳伞；即使只是小风在吹着，她们也会用口罩将自己的脸保护起来；胳膊上总是戴着袖筒；手上也戴有半透明的薄手套。这几个小媳妇，真是给书摊增色不少。

说到这里，忽然想到，要是没有她们，书摊上的生意一定会萧条不少吧。我觉得在她们跟前淘书时就不好讲价钱，也不好意思看了半天一本书都不买就离开。一般是她们要多少就给多少，这样子心里也是很痛快的。总归她们也是有个准数，不会胡乱要价的。有时候也会逗弄一两句，譬如“这么贵啊”“太贵了啊”之类，小媳妇们知道你也不是真嫌贵，只不过想说说话而已，就顺口说“这还贵啊”。在这样一些简单的对话里，心里也是有些受用的。

有一个小媳妇，双腿修长，眉眼生动却又端庄，喜穿黑色长裤，戴着轻便的镯子，一看就不是很贵，戴在她的腕上却又风味独具，使人看在眼里，容易心生怜惜。我就很乐意在她的书摊上淘书的。“给你一个袋子吧。”淘好书，付过钱，她会这样说。把书从你手里要过去，装好在袋子里，再低着眉递给你。这都是让人心动和难以忘记的。

然而，不知道王凤生写的是她们中的哪一个。

真是想不到看似风平浪静、买来送往的旧书摊上，还有着如此的深切牵挂和细腻用情。

不想那么多了，还是说小说吧。我第二天给王凤生写了一封信，表达了我的惊讶和欣赏之意，鼓励他把这个小说投出去试试。原本他的小说稿我也带着的，但到书摊上我却又改了主意，只把信给了王凤生。我的打算是把这小说给我的一个作家朋友看看，她家邻近一家杂志社，她又是一个很有眼光和热情的人，要是真觉得好，可以推荐给杂志社。这一点我没对王凤生说，免得他后来失望。我说小说我再细看一看，再来时还他。王凤生也很高兴。他有些不好意思地说，他写完后自己读了一遍，也还觉得不错，不像写的过程中那样无信心。他说他自认为写得还算实在，另外他们摆书摊的这些人，这些生活，还是很独特的，很少有人写过这方面的事。

我说看来像是纪实。

王凤生不好意思地笑着说，基本就是纪实，他觉得自己无法编造着来写小说。

我没有问王凤生写的那个女人是谁，是哪一个。王凤生看来是一个很容易害羞的人，而且他已经在害羞了，脸红得看不到他的黄胡子了。

我说："这是你的第一篇小说？"

看不出来这是一篇处女作，情绪的控制，分寸的把握，文笔的老到，都远不是一个初学写作者所能达到的。

但这就是王凤生的第一篇小说。他说他有写日记的习惯，喜欢看书，书看了不少，而且喜欢在书上写写画画。难怪从他那里买到的书，上面都写满了批注和感慨呢。原来都是出自他的手笔。他说他是用铅笔轻轻写的，不喜欢的人可以很容易就擦去的。

告别王凤生，我就去找我那位作家朋友。记得离开王凤生不远，我回头看时，见他坐在竹椅子上，双眼紧闭着，双手也扣在一起搁在膝盖上，像丢了魂似的。

事情似乎是很顺利，一天早上，我起床不久，电话就响起来，朋友打来电话，说小说她看过了，写得不错，编辑部的人也看过了，决定发在第三期，头条。

等于说刚接到稿子就给编上了。

我有了一种久违的兴奋，真是比自己的东西发表了还要高兴。我向朋友说了许多声“谢谢”，一定使她觉得有些奇怪了。

这时候人就是有些奇怪的。

脸还没有洗。

不知道王凤生的电话，他好像并没有电话。

我真想不洗脸就去找王凤生。如果真如他小说里所写，那么就该成全他，让他把这个好消息快快地告知给另一个人。

·节日·

每年春节将过，从大年初二到初八，老城南关一带会专设一次旧书交易会，旧书摊沿街摆开，能摆出好几里长。真是买卖什么的都有，可谓卖书者和淘书者的一个节日。只是时日苦短，生意好像刚刚开始，正做出兴味来，却又戛然而止，使人觉得意犹未尽。因此爱书的人们都很看重这几天，闻风而来，摩肩接踵，赶庙会似的。春节是要回老家的。我与朋友就因为牵念着这个一年才有一次的交易会，已经好几年春节都没有回老家了。虽然回族没有除夕夜合家相聚的习惯，但国情如此，年味浓烈，夜间一个人待在空房子里，总还是有些惦念老家的亲人的。但如果回去，一定又会十分牵挂这个旧书交易会。难以两全啊。

我甚至觉得这是我生活中不多有的大事和盛事。

我所熟悉的人都倾巢出动，老王两口子啊，小唐啊，小丁一家啊，靖远王啊，王凤生啊，等等，都出来了，而且如汛期的鱼虾那样，有着一种平日所没有的情绪和状态，他们每个人的书摊都像发面似的扩大了，各人把各人的藏品都竹筒倒豆子一般展示出来了。书自然是主体，另外还有布票、邮票、书信、老契约、旧档案、老照片和假古董等，真好像是应有尽有，无所不有。除开这些熟悉的人，更多的面孔却是陌生的。但是他们却熟门熟路地做着他们的生意，好像他们历来就做着这个生意的。这是令人惊讶的，那么平日里他们待在哪里呢？为什么会一下子出现这么多？他们究竟有多少人？我想起把一根骨头随手扔在石头上，过几日去看，会看到骨头上密密麻麻地爬满了蚂蚁。谁能说清这么多蚂蚁从何而来？谁能说清它们凭什么知道这里有一根骨头？而且是在这样一块显得孤高的石块上，它们是怎么攀爬上来的呢?

这么多蚂蚁竟为了一根骨头。

也许看着骨头上碌碌来去着的蚂蚁会这么想，但是自己作为蚂蚁时，谁还会这么想呢?

就不要想那么多无用的，做一只快乐的蚂蚁吧。

我的一些收藏兴趣就是在这段时间里被激发和催生起来的。我收到不少老照片，虽然不详其人，但他们静静地立在时光中的模样，给我一种很是特别的感觉。在那些老旧的、黑白的，然而又保存得不错的照片里，你似乎能深切地感知到时间、时代、人以及相互之间的关系。你会感到人在时间中是那么的醒目，就像在清冷的时光中，人是唯一永不消逝的存在；同时又会让你觉到人的脆弱和渺小，好像只要你对着照片轻轻吹一口气，就会像吹灭一缕缕灯火一样，吹得他们一个个全无影踪。这两种感觉都来得真切又强烈，使你说不出哪种感觉更为可靠一些。有时将收到的老照片排开来看看，感受是丰富又异样的。这些陌生人，这些和你一样的人，他们一个个都是谁啊：一个小姑娘胸前佩戴着领袖像章，正和我的女儿一般年纪；一个军人怀抱钢枪，骑在马上，显得英姿勃发；一个小脚的年轻女人如同绣像一样坐在老旧的门窗前，她的旁边坐着一位留有胡须、大耳长面的男子，神情高古得像一位僧人；还有一张合家照，数十号人排列在方寸大的照片上，使人觉得这么小的空间里有这么多人，实在是有些拥挤了，一个个脑袋显得相像，不容易分出彼此来……他们都是谁？我看着他们的时候，他们一个个又在哪里呢？我觉得陌生的老照片会带给人更为深切和旷远的感受。看老照片，就是把人放在时间里看，细细端详并领会，会觉得这一刻，时间和人的关系真是欲说还休。

还收到一些信件、契约以及档案材料。在一些契约或材料上，会留有当事人的指印，印色也还深红，但是看看时间，已是多少年过去了。突然窜出的一个念头是，那时候还没有我这么个人。

回到家里，静静地翻看这些从旧书摊上收来的东西，让人感慨，这实在不是一堆废纸啊，但时过境迁，留下来给你看到的也只有这样一堆纸。

有一些纸给我留下了很深的印象。

是一些日记，有四十七本之多，这个“本”是不小的，每一本有八开报纸那样大，齐整地码在那里，有一人之高，像一堵厚实的墙。书摊的主人不停地向行人推销着这些日记，他说这都是一个人写的，写了四十七年，一年一本，写了四十七年，没有一天间断过。那些日记频频被翻开来看。由于纸页大，每一页又被分成了许多的小块，密密实实地写着字，像种田的农人一样不舍得留出一点余地来。首先的一个印象是，字写得不怎么好，显得随意，而且同一页面上会用几种笔来写，钢笔、圆珠笔，连铅笔也有，这就使它显得品相不好。从表面上来看，就给人一种不宜收藏的感觉。内容是什么呢？我看了看，也许是人多声杂，加上他写得零乱的缘故，我看了老半天，竟没能看出他在写什么。当然他一定是写了什么的。四十多年，风云变幻，国事家事，有多少事都是值得记录的。可是这样近乎一生的记录和心血，为什么一朝竟把它给卖了呢？

书摊的主人说，某人买了一套二手房，房里还有不少东西。一些还是有用的。但是这么一大摞纸有什么用呢？还占地方，就给卖了。

我很想问清几个问题的，但自己清楚，即使问，即使有答，也未必能得到确信。

我动了好几次念头。

但也觉得，是有些多，是会有些占地方的。而且，真有什么价值吗？连日记的主人和亲属都没有留下它。

我想雇一辆车把这么一大摞日记拉到家里去，也是很费周折的。

几乎天天都要到那摞日记前转一转，翻着看一看。书摊的主人已认得我，见我来，看看日记，看看我，有些嘲弄的笑在他的脸上，不知他是在嘲弄谁，在嘲弄什么。

我想，一些人一字千金，千金难求；一些人毕一生之功，写了这么多字，难道真的就没有什么价值吗？

杂拌（二）

——采自父亲的日记

原载《人民文学》2009年第10期

· 小引 ·

年过花甲后，父亲开始记日记。父亲的日记是回忆式的，回忆自己这些年的生活经历及相应的心理感受。因此与其说是日记，倒不如称为回忆录更为合适。然而父亲坚持每日必记，从这个角度讲，称为日记也是可以的。父亲记日记的目的有二，一自然是排遣时日，不使光阴虚度，二是可提供一些素材给我，说来父亲真是用心良苦。父亲陆续记日记已有两年，装订了九册。父亲曾当过村里的民办教师，于是就买教师常用的教案本记日记，这种本子，一册一元，纸质不是很好，但是父亲说，正适合他记日记。

父亲的日记，我是常常看的，除回忆性的文字外，自然不免也还记录一些当下的事情。其实父亲只上过半年学，就因爷爷劳改而辍学了。父亲的一点文化全是靠自学积累起来的。我觉得读父亲的日记，对我的文风或许也有一些影响，那就是要实诚、实在、言之有物，不要太多修饰。这也正切合于如今我对文字的要求，就是要丑笨，不要漂亮。但愿这一对文字的要求能始终如此。

我打算把父亲日记中的人事以我所愿，摘录一些下来，如果父亲的日记能坚持写下去，那么这就是一个长期劳动。从今天开始，我就开始我的这个劳动。

· 陈太太 ·

父亲的日记中很多地方都记到了我的爷爷，爷爷对我们一家的影响实在是太深了。

爷爷是一个喜欢单干，喜欢做生意的人。与人交往主张吃亏、忍让、忠诚、讲义气，因此有不少生活上、生意上的朋友。他结拜有八大弟兄，这个后面我也许还要写到吧。中华人民共和国刚成立时，村里搞互助组、初级社、高级社等。时过境迁，可以讲实话了。实话说，爷爷对这些都兴趣不大。爷爷是农民出身，却不喜欢种地，喜欢做生意。从父亲的日记里看，20世纪50年代末60年代初，全国都在轰轰烈烈搞“大跃进”、吃“大锅饭”的时候，爷爷竟还带着十岁左右的父亲，到兰州、上海一带做生意。主要是贩卖布匹等。据父亲讲，做一条裤子的布可以换一麻袋粮食，那裤子还没有腰。那时候的裤子，裤子和腰是分开做的。可见布匹在我们这个地方的珍贵。要是在兰州做生意，爷爷他们大多是住在朋友家里。爷爷的朋友真多，父亲列举了他和爷爷几年间住过的地方，有七八家之多。这样可以省一笔开销。而且爷爷如果不住朋友家里，去住旅社，朋友们也会因此不高兴的。

父亲说，在兰州的大部分时间，他们是住在华林坪陈占海老人家里。父亲的日记里称陈占海老人为陈爷，称他的女人为陈太太。父亲说，有一次他们在陈爷家一住就是三个月。陈爷家的住房并不是很宽余。老实说，也就一大间房子，吃住都在其中。一个大院子，里面住了十来户人。回汉均有，还有一户藏族。十几家人同进一个大门。大门晚上十点半之前就关了。过了这个时间晚归叫门，门是不大会开的。总之，大家都遵守着这样的约定。有事无事，十点半之前都尽可能赶回来。

父亲那时候是很不安分的。晚上习惯到文化宫一带看戏，看大人们跳舞，这样回来就晚了。大门肯定是进不来的。然而不要紧，陈爷的房子正好临街，临街的后窗正好开着一扇小木窗。陈爷鼓励父亲去看热闹，若是晚归，不要高喊，只需轻轻敲三下窗棂即可。陈爷就会打开木窗，把父亲从街上接进屋里来。

父亲说，那时候木板炕上睡三个人，陈爷、陈太太，另一个就是父亲。爷爷睡在门侧。陈爷在门侧给爷爷支了一架单人床，夜里睡觉用，白天可以取下来靠墙立着，这样就不占地方。我就感慨那时候人与人之间的关系真是融洽，相互间能信任到这个程度。

那么陈爷和我家是什么关系呢？陈爷原本也是海原人，1949年前去靖远开车马店多年，经营有方，挣了不少钱。1949年后就搬去兰州了，还在公交公司谋到一份工作。有一年陈爷的女人陈太太生孩子，那时候陈太太快要四十岁了，也不知道他们为什么要孩子这么迟。陈爷很是小心，到处打听接生婆，就辗转打听到爷爷的母亲接生不错。爷爷的母亲，我叫太太，我们这里就是这叫法。陈爷就派出一个人来把我太太用骡子驮去了。生下一个儿子来，取名陈让。母子平安。陈太太就把我太太认作了干妈。两家之间，也就这么点关系。

父亲的日记里，对陈让一家记之甚详。尤其陈太太，看来是给父亲留下了很深的印象。从父亲的日记里看，这个陈太太派头很大。喜欢听戏，听说1949年前她定期请戏班子来她的店里演戏。她还吸食鸦片。没有鸦片的时候，陈太太看起来就像换了一个人，张嘴打哈欠，脾气也不好了。父亲说总体上讲陈太太的脾气是很好的，善良宽厚，有些虚荣和幼稚，一看就是大户人家出身。他们虽然只住着一间房子，而且十几家人共用一院，这也只是他们的一个策略。实际上他们的老底还是不错的。从陈太太过日子不慌张就可以看出这一点来。再说要是日子不宽余，陈太太是不敢吸食鸦片的。

父亲的日记里也还写到那个陈让。半个世纪过去了，不仅日记里，就是口头上，父亲也多次讲到这个陈让，倒使这个我们不曾见过的陈让，似乎是很熟悉的一个人。父亲说他和爷爷住在陈爷家的时候，陈让已经结婚成家，搬出去住了。小两口有一个孩子，四五岁的样子，已经是不低的个头了。这主要是陈让两口子都是高个头。陈爷爷和陈太太的个头也是不低的。

按说小孙子，该常来爷爷奶奶家的，但是陈让一家并不多来陈爷家。陈太太对儿媳有些微词。偶尔陈让一家来了，很少见到婆媳俩说什么，倒是陈爷有一句没一句地和儿媳说一些话。陈太太则是躺在一边抽她的鸦片，或者是逗孙子玩，把什么好吃的拿出来偷偷地给孙子吃，倒似乎不情愿给儿子儿媳看到她疼孙子。

陈太太之所以敢在儿媳面前抽鸦片，一来是她的性格如此，她的性格里有一种我行我素的特点，不在乎别人的看法和眼色；二来亲家母也是一个大烟鬼。陈太太说起亲家母，总是要笑话她一顿，说她要是没有大烟抽时，简直连一口气也维持不住了，看上去马上就要油枯灯灭。陈太太的意思是亲家母是个软浆人，她陈太太再怎么没鸦片吸，不过是心里难受，多打几个哈欠而已。而且即使她心里难受，面子上也尽量克制着不表现出来。总之，因为对儿媳不满意，陈太太连带着对亲家母也有些轻蔑。“我不说她，我没工夫说她，有说她的工夫我还不如美美睡一觉呢。”陈太太一说到亲家母，笑话了她有气无力的软浆后，就会这样提醒自己。果然接下来关于亲家母的好话瞎话，是一句也没有了。

父亲说陈让是他见过的世上最洋气的人，高个子，白净面孔，戴着眼镜。父亲对他的评价是，一看就是个知识分子，话很少，一句无用的话都不肯多说。爷爷托陈让办过一些事，陈让都给办了，然而却是由陈爷转告给爷爷。陈让办成事情，从来没有一次直接通知爷爷。父亲说爷爷认为，这是因为陈让是一个知识分子，要是别人，事没办或办不成，先给你说上一大堆。

父亲关于陈爷家的日记，更多的笔墨是关于陈太太的。陈太太不但会给自己的小孙子一些好吃的，偶尔也会给父亲一些好吃的，毕竟父亲也是一个孩子嘛。父亲说即使到了20世纪60年代初，陈太太养成的生活习惯也没有改变多少。改不了。她很看重自己的身体，有一个女大夫每周都来给她查身体两次。作为家里的女主人，她几乎从来不上锅做饭，家里的吃喝都是陈爷一手料理着。连倒尿盆都是陈爷的事。然而，陈爷看来是心甘情愿地做着这些。因此别人看来，这一家的生活虽然和别家有不同，但还是很自在的。父亲说陈太太那样的人，让她进皇宫给皇上当妈当女人都可以，都不会有问题，地位越高，派头越大，看来陈太太会越适应，但是让她去农村当个婆姨就不合适。她自己难受，别人看着也觉得是把她搁错了位置。

但是日记的末尾，父亲却写到这样一件事。说是1968年，陈爷一家倒霉了。就是那间小屋子，也不让他们住了。把他们赶到火车路去，随便给安排了一个住处罢了。老两口年过古稀的人了，分派给他们的工作是打石子儿。听说陈太太很快就无常了，剩下陈爷一个人继续打石子儿。关于他们的儿子陈让一家，父亲的日记里没有再提及。我问父亲，父亲说，1963

年爷爷被抓，判刑劳改十年，就再没有和陈家联系过。还联系个啥呢。父亲说陈爷现在肯定是不在了，就是那个给了父亲好印象的陈让，即使健在，也已经快八十岁了。

·小朋友·

在兰州时，爷爷和父亲还在牛爷家住过。父亲的日记里明白无误地写着，牛爷家当时是在桥门巷十二号。牛爷的女人，父亲称呼她为牛奶奶。牛奶奶个头不高，略胖，很能干，家里大小的事情都是她做主。牛爷尊称她为“我的女掌柜”。牛奶奶如此能干，牛爷乐得凡事甩手不管，只是让牛奶奶把他的吃喝操心好就是了。实际上这不用牛爷说。常常牛爷早晨刚睁开眼睛，牛奶奶给他的馒头就已经蒸好了，奶茶在火炉上正呼呼地冒着热气。牛爷对吃是看重的，在吃嘴上从不亏待自己。然而，他对穿却是不在乎的。牛爷在奶牛厂上班，老实说，也穿不了干净的衣服。他常年是一套劳动布衣服，洗不洗好像都是那样子。牛爷说：“要是不怕羞丑，我光着身子走都没问题。”牛奶奶却是将自己收拾得很干净，做活计时总不忘在外面罩一件蓝布长衫，这样做完活计，脱去外面的长衫时，她便可以衣着齐整地上街去买菜什么的。这么两个人成为夫妻，平平安安一起生活了这么多年，还生有一大帮儿女，真是不可思议。细细想来，真是让人忍俊不禁。

牛爷老两口和一个儿媳妇住在一处。这个儿媳妇，人高马大，性格爽直。老两口小两口之间，处得不错。牛奶奶的儿子在白银工作，一周才能回家一次。小两口有一个女儿，文静秀气，身子好像有些虚弱。当时已经是一个小学生了。牛爷和牛奶奶很是疼爱这个小孙女儿。据说她小的时候，牛爷没少拿厂里的牛奶喂她。当然只能是偷偷地从厂里拿出牛奶来喂她。一次一小瓶，哪里都装得下的。然而她并没有吃得身体好起来。牛爷笑着说："偷下的牛奶嘛，当然是吃不胖。"

牛爷一家，是兰州本地人。我们两家相隔近千里，而且一方是城市人，一方来自农村，是怎么牵连上的呢？这都是因为，虽然两家相距甚远，背景不同，但却共同信仰着一个教派，这样，异地相逢，就会感到很亲近，一来二去，就成亲戚朋友了。直到现在也是如此。即使是陌生人，操着不同的方言，有着不同的地位，但只要信仰着同一教派，追随着共同的道祖，互相间很快就会消除戒备，亲和起来。

仅只是同一教派的原因，从20世纪60年代到90年代的三十年间，我家从爷爷开始，直到父亲、叔叔，两代人不知多少次打扰过兰州的牛爷和牛奶奶。牛爷和牛奶奶现已俱成故人，父亲只要说起他们，总是唏嘘不已。

父亲说20世纪80年代初，他去兰州做小生意，住在牛爷家，每天天不亮，牛奶奶就会叫他和牛爷起来吃馒头喝茶。牛爷喜欢喝奶茶。父亲原本喝不惯奶茶的，后来对奶茶反而是颇有兴味，正是在牛奶奶家喝出习惯的缘故。父亲常说牛奶奶的馒头蒸得有多好啊，牛奶奶收拾得有多干净啊，等等，看起来真是情深义重，没齿难忘。但是关于他自己的小朋友的事，父亲从没有给我们讲过，我是不久前才从父亲的日记里看到，原来父亲曾经有过一个小朋友。

就是牛奶奶的那个孙女儿。

父亲那时候也就十一二岁，从日记里看，父亲对那个小女孩的印象是很深的。她好像并不嫌弃父亲是从小地方来的，从乡下来的，对父亲有好感，父亲在日记里记到她给父亲让座等事。

20世纪60年代初，中国人的日子是很苦的，即使城市人，吃得也并不怎么样。父亲说，不少城市人常常在工作之余，在星期天，成群结队地去城外的田地里寻找吃食，引起了农民的强烈不满，认为城市人保障供应，还不得够，在农民碗里抢食吃。就是在那样的情况下，父亲的日记里清楚地写道，那个小女孩还偷偷地给过父亲大豆、干洋芋片等，也不知她是从哪里弄来的。

那时候爷爷几乎是铤而走险，依然带着父亲，不时去一趟上海等地跑生意。父亲记得清楚，他们要去上海时，牛奶奶的那个人高马大的儿媳妇就会开玩笑一样对父亲说，让他到上海不要忘了，记着要给自己的媳妇子买上个发卡。她是用兰州话说的，呼着父亲的小名。父亲的日记里也是引用了她的兰州话。所谓媳妇子，指的就是她那个文弱的女儿。父亲那时候还不很理解媳妇子是个什么意思。然而父亲却是把那女人的话记在心里，到上海后，在城隍庙一带给她的女儿买了两个不同样式的发卡，回来交给牛奶奶的儿媳妇。

父亲说他一共给那个小姑娘买过两次发卡，一次不多不少，也只是买两个发卡。这样一来，那个小姑娘就开始躲着父亲了，不再像先前那样和父亲亲近了，看见父亲走过来，她会有些慌乱，甚至有些恼怒父亲的意思。但是她也还偷偷送一些吃食给父亲。父亲夜里拉开被子要睡时，被子里就会带出一个小袋子来，里面装着大豆、干洋芋片、干薯片一类。

到1962年下半年，风声开始紧起来，地方上派出专人抓爷爷，这样爷爷觉得再带着父亲就有些不方便了，于是打发父亲回老家去。离开牛奶奶家的时候，那个小女孩知道了消息，在爷爷和父亲后面默默地跟踪了很久。她背着书包，装作是去上学，然而她并没有去上学，她的学校在另一个方向，这一点父亲自然是很清楚的。父亲在日记里疑惑地写道："难道那天她逃学了吗？"她固执地跟着，就是要送父亲一程。

父亲现在回想这件事，想不通，她一个城里的女孩子，到底是看上了他什么？时过半个世纪，父亲在日记里独自回望这件事时，依然心绪难平。在回忆小女孩默默跟在后面的情景时，父亲情不自禁地写道："她是希望我不要走啊，希望我还能留下来，再留上一段日子，可是我就走掉了，心里头倒像是没有对她的牵挂，只是牢牢记着她背着书包，跟着我们，走过了几条街的样子。"

其实父亲一直记着这个小女孩，父亲称她是自己的"小朋友"。八九十年代，政策渐渐宽松起来，父亲又开始做小生意，每次去牛奶奶家，父亲都会想起他的这个小朋友。然而真是奇怪，竟然是一次也没有碰到过。父亲虽是情怀热烈，却性格内向，不便向牛奶奶打听“小朋友”的下落。只是听说，她嫁到天水去了，有三个孩子，丈夫是很能干的一个人。

父亲在他的日记里总结说：“这些年去过牛爷家多次，没见过她，细细想，这是最好的，已经这么多年过去了，再没有比相互之间不见面更合适更圆满的了。”

·爷爷·

爷爷在上海，前后被捉获过六次，五次都侥幸逃脱了。爷爷名叫田义福，被捕获的时候，审讯记录上，爷爷的名字叫杨生明。那时候和爷爷一同到上海做生意的本地人，有七八人之多。大家无一用的是真名实姓。我父亲当时不过十岁左右，然而也不敢用真名实姓。爷爷的一个好朋友叫鲍玉财，介绍信上他叫鲍风良，父亲充作他的侄子，叫鲍布拉。父亲的经名叫布拉，于是就叫了这么个名字。

父亲说，那时候大家都不敢用自己的真实姓名，这是很难受的一件事。你要时时记着自己的假名字，别人叫你的时候，你不能有迟疑，要立即有反应。父亲说尤其爷爷有时候也喊他鲍布拉时，使他有种很古怪的感觉。其实这些人，做的都是正经生意，而且无不是小本生意。只是时代不允准如此，于是原本再正常不过的事就变得复杂且异样了。

父亲说，假若一个时代不允许人们用嘴说话，只可用眼神交流，只可打手势，那么开口说话就会成为让人骇惧的事情。众目睽睽之下，轻易开口说话的人就会被人看成怪物，看成犯罪者，判什么刑都是可以的。

像爷爷他们这些做小生意的人，因不能光明正大地来做，因偷偷摸摸地做着，就总是不免有负罪感，不慎给逮住了，也是没有怨言，束手就擒便是。譬如爷爷因买卖几丈白布给判了刑，在那样的时代里，爷爷自己也会认罪受罚的吧。父亲说，要是现在，做着这么点可怜的小生意还要惊恐莫名，更名换姓，一定是连疯子也会觉得不理解。

父亲在日记里放任地议论说："对老百姓来讲，认罪伏法其实是很容易的。譬如有皇帝的时候，一个老百姓要是运气不好，碰上了帝王将相列队出行，使人家的车马受惊，那便大祸临头了，判他一个满门抄斩，他也只会怪自己命运不好，自认倒霉罢了，不会埋怨到别处的。只要公家列出条条款款，老百姓立刻就会张口结舌，认罪伏法的。"

然而，老百姓也自有其狡黠灵便的一面，要是给公家捉获了，实在动弹不得，那就认罪受罚，一旦有机会逃跑，那也不失时机，即刻逃逸。因此，像爷爷那样表面上显得愚讷的人，也有六擒五逃的经历。这是我最佩服爷爷的地方。

在父亲的日记里，有一则日记篇幅较长，而且父亲还给加了标题，叫《难忘的夜晚》，记的正是爷爷在上海第一次遭擒，又成功脱逃的事。

那天夜里，有些热闹。在爷爷租住的旅社里，聚齐了在上海做生意的老乡。这其中就有在逃犯李得桂老人。这个老人我后面还要写到。大家正谈得热闹，父亲下楼去拿信件，忽然看到两个便衣，正在和旅社的经理鬼祟地说着什么。父亲当时虽不过十岁左右，然而已能察觉一些事情了，立即跑上来报告了情况。热闹中的人们立刻安静了下来。但还来不及议论，两个便衣已推门进来，查证件问来历。问到谁谁回答，都没答出什么破绽来。尤其是李得桂老人，镇定应对，谈笑自若，哪里像个被判刑十八年的在逃犯。还有他的两个儿子，在他们父亲的镇静里定下心来，应付得滴水不漏。父亲睡在一张小床上，欠起身来要配合检查，但是便衣按着他的胳膊不让他起来，说："小孩子不检查。"父亲主动说："我叫鲍布拉。"没有人理他。没有查出什么来，两个便衣训话说："要提高警惕，防备坏人坏事，最近上海抓得很紧。"说了这些便衣就走掉了。其实这是便衣的一个计谋。他们先来看看动向，然后再行动。

夜里十二点的时候，那两个便衣又带着几个人来，不容分说让爷爷和李得桂老人从床上起来。那时候其他人都已走掉了，原本李得桂老人也要走，爷爷把他留下来说话，他就留了下来。他们两个顺从地起来，便衣让他们跟着走一趟，好在并没有上铐子。父亲惊醒来，望着这一切。爷爷临走时装作过来给父亲说什么，顺手把一个装钱的小包塞进父亲的被子里，同时示意父亲去找叔叔鲍玉财。就这样，爷爷和李得桂老人给便衣带走了，旅社的房间里只剩下父亲一个人。

父亲立即撕去裤裆里的一些棉花，把爷爷留给他的四百多块钱装进去。还是不放心，凌晨两点左右，父亲装作出门方便，想把钱转移到一个安全的地方。不仅钱，父亲身上也还有一些空白证明，只有公章，而无文字，根据需要自行填写便是。这些空白证明，都是当时队里的会计田文福偷开给爷爷的。父亲推门出来，几乎跌了一跤，原来是旅社里的一个人，蜷缩着身子睡在门口。那是个讨厌的人，绰号“瘦猴”。瘦猴抬头一看是父亲，当他是要去撒尿，就倒在门口又睡了。父亲跑上楼顶，把钱和证明藏好，这才下去睡觉。

一觉睡到第二天快中午了，被鲍玉财喊起来。这个鲍玉财，和爷爷可以说是生死之交。鲍玉财当即就骂了父亲一顿，说：“都这个时候了，你还有心思大睡。”让父亲赶紧收拾东西跟他走。父亲于是上楼去拿东西。等他下来时鲍玉财已不见了。幸好他们还约有见面的地方。到那里，果然看见鲍玉财慌张地等着，看到父亲，拉下帽檐转身就走。父亲顺从地跟在后面。原来刚才鲍玉财在父亲的房里等着时，忽然听到声音不对，忙出门看，见走廊两边各有一人，面色阴沉地向房子逼来。鲍玉财慌不择路，跳下二楼跑掉了。鲍玉财领着父亲，走到南京路和沈阳路交会处，大吃一惊，他们看见一个人笑呵呵地向他们走来。那不是别人，正是爷爷。简直叫人不敢相信。

原来昨夜便衣带着爷爷和李得桂老人在街上走时，爷爷突然一瘸一拐，显得行动不便起来，但还是勉强能走。要是装作完全不能走，便衣就会想办法了。爷爷的介绍信写的什么？写的就是爷爷腿有病疾，来上海不为别事，正是来看这个病的。因此，爷爷就一瘸一拐地走着，李得桂老人也在一边帮着说话，让爷爷缓步慢行，一边还给便衣解释着，求得谅解。走了一段，爷爷提出要小便，申请了几次，终于给同意了。爷爷装作向暗处去，后面跟紧着一个便衣。但是爷爷忽然就跑起来，听到后面一片喊捉拿声。路人纷纷侧头看着。爷爷也扬臂高喊着“捉住捉住”，好像被捉的人正在前面。就在这慌乱中，爷爷逃脱了。再不敢去旅社，任何一家旅社也不敢去住了。爷爷有一个姓葛的汉族朋友，爷爷到他家住了一晚上。想着要是不出意外，鲍玉财带着父亲一定路过这里呢。没想到真给碰上了。三个人高兴得很。父亲说到夜里出门时，门口睡着瘦猴。爷爷庆幸不已，说：“幸好是没有回旅社去，不然正好是送到了人家的手里。一定是看守所给旅社下了命令，旅社才派瘦猴守株待兔。”爷爷他们对那个旅社的经理很是小看了，决定以后不再住他那里。

我看着父亲的这些日记，真是觉得难以置信。他们不过是几个做小买卖的人，竟搞得如此神鬼莫测，兴师动众。即使真用大炮打蚊子，也没有这样滑稽。但是爷爷他们，包括十岁左右的父亲，当时却是半点滑稽之感也没有的吧。

爷爷被擒六次，脱逃五次，然而父亲只详尽记录了这一次脱逃的经历，其余五次，均无详细记述，其实我是很想知道的。爷爷并非武林高手，实在是一个再普通不过的人，他是靠什么一次次脱逃的呢？既已逃脱，为什么不一径逃出上海，而最终被擒于上海呢？关于爷爷被抓难逃的那次经历，父亲的日记虽只寥寥记录了几笔，却还是能看出个大概的。一天，爷爷、鲍玉财还有父亲三人上街，一边有耍猴卖艺的。父亲就拖了鲍玉财去看，爷爷也在另一端看着，但是忽然间看客们骚动起来。父亲和鲍玉财眼睁睁地看到两个便衣，一边一个扭了爷爷的胳膊，钻进一辆车里，一瞬间就不见了。

这一次再没有听到爷爷成功脱逃的消息。

不久我县的公安就赴上海将爷爷押回原籍，判刑十年。鲍玉财也给捉住了，他因为脾气大，和逮他的公安打架，获刑二十年。

直到爷爷被判刑去劳改后，家里才知道这些年来爷爷并没有挣到多少钱。

爷爷去劳改后，我家的生活迅疾困顿下来。那是1963年的时候，家里的锅灶到吃饭的时候也冰凉着，没法子热火起来。

· 讨债 ·

爷爷从劳改队寄来了信，列出一个清单来，让父亲去找清单上的人讨债，好度过那一段艰难的日子。

爷爷去劳改时，我家里非老即少，最年长者是爷爷的奶奶，快一百岁了。接下来是爷爷的母亲，还有我奶奶。我奶奶当时三十七岁。然后是父亲兄弟姐妹五人，父亲最大，当时十三岁，最小的叔叔，爷爷劳改有半年时才生下来。说来当时家里的壮劳力只有我奶奶。然而叔叔只一岁稍过，奶奶就去世了。就在奶奶去世那年，1963年，我家的几个老人就像商量好了似的，一一离开了人世。把生活的担子都压在了当时只有十四岁的父亲身上，父亲的日记里有不少篇幅，记的都是那些年他是怎么带着弟弟妹妹们过来的。

好在我们还有些账债可以讨要。依爷爷的秉性，不到万不得已，哪里会做出上门讨债的事来。上门和朋友们催讨过欠债，这是爷爷一辈子的心病。父亲说，爷爷这是为了家里那几个还没成年的娃娃，要为他自己，他是绝不会给他的朋友们来这一手的。

父亲拿着爷爷列出的单子去讨债。

第一站是去甘肃靖远。九十多公里路，徒步去。父亲虽也见过大世面，毕竟一直是跟着爷爷的，有依靠，此番却是一个人出门在外，而且还是去讨债，不是什么光彩容易的事。父亲一路上边走边想，边走边哭。

关于讨债的经历，父亲也写了不少。有两件事，看来父亲感慨很深。

靖远西关有一个老银匠，是一个花甲老人，姓文，叫文长生，父亲叫他文阿爷。他欠爷爷一些钱，不多。父亲先是去了他家，阿爷阿爷地叫着，说了困难。文阿爷也很难过，说："你大这个人，我是知道的，他在劳改队上没办法出来才开这个口呢，不然他不会开这个口的。"文阿爷给了父亲八对手镯，一些手箍、耳坠，算清了爷爷和他之间的账债。文阿爷还把父亲带去街上的饭馆里吃了一顿。他叮嘱父亲说："再去谁家要账，记住，先不要说你大劳改的话，就说老人手头紧，派着要账来了。”文阿爷这样的叮嘱，其实是很有道理的。并不是每个人都是文阿爷，都能体会到爷爷的不得已。

父亲去南门的老妥家讨债时，就遇到了麻烦。当时父亲到老妥家里去，一屋子男男女女、老老少少，都坐在那里和面捏饺子。老妥也在其中。因老妥一家是回族，父亲就以回族的礼节给他们躬身道“色俩目”。然而他们却哄笑起来，尤其一个年轻的长相还不错的小媳妇，竟笑得捏不成饺子，腰都直不起来了。

这有什么好笑的呢？道个“色俩目”，有什么好笑的呢？穆斯林之间，不就是看重个互道“色俩目”吗？妥家人的一哄而笑让父亲既尴尬又不解，还有些愤怒。“真是，道个‘色俩目’，至于笑成这个样子？”父亲在心里说，“你们妥家捏的是黑面饺子，照这样说，你一个年轻媳妇捏黑面饺子，不也是好笑的吗？那实在比道‘色俩目’还要好笑，我不顾体统地笑上一场可以吗？”总之，这个不合时宜、莫名其妙的笑让父亲记忆深刻，成见颇大，只想快快讨了债离开这里。

妥老汉毕竟是个老汉了嘛，他还是掩饰着笑意接了父亲的“色俩目”。但是听清父亲的来意后，他却要爷爷亲自来算账。他说父亲一个碎娃娃，说不清道不明。原来父亲照文阿爷的叮嘱，没说出爷爷劳改的事。见老妥这样说，父亲只好把隐瞒的事说出来。老妥不高兴地说：“你看你还给我扯谎，其实我早就知道你大的事呢。”父亲的隐瞒不说似乎让老妥很生气，他坚持等爷爷回来再还债。父亲又拿出爷爷的信给他看。他很认真地看着，像在辨识真伪。但还是说：“尕娃，不要着急，账肯定是要还呢，等你大回来再说吧。”

就是这么个结果。

他们留父亲吃他们的黑面饺子，但是父亲愤然出来了。父亲在心里说：“不要说你的黑面饺子，你就是把白面饺子做上端上来，我也不稀罕了。”

没想到这件事给父亲的印象如此深，触动那么大，父亲在他的日记里就此发了很多的感慨，感慨的篇幅大过了对这件事的记录。

父亲说，从那时起，只要是眼神不干净、表情不庄重的人，即使是长辈，对不起，他也不会给说“色俩目”了。

父亲很后悔把文阿爷的那些银饰拿回来就变卖成钱。文阿爷是靖远一带有名的银匠，他的手镯、耳坠，留到今天，一定是能卖个好价钱的。当时的一对银镯才卖三块钱，真是白送给人了。

我知道父亲这样说的时候，也只是说说而已，心里一定是另有主张的。也许这不过是他惦念、欣赏文阿爷的一种方式吧。

杂拌（二）

——采自父亲的日记

原载《十月》2010年第2期

· 祖太太 ·

祖太太说来是我家寿数最长的人，她活了近一百岁。然而，有人问她年龄的时候，她总是说自己已经八十四岁了，该无常了，就是不无常，她也没有办法。问的人有时候会和老人开玩笑说：“我前年问过你，你也是这个话，说你八十四了。”问的人料定祖太太会因此有些不好意思的，老人的不好意思和孩子的一样，人们是爱看这个的，就等着看祖太太怎么回答。祖太太一点窘迫的样子都没有，她认真地听着，她的耳朵竟然还不错的，听完了，就说：“就是，满八十四了，还不死，不死也没办法，死也不是硬死的。”祖太太后来总是有些自说自话的意思，与人没有交流。而且老人家后来是有些糊涂了，譬如家里来了客人，给客人做了饭端上来，那只有祖太太才能陪着客人同吃的，然而客人走了，祖太太却会责问家里人："为什么不给我饭吃？"回答说："你刚刚陪客人吃过了啊。"祖太太是很不高兴的，说："我咋可能陪客人吃饭呢，我还没有糊涂到那个程度吧？"有时候她也会悄悄地问大姑姑——十二岁的大姑姑就是做饭的人，大姑姑经名叫锁锁——她问大姑姑说："锁锁，我今儿吃饭了吗？我记着没吃，又记着吃了。"

父亲说，祖太太虽然寿高，却实在是没享到什么福，可以说把罪受了。饿也挨了，冻也挨了。那时候的人是烧不起炭的，都是去山里找干柴来烧。干柴易燃，但很快就会烧尽。填炕主要依靠牲口粪，牲口粪从生产队的饲养园里来，饲养园的牲口粪，全村轮着扫，一月才能轮到一次，即使俭省着用，也最多用到十天左右，剩余的那些时间就得靠自己去想办法。能想什么办法？三个姑姑和小叔合盖一条薄被，互相挤紧着取暖。父亲则是去饲养园的驴槽里睡觉，驴槽里有牲口吃剩的夜草，能隔寒气的。祖太太冻得没有办法，喊一个姑姑来和她睡，但是没有哪个姑姑愿意和她睡。祖太太盖一条褥子，那褥子已不能盖住十五岁的父亲了，父亲盖住头就会露出脚来。但是祖太太却可以完全睡在这褥子下面，人老了就像泄了气的皮球一样，皱缩了，论身量九十多岁的祖太太和十二岁的大姑差不多。听说祖太太年轻的时候是一个高个子。这样前后比较一下真是可怕啊。祖太太的办法是蒙头睡觉，把自己完全包裹在褥子里。这样，嘴里出来的热气就不会散掉，也是有一些作用的。大姑姑们是容易睡着的，先是冻得睡不着，然而一旦睡着也就不觉得冻了。祖太太却是瞌睡少，夜里苦于睡不着，夜很深了她还喊着大姑姑来和她睡，嘟嘟哝哝地说了许多话，那时候大姑姑她们已经睡得深沉了。其实那时候大家过的都是这样的日子。

对于祖太太，父亲的日记里有许多回忆。父亲说祖太太年轻的时候，也是远近闻名的人，闻名在两个方面。一来祖太太是一个土医生，她的一些土方子花钱少（几乎就不花什么钱），还管用，尤其善于接生。常常有人远路风尘地驮祖太太去给接生。连甘肃靖远的陈占海也打听到了这一点，他的女人高龄难产，他就从靖远赶来，用骡子驮祖太太去给接生，当然是母子平安，陈占海两口子还认祖太太做了干妈，这情节我已经在别的文章里写过了。因为有这样的手段，祖太太年轻时家里的日子还是不错的，接一次生，总会得到一些粮油什么的。二来，祖太太的另一个手段是摞粮垛。说来有些匪夷所思，摞粮垛应该是男人的活计，但是祖太太摞的粮垛可称一绝。那时候我家的地是不少的，土改的时候，我家充公的土地达一百七十亩。算算粮食应该是不少的。每年粮食下来，运到场上，摞粮垛的事就落在了祖太太的头上。父亲说祖太太摞出来的粮垛有一个小山大。而且浑圆密实，风雨难侵。有人做过实验，让骡子去吃祖太太摞的粮垛，骡子撕不开干着急。祖太太摞的粮垛结实到如此程度，男人们也是比不上的。摞粮垛原本就是个技术活，大家都说祖太太把纳鞋底、绣花的功夫用在了摞粮垛上。

祖太太摞粮垛的时候，祖太爷是很得意的，搬一把椅子坐在一边喝着茶，看他的老婆在高高的粮垛上显身手。人们的种种玩笑话让祖太爷很是受用。祖太爷的力量是很好的，他就吃亏在了力量好上。顺德的粮贩子到我家来买粮食，他们年年都来的，算是老交往了。祖太爷力量好，就常常给他们帮一些忙，帮他们把粮袋搭到骡背上。祖太爷可以轻松地把一口袋粮食放妥在骡背上，两个顺德客都未必能做到这一点。这就使祖太爷有些得意，也因此多干了不少活计。一次他往骡背上搭粮袋时不知怎么惹恼了骡子，甩出一蹄子，正踢中祖太爷的头部。祖太爷就这么去世了。祖太爷去世的时候不足四十岁，也就是说祖太爷去世后，祖太太在这人世间又活了六十年。

父亲说他三五岁的时候，记得祖太太还在县城的西门那里开过杂货铺，其中除了油、盐、酱、醋外，还有煤油、白口布、针头线脑等，也有一些筛子、箩儿一类的家常用具。铺面有三间大小，两间做店铺，一间用木板隔开，靠窗盘有一面土炕，供父亲和祖太太休息用。父亲还记得临门有一张单人床，这也是有专用的，韭菜坪拱北上有人来县上办事，就睡在这里。

父亲说祖太太之所以到县城开铺子，不是为了挣钱，而是生了太太和奶奶的气。太太就是爷爷的母亲，在我就叫太太了，我们这里就是这样称呼的。祖太太为什么要生太太和奶奶的气呢？原因也是有的。我家历来人丁不旺，到爷爷这一辈，倒是生下不少儿女来，然而只生不存，父亲的好几个哥哥姐姐都夭折了，这是容易引起恐慌的。细究原因，太太和奶奶找出来的原因是，这几个孩子生下来，都归祖太太带着操心着，祖太太于这一点也很上心，而且仗着自己是个土医生，不要其他人多染指孩子。结果却是一个个殁掉了。商量的结果是，再生下孩子来，不给祖太太带了。生下父亲后，为了躲避祖太太，奶奶到娘家坐月子去了。这让祖太太很不高兴。她还是想方设法地来操这个心，给父亲做尿布子，做虎头帽子。奶奶坐完月子只好又回来，娘家不是常待的地方。于是家里人只要稍不注意，祖太太就得手了，抱着父亲到村子里串门子去了。一去就不见回来，你辛苦找也不容易找见。后来为了把父亲带牢在自己身边，祖太太就去县上开铺子了，把父亲带去她的铺子里。店铺里有一些好吃的，父亲自然是乐于跟着祖太太的。

父亲还说到祖太太对于教门的虔诚，把拱北上的事当成自家的事，因此才在自己家里备一张床，供拱北上来的人使用。每次拱北上来人，祖太太都要把店铺里的东西装一些让带回去。那时候的拱北上还有田产的，有几处果园，父亲记得祖太太还带了他去果园的一个简易房里住过大半年时间，是帮着拱北上照看果园。果园里的果子，父亲是可以吃的，祖太太却不吃，她也有她的一套道理，说小娃娃犯罪能得到饶恕，像她这样的老婆子干罪行歹，就不会得到饶恕了。吃拱北上的几个果子也是干罪行歹吗？但是父亲说，他记得祖太太从不吃果园的果子，掉到地上的果子她捡起来，装在一个布袋子里，积满一袋，就让拱北上来的人拿回去。祖太太态度强硬要带父亲，太太和奶奶也拿她没办法，后来看父亲成长得健康机灵，悬着的心也便渐渐放下来。

父亲说，其实祖太太可算是大户人家出来的，有过不短时间的好日子。她后来过的日子，和她年轻时比较，可谓天上地下。中华人民共和国成立初期，我家还有地一百七十亩，后来一分为二，一百亩充公给生产队，七十亩因为挨近着县城，充公到城关队去了。说来这些可都是好地。后来城关队的地里很多麻钱，尤其大风过后，地上就会显出不少麻钱，父亲他们去捡麻钱，跟同去捡麻钱的娃娃吹嘘说："这以前可是我们的地。"

地充公了，然而家里也还有些存粮。正是祖太太，眼看形势不利，就偷偷地在夜里挖窖，把粮食存进去以备不测。祖太太在院子里挖了许多小窖。过了不久，果然风声紧起来，又有了一个新政策，要各家把粮食献出来，刚开始鼓励自愿捐献，很快就来硬的了，队长拿着一把镢头，挨家搜起来，在家家户户的院子里用镢头敲着试，若是有空洞声，就说明下面有窖，于是就用手里的镢头挖起来。在我家敲出的空洞声最多。邻居的孩子揭发说，不但院子里有粮窖，墙下面也有。果然在一些墙下面也挖出粮窖来。队长高兴得很，夸祖太太说："这一次，你们的贡献就大了，这些粮食是要送到朝鲜的啊。"当时全队挖出了三大车半粮食，其中我家就占了两大车。公家把粮收去，每斤以九分钱计，付给我家人民币七百块，还把祖太太作为献粮模范请到县上去游行。有不少装粮的大车在街上游行。每辆大车都由三匹鼻戴红花的骡马拉着，每辆车上都坐着一个献粮模范，也是胸戴大红花。祖太太就戴着大红花，坐在从我家挖出的粮食上，就那样游过来游过去，在街上游了好几个来回。祖太太毕竟是上了年纪的人，游到后来，竟在那么一个喜气热闹的场合睡着了。

我快要出生时祖太太还活着，那时候太太、奶奶都已经归真多年了。祖太太对我的出世兴味十足，天天要检查母亲的肚子，埋怨母亲不快点生下来给她看看。父亲说祖太太盼母亲早日生下我来，也有着一个私心。父亲说，祖太太的这个私心，应该说是很重的。我们这里有一个说法，人大都罪孽深重，死后是要被拷问和受打算的，祖太太当然是信之甚笃。然而也还有着一个说法，说人如果高寿，以至于见到了自己的第四辈后人，那么就会得到放赦，不再被拷问和受打算，我不正是祖太太的第四辈后人吗？祖太太盼我落生的心情，是可以想见的，何况她又是那么喜欢孩子。

祖太太不忘自己土医生的身份，有时候会在母亲的肚子上捏摸捏摸，捏摸得母亲有些痛。另一边祖太太就开始给我做小被子了。那时候正是举国过苦日子的时候，没整片的布做小被子，祖太太由大姑姑背着去村里串门，这家讨一片布，那家讨一片布，把这些布片拼在一起给我做小被子。她给母亲说，一定是个儿子，她一摸就摸来了，说得母亲和父亲都很高兴。她催母亲快一点，她好给接生。但是祖太太没有给我接上生。我生下来时，祖太太归真已经二十多天，快一个月了。我还算早生，按母亲的说法，是不够月就生了下来，母亲只怀了我八个月就生我下来，母亲说这也是我瘦小体弱的一个原因。但是听母亲偷偷地和人说过，我不够月生下来，有些蹊跷，是不是土医生祖太太做了什么手脚？她一直都盼着进天堂的，母亲记起了祖太太常常给她揉肚子的事。母亲说祖太太用小布片拼成的那个小褥子很结实耐用，后来不仅是我用过，我的弟弟、妹妹都用过，可惜现在没有了，不然可以让我们亲眼见见祖太太的针线活。母亲说祖太太即使快一百岁了，针线活还是比较讲究的。

· 太太 ·

我把爷爷的母亲叫太太。太太和奶奶归真在同一年，享年七十余岁。父亲说，太太是把罪受了，举一个例子可以为证，太太一条被子盖了四十年，补得看不出原来的被面是啥样子了，到后来一条被子重得提不动，叠不成。

就父亲的日记所记来看，太太算是一个苦命人，原本以为是从乡里嫁到了城里，从穷家嫁到了富家，看来是好命，是有福之人，哪里想到，刚好相反。我家八十年前还是在县城的，后来不得已才来到了现在所住的地方。现在的地方叫三岔河，原本是太太的娘家，太太走投无路，才投奔到娘家来。说投奔无路，也是有些言过其实，其实那时候太太如果是忍让迁就，睁一只眼闭一只眼，和太爷及他的小老婆一同过下去，日子也不会苦到后来的那个程度。说来还是性格使然。太太的性格是有些倔的。

太太长相出众，针线茶饭活也好，这也是她能嫁到县城，并嫁给太爷的原因。太太嫁来我家的时候，我家的条件还是相当不错的。除有田地之外，还在县上开有几家店铺。这就使太爷沾了些不良习气，后来竟从大教里娶了一个小老婆回来。我们这里曾经把汉人称大教里人。其实那样的时代，娶妾养小的陋习虽经革命影响，受到些冲击，然而也还是有的，没有人会以为这是不得了的事。然而太太以为这就是不得了的事。她不和太爷过了，让太爷和她的小老婆去过，她竟带着爷爷来三岔河投奔娘家人了。除了带走爷爷，太太没有从太爷那里再带出什么。想必太太的性格，只愿意从太爷家带出爷爷。

直到爷爷快二十岁的时候，太爷在祖太太的张罗下，才开始分家，城里的店铺及院落留归己用，田地都分给了爷爷和太太。太爷的小老婆是细淑人，反正是不种庄稼的。我们把太爷的小老婆叫二太太。据父亲说，二太太是一个很善良的人，她长得未必有太太好，然而洋气，有许多习惯做派也是太太所没有的，而且是即使学也学不会的。比如二太太就喜欢抽烟，抽烟的样子是很好看的。她来三岔河看过太太几次，太太却从没有去看过她一次。二太太管太太叫姐姐，好像她们两个之间的关系还是不错的。太爷熟悉太太的性格，给祖太太说："就是把土地分给人家，人家也不要的，你就不要乱操心吧。"太爷所说的人家，就是指太太。但是太太接受了太爷分给的田地。也许事过多年，情绪上有所缓解，何况有爷爷在那里，不能意气用事的。这也正是太太厉害的地方。说真的，太太过苦日子也是过怕了。

太太的自尊，不但在太爷那里如此，在自己的娘家人面前，也是如此，尽量地不麻烦娘家人。太太带着爷爷刚回娘家的时候，自己选择住在娘家的一个磨坊里，石磨在中间就占了不少空间。在磨坊里面盘了一面比磨盘大不了多少的火炕，娘儿俩就住在里面，没有门，白天犹可，晚上总要遮挡一下的，就用吃饭的桌子挡在门口，可见门也是很窄小的。而且饭桌也只能遮挡些许，从饭桌上看出去，能看到远处的山头和星星。那时候雨水足，草长得很茂盛，夜里能听到风吹得长草响个不停。那时候也多狼，太太和爷爷有几次就看见狼从门前面跑过去，那样的一个饭桌搁在门上，能拦挡个什么呢？好在狼只是在门前跑过而已。刚开始太太态度坚决，做出和太爷一刀两断、再无关联的样子。不但是自己不接受太爷的东西，也不让爷爷接受太爷的东西。太爷知道太太的性格，也不给。三岔河虽说是乡下，距县城却是不远的，可谓县城近郊。就是这样近的距离，爷爷和太爷父子之间，有好几年没见一面。这当然是太太做了限制的原因。但是隔一段时间，太太会带着爷爷去看祖太太，祖太太那时候喜欢住在店铺里。这便好，太太可以不去太爷家，又可以看到祖太太。

父亲说爷爷生前讲过一段往事，给他留下深刻的记忆。爷爷说，他和太太去铺子里看祖太太，太太说："妈，我如今是李家的女子了，不是田家的媳妇了，你原谅着。"太太姓李，这样一说时，太太好像是忽然间悲从中来，放声大哭。这当然是在铺子里没有人的时候。祖太太也哭，哭着让太太不要这样说。祖太太说："你还是田家的媳妇嘛，咋能不是呢？"祖太太也给太太道歉说，儿大不由娘，她也是拿太爷没办法。其实祖太太在这个事情上生太爷的气，同时也生太太的气，而且生太太的气更甚一些。这算个啥大不了的事呢？丈夫娶个小老婆，女人就容不下，就离开，还带走儿子，怎么能这样做女人？男人娶小人不笑话，但是女人丢下男人不管了，人才笑话呢。祖太太觉得太太的负气离开让我们田家丢尽了面子。不知道祖太太和太太之间有过一些交涉和商量没有，在外人看来，她们之间的关系也还不错，依然是婆媳关系。太太虽然离开了太爷，但是并没有寻人另嫁，就这样守了大半辈子活寡，过掉了自己的一生。爷爷给父亲讲太太说给祖太太的那句话时，和太太的大放悲声一样，爷爷也禁不住落下泪来，使父亲铭记难忘，爷爷是很少流眼泪的。

太太带着爷爷去铺子里看祖太太，告别的时候，祖太太总要给东西，这让太太很为难。爷爷说太太说出那样绝情的话来，实际上就是提醒祖太太，不要再给东西了。祖太太急得要哭了，说："这不是萨迪（太爷的经名）的东西，这是我在铺子里一个子儿一个子儿挣下的，你咋能不让我给我的孙子东西呢？"祖太太哭着说话的样子很可怕，把爷爷都吓哭了。太太对祖太太的孝顺有目共睹，祖太太的鞋、袜、首帕，都是太太一手包了来做的。到手头有了田地，日子好过些时，太太常常蒸馍馍、烙锅盔给祖太太送去，不是爷爷去送，而是她带着爷爷亲自去送。在祖太太一方，只要是太太送来的东西，不论吃的穿的，她都是乐呵呵地照单全收。父亲分析说，祖太太并不是喜欢这些送来的东西，而是以此维系着她和媳妇、孙子之间的关系。当然太太的针线茶饭活无可挑剔，太太烙的锅盔，不黏不干，香气扑鼻，也正是祖太太最爱吃的。一家人就是这样别扭而又难舍地过了下来。太爷过世后，祖太太把老院及店铺都丢给了二太太，自己拐着一双小脚来投奔她的乡下媳妇了，这已是后话了，按下不提。

太爷分给爷爷的田地，爷爷前后种了有十多年，这算是有益的一面。不利的一面是，这些田地也惯出了爷爷的坏毛病，使他习惯于过手头宽裕的日子，因此后来土地充公，手头的紧巴让爷爷感觉不适应。他对入社吃大锅饭一类不热心，而是偷偷地做起生意来。爷爷想着地没收了，粮食也给挖去了，队里也许会感念这些方面，对他网开一面吧。这就是爷爷的传统思想了。可队里不仅无所感念，还视他为异类，常常给他小鞋子穿。一不做二不休，爷爷心一狠，干脆离开村子去做生意了。队里派出人去抓爷爷，却不知道他究竟在哪里。爷爷的顶风做生意，让他的母亲提悬着心放不下来。儿大不由娘，太太于此也体会出一些了。太太常常烧洋芋给爷爷吃，爷爷很喜欢吃太太烧的洋芋，吃了多少年仍吃不够。太太常常烧好洋芋等爷爷回来吃，然而爷爷一年半载才能偷偷回来一次。

终于爷爷被抓获了，判刑十年。爷爷是在号子里关了三个月才判刑的。那三个月，太太天天在号子门外蹲守着，喊着爷爷的名字，也不知道爷爷听不听得到。她还认识了临近着号子的一家人，说了下情话，在那家给爷爷做饭吃，做好饭她就提到号子里去。她常常会多做一些，而且把饭做得很香，让管教也吃上些。不知道管教吃了没有，反正太太每次提给爷爷的饭，爷爷一个人怎么吃也吃不完的。她除了给爷爷做饭，在号子后面喊爷爷的名字，就再也帮不上爷爷什么忙了。到爷爷判刑离开号子的时候，太太已经是往号子里跑习惯了，这一条路她已经很熟悉了。爷爷刚离开号子的那几天，太太还是会到号子那里去，好像还不能相信爷爷已经离开了似的，她会坐在号子后面的老城墙上，喊着爷爷的名字，哭上一整天，日头要落的时候，她才下了城墙，一路哭着回家去。

爷爷后来被解送到银川去劳改。爷爷去劳改不久，太太就归真了。她在一月之间接连害了两次大病，好像清楚自己已不久人世，就悄悄地把父亲叫到身边，给年仅十四岁的父亲交代了一些事情。她说家里还有一些银圆，还有一点金子，是她这些年的私房钱，在哪里哪里藏着，让父亲不要用，等爷爷劳改回来，交给爷爷。

那时候奶奶已经归真了，家里另有一个老人就是祖太太，但是父亲守口如瓶，没有把太太说给他的话透露给祖太太。

太太很快就无常了。算来太太守寡孤过有五十多年。家里竟然穷到无钱来抬埋太太。父亲就到队里去借钱。费了些周折，借到人民币十五元。回族人送葬，要给前来送葬的人出散乜贴的。但是统共才这么点钱，还要给亡人扯卡番（裹缠遗体的白布，一般为三丈六左右），一个人能散多少乜贴呢。好在前来送葬的人不多。父亲给每个人散了一角钱的乜贴，人们都是默默地接过乜贴，接过杜瓦后，又把乜贴还回给父亲。父亲说太太真是命苦，四十年盖了一条被子不说，无常了连抬埋她的钱也没有。

十年劳改期满，爷爷从劳改队回来。十年之间，家里的三个老人已无常得一个不剩，爷爷几乎要疯掉了。夜深人静的时候，父亲从一个废弃的蜂房里取出一些银圆和金子来。银圆四百块，金子三两多，还有一把银簪子和一对沉甸甸的银手镯。这就是太太一辈子的私房钱。就是父母亲结婚的时候，父亲也没有拿出这些来。

爷爷很快拿这些东西还清了欠债。原来爷爷做了一场生意，为此劳改十年，不仅没挣得什么钱，还欠了这么多债，这是让人想不通的。父亲说，其实那些账债，可还可不还，爷爷被抓的时候，没收了身上所有，被没收的东西里，有一部分是别人的，他们和爷爷搭伙做生意。原来爷爷还掉的，正是这样一些账债。

·太爷·

太爷归真于1962年，享年五十四岁。他喜欢听书。那时候县上有一个说书的地方，是一个叫司徒清的人张罗着搞起来的。司徒清，广东人，在我们这里任过几年县长，政声颇佳。后来又任夏县县长，对马鸿逵的暴政憎而又惧，上吊自杀了。这个人在我们这里有持久的名声，我也曾写过的。县上说书的地方，就是他任县长的时候搞起来的，名叫“惊堂屋”。县上许多人不识字，却熟悉《西游记》《三国演义》一类的故事，正是从这里陆续听到的。直到今天，人们还习惯于把拉闲话叫作“摆三国”，可见渊源之深长。

中华人民共和国成立后，这个书屋也还没有关门，陆续又开了许多年，只是招牌和内容变化了，除《西游记》《三国演义》一类的故事外，更多讲一些新鲜事情。这里最有名的说书人叫刘习聪。老辈人没有不知道这个人的，称他为“刘说客子”。20世纪90年代中期，刘习聪的一对孙子孙女，一个考上了清华，一个考上了北大，轰动一时，人们找原因时，就说：“人家那是老知识分子的家庭嘛。”这老知识分子，指的就是刘习聪。只是刘习聪那时候已不在人世了。

闲话少说，太爷那时候就是这书屋里的常客，他不仅听，自己也登台说书。太爷善说《聊斋志异》，说得活灵活现，让人毛骨悚然。后来太爷多说不怕鬼一类的故事，也还是说得人心惊胆战，只是终了的时候，忽然揭示真相，让大家明了所说的其实不是鬼，只不过是知识欠缺、庸人自扰罢了。说到底，太爷还是喜欢说《聊斋志异》，只是迫于形势，稍稍改换了一下头面而已。我小时候从家里的旧木箱里翻出一些老古董似的书来，有《封神榜》《聊斋志异》等，密密麻麻的字看得人焦躁，想来正是太爷的老书吧，不知怎么流落到我家来了。这些书，后来也是不知所终。我父亲有说书的天分和喜好，看来是太爷在父亲身上有所遗传。

说来，太爷正是无常在了说书的地方。他正说一段什么故事，说得正投入时，太爷的眼神忽然有些僵直，这可是从来没有过的，大家都想着太爷是不是忘词了，一个说书人怎么会忘词呢，忘了接着往下编嘛，太爷给大家把手木木地摆了摆就趴在了书桌上。等把太爷抬回家，太爷已经无常了，眼睛也是睁着的，好像连他也困惑于自己的如此无常。现在看来，太爷可能得的是脑出血。他讲得兴奋，好像又有头晕的毛病，得这个病是不奇怪的。

大家对太爷的无常多有议论，说书的地方，可算是一个教化人的地方，但也是一个娱乐场所，三教九流都可涉足其间，回族对这样的场所总还是有些轻薄的。都说太爷有这样一些一般回族人不大有的嗜好，是受了二太太的影响。二太太不是还抽烟吗？谁见过女人抽烟的？听说太爷还给二太太点烟。二太太抽烟，太爷就未必不抽的。我们这里，老辈的回族人，对抽烟喝酒还是侧目视之的，会以此评判人的道德品行。在说书的地方说说书犹可，无常在那里可就不好了。听说太爷还给二太太一个人说书，听见太爷在家里朗声说书，以为有多少人在听着，但是推门进去一看，听书的却只有一个二太太。这让大家觉得有些过分了。

太爷归真的时候，爷爷正在兰州、上海一带跑生意，得到信息，不敢回来，那时候爷爷出门也还带着父亲，就托人把父亲带回来参加太爷的葬礼。当然是没撵上。父亲回来时，太爷已经睡到土里了。二太太给了父亲一些药瓶瓶药盒盒，让父亲拿回去玩，使父亲印象深刻。那时候也没有别的玩具。父亲对这个给我家带来重大变故的二太太，印象始终是好的。

中华人民共和国成立后，太爷名下的店铺被收归国有，祖太太到底不情愿和一个吸烟的儿媳妇生活在一起，何况她又来自大教里，有着多方面的不一致，加上铺子没有了，祖太太就到太太身边来了。太爷失去了店铺的收入，生活一下子困顿起来。他又吃不了什么苦，听说他到邮局里给人代写信，还种过花卖过花。然而都是不大景气。好在他还有心境去说书。

父亲小的时候，是见过太爷的。约莫是在1953年、1954年的时候，祖太太曾在县城的西门上开过一家店铺，店面不大，货却很杂，父亲记得，连笤帚也卖过的。祖太太一旦闲下来，就用麻绳盘紧着一个个笤帚把儿。那时候不是把太爷的店铺都没收了吗？怎么祖太太又可以开店铺了呢？父亲好像也说不出个所以然。祖太太开店铺的时候，父亲记得，太爷有时候会到铺子里来，吃过饭才会离去。父亲记得太爷吃黄米饭的样子，太爷一边吃，一边习惯性地把碗转着，这样就使碗里的米饭总是保持一个塔的形状，好像是用筷子特意修饰出来的，到后来，只剩下一口饭，竟然也还是一个塔的样子，吃掉这一个小塔，碗里就干干净净的，好像不必洗了。面饭犹可，黄米馓饭能吃出这个功夫，真是很不简单的。

父亲说，太爷是一个有条理的、爱干净的人，也是一个会条理、会干净的人，他中等个头，看起来却有修长感，脸上显得清秀安静，像一个知识分子，其实太爷一天学也不曾上过的。他的胡子不多，但是看起来恰到好处，好像再多几根或者少几根，都不适合他的这个脸型，也不适合他整个人似的。

父亲还记得太爷走进铺子里来时好像总是没有声音，等你看到他时，他已经站在铺子里了。太爷进铺子的第一件事就是拿鸡毛掸子掸椅子，掸过好几轮，连靠背和扶手一并掸过了，这才放心地坐下来。祖太太任着儿子这样掸椅子，也不多说什么。有时候太爷也会帮祖太太在铺子里做一点什么，也会帮着盘笤帚把儿。有时候会扫地，太爷扫地前必先给地上用汤瓶洒水。他扫得细致，有时就会从地上捡起一根针什么的。祖太太眼睛花了，即使地上有一根针，她也看不清。祖太太就要求太爷给针穿上线，别在窗边的墙上，或者别在窗纸上，这样她用的时候就容易看见。

太爷离开铺子的时候，父亲总是要趴在炕窗前看着他走远。那时候街面上的人是不多的。父亲记得他总是只看到太爷的背影越走越远，后来就拐进那条学校旁边的巷子，看不见了。

父亲说他不记得太爷和他这个当孙子的有过一次亲热。父亲有些情绪复杂地说，太爷好像有些看不起他这个乡下孙子。父亲说，他觉得太爷好像不是他的爷爷，而只是给他深刻印象的一个客人。听不少老年人讲，其实从长相和气质看，父亲是很像太爷的。

·奶奶·

爷爷去银川劳改只一年，奶奶就归真了。奶奶活了三十九年。父亲在日记里一再感慨，奶奶到我们家里，实在是没享上一天福，却受了一世罪。

从爷爷和奶奶方面看，两人虽说是夫妻，却是聚少离多。爷爷在外面跑久了的原因，多少也是有些轻看奶奶的。父亲说，爷爷有时候打奶奶打得很厉害，一次竟用秤砣把奶奶打得昏过去了，用冷水激活过来。太太吓坏了，用手不停地抚着爷爷的胸口让爷爷不要怕，若是去抵命，那么她顶替爷爷去抵命吧。太太对奶奶也不是十分中意，认为奶奶的性子有些慢，不是个利落人。太太这是拿自己的长处要求奶奶呢。然而，奶奶也不是逆来顺受的，她也有着她的一套。和爷爷赌气后，她就开始怠工，不做饭，不填炕，不扫院，不缝不洗，原本这些可都是奶奶不声不响、不紧不慢干着的。奶奶罢工后开始一心收拾自己，把脸洗干净，头发梳齐整，首帕箍紧，再穿上走亲戚时才穿的衣服，还在镜子面前照呀照，好像她是要离家出走。奶奶其实哪里也不去，费工夫打扮好自己，奶奶就拉开被子，蒙头睡觉，有时候能一气睡上两三天。奶奶的这一招，爷爷和太太都拿她没什么好办法的。

父亲说爷爷被抓获后，奶奶一下子老了许多，一个明显的变化是开始掉头发，梳子梳一下，手抓一下，都会有不少头发跟着下来。簪子在头发里别不稳，都要掉下来了。看来奶奶对爷爷的感情还是很深的。

父亲说真是运气好，给爷爷判刑那天，他和奶奶、大姑姑不知为什么事正好去县上。午后在街上走着，奶奶惦记着号子里的爷爷，想着买点什么给爷爷送去。那天是集日，人还算多的，正在街上走，忽然街面上有些骚动，人们纷纷闪开着让路，就见四个全副武装的战士在前面开路，后面押解着几个犯人：一共是三个犯人，爷爷就在其中，爷爷和另一个犯人合戴一把铐子，埋着头走，好像什么也不愿看在眼里。大姑轻轻喊了一声，爷爷就看到他们了，对他们笑了一笑，又低下头去走路。很多人跟着去看热闹。奶奶一手拉着父亲，一手拉着大姑，紧跟着人群，不停地从人缝里去看爷爷，好像她要是少看上一眼，爷爷就会消失了似的。和爷爷同铐一把铐子的那个人要比爷爷胖大很多，看起来倒像是他在牵着爷爷走，两边紧跟着的战士不停地呵斥着，使爷爷他们连偏一下头也不敢。父亲记得那天刮着风，街面上给人乱糟糟的感觉，人们都像丢了魂一样走着。到副食品公司那里，人群停下来，就要在那里宣判。

人们拥挤得厉害，都要争着把爷爷他们看到，奶奶拼了命一样挤进去，挤到前面去。父亲看见一个矮个子红胡子的人凶狠地看着奶奶，骂着她什么，大概奶奶踩到了他的脚，但奶奶根本就没有注意到他的愤怒。大姑不知道什么时候被挤丢了，只有父亲还牵在奶奶的手里。奶奶和父亲站在一个可以看到爷爷的地方，后面的人推搡得他们时刻都要跌倒。爷爷也看到了奶奶和父亲，爷爷的后面站着两个持枪的战士，使爷爷的脸不能动，他只能用眼睛费力地去看奶奶和父亲，他好像还在找大姑，脸上始终有着一丝神秘莫测的笑意。

宣判开始了，原来那两个是盗窃犯，一个判七年，一个判三年，判三年的那个正是和爷爷铐在一起的胖子，他听到判了自己三年刑，不知为什么吐了一下舌头，好像在表示吃惊的样子。爷爷微闭着眼睛，等待审判的结果，脸上还有笑意。父亲后来分析说，爷爷并没有认识到自己罪行的严重性，爷爷的罪名是投机倒把，他一定想着两个盗窃犯才判了这么几年，盗窃犯于他人是有害的，爷爷却只是犯了国法，不伤及他人，他一定存有侥幸之心吧，因此当听到自己被判刑十年时，爷爷脸上的笑意没有了，脸色一下子白得像被风吹透了。父亲说他看到爷爷的脸色变化得那么快，就像从水里捞出来的石块，很快地就失掉了水分似的。

宣判完把爷爷他们又带走了。爷爷好像不愿意离开那个地方，同铐的人低下头给他说着什么，爷爷才走开来，但是爷爷忽然不管战士们的管制了，他一边走，一边偏着头对奶奶和父亲说："好了，你们过你们的去吧。"战士的呵斥声立即跟过来。人们又一路紧跟着爷爷他们去了，把父亲和奶奶他们丢下来，父亲这时候才看到奶奶的脸，奶奶的脸色比爷爷好看不了多少。父亲就哭起来，同时看见大姑也哭着跑过来。奶奶没有哭，父亲说奶奶就像把魂丢了似的。一路上他们回家的时候，奶奶的脚步软软的，像一个睡梦中的人被谁牵着走那样。

爷爷后来从劳改队回来后，有时还禁不住发牢骚说：“和两个贼娃子给判在了一起。”这看来是爷爷的一个心病。父亲说爷爷那天不顾战士拦阻，奋力喊出的那句话，要多沉痛就有多沉痛，那简短的话里，不知有多少意思在里面。父亲说爷爷边被那个胖大的人拖着走，边回头喊话的样子，就像刀子刻在了他心里，一想起来就宛然眼前，一想起来就心痛难禁。

爷爷去劳改后奶奶就像是换了个人。她常常让大姑把她掉下来的头发塞在墙缝里，她归真后大姑还找到那些头发，看着忍不住哭了。她不再是个慢性子的人了，她几乎是跑着做活计。但是时不时就会心有所感，大放悲声。刚开始太太还有所不满，不允许奶奶那样哭，后来也就听之任之了，而且在奶奶放声哭着时，她也忍不住悄悄地抹着眼泪。父亲说，奶奶就是愁坏的累坏的，忽然就患了心口痛的病。奶奶说：“好着呢，好着呢，你们不要管我。”可痛起来时，她气也喘不过来。太太喊着奶奶的小名警告奶奶说：“你不疼你自个儿，你总还要疼你的几个娃娃吧。”太太的意思是让奶奶不要太苦了自己。但是谁也没有想到奶奶的病变那么迅疾，几乎不像事实，而是一个噩梦。一天下午，奶奶正提着一大桶水往伙房走，忽然水桶就掉在地上，跟着奶奶也倒了，桶里的水流出来，浸得她湿淋淋的。赶紧搀扶到伙房炕上去，奶奶气都出不匀了，还让太太赶紧给她把首帕箍好。奶奶好像在某种巨大的拦阻里抢着要说出她想说的话来，她给太太说："我不行了，丈夫见不上了，娃们要撇下了，两个老人，命短着也侍候不上了，你们各活各的去吧。"太太情急之下，失手打了奶奶一巴掌，让她好好地活着，不要这样子胡说。然而奶奶没有胡说，奶奶就这样仓促地离开了人世，好像那边也有什么着急的事情在催着她一样。十四岁的父亲立在门槛边吓得大哭，但是奶奶再也听不到儿子的哭声了。

父亲在日记里还记到奶奶的一些事情。说奶奶好像是有预感一样，在他十二岁那年，就开始张罗着给他说媳妇，这也有点太早了吧，父亲还那么小。奶奶满庄子挑选着，看上了一个马家的女子。父亲说奶奶不知看上了那女子的什么，铁了心似的，就要选定她当自己的儿媳妇，请媒人去说媒，请了几个媒人，终于定下了这门亲事。然而父亲自己却对这门亲事不大满意，故意和奶奶闹别扭，奶奶做了饭，他嫌饭里面有洋芋，不吃，让奶奶给他拣出来他才吃，可是洋芋已经糊在饭里面了，怎么能拣出来呢？父亲就是用这样的办法表示他不情愿这门婚事，让奶奶给他退掉。父亲还装作有病的样子，装作发高烧，胡言乱语。奶奶摸他的头，不烧，然而奶奶还是吓得不轻。父亲还取得了太太的支持，更是有恃无恐，说："要娶那个女子你娶去，不要给我娶，你娶来我就跑到新疆去呢。"父亲跟爷爷出过远门的，父亲这样的话，对奶奶还是有震慑力的。

然而，奶奶的性格里总有着坚定的一面，在自己认定的事情上，她也是固执的。她不和父亲理论，反正父亲还小，有的是时间，先把事情定下来再说。奶奶看准的那个姑娘后来就成了我的母亲。奶奶很喜欢她，想方设法拿一些东西给她，讨她的欢心。奶奶怕母亲一方听到什么闲言碎语，让事情有所变化，奶奶吓坏了，常常去串门献殷勤。按父亲的话说，奶奶简直是有些不顾尊严，巴结着外奶奶一家尤其是那个个头不高的碎女子。如今几十年如水流过，实践证明，我的奶奶真是有眼力。

· 爷爷 ·

爷爷押去银川劳改前，先在固原的黑城劳改农场关押过三个月。当时家里都以为爷爷就在黑城劳改了，比较于后来的银川，黑城自然是近便了许多。黑城虽说隶属固原，却在固原和我县的交界处，离我家也就几十公里的路程，照父亲的说法，走也可以走到的。虽说爷爷不能从劳改农场出来，然而家里人却可以去看他。家里计划过，先由父亲去黑城看爷爷，接着是大姑和二姑去，然后是太太和奶奶。祖太太和三姑就不去了，祖太太年纪太大了，三姑还太小。大家这样依次去看爷爷，既可以看到爷爷了却心愿，又不致耽搁了家里的活计。

太太早早就为去看爷爷做准备了。吃的用的，都悄悄准备了一些，舍不得给父亲姑姑他们带去，她要等轮到她和奶奶去看爷爷时，亲自带着，亲手交给她的儿子。怎么去太太都已经筹划好了。那时候太太已年近古稀，走着去是不大可能的，就计划和队里借一头驴，自己骑着，让奶奶跟随着去。奶奶当然同意。奶奶那时候还不到四十岁，走百十公里路当然是不在话下，而且还是去看爷爷。老实说，太太几乎把驴都跟队长借好了，队里的牲口都是有名字的，队长大体上同意把二黑骟驴借给太太。父亲的日记里就写着二黑骟驴的名字。

但是就在两个姑姑去黑城看过爷爷不久，爷爷就转去银川劳改了。太太几乎接受不了这一变故。她把给爷爷准备好的东西摆开来看，想哭都没个眼泪了。爷爷是喜欢吃太太做的烧洋芋的，太太就给爷爷准备了一些烧洋芋，但是那些无法送到爷爷手里的烧洋芋已经像一些祭品。太太既不吐话让家里人吃，家里人好像也不愿意吃那些看起来很好吃的烧洋芋了。父亲说，总之这件事对太太的打击不小，她虽然忍耐着，但脾气还是坏起来。

除了祖太太，太太给谁的脸色也不好看，她甚至对风匣发脾气，对煤油灯发脾气，在院子里听到太太拉风匣的声音，就会听得出太太的情绪是多么不好。她要点亮煤油灯时，手抖抖的，总点不着，或者是燃着的火柴头不能稳定在灯捻上，或者是火柴忽然地熄灭了。这就会让太太脾气很坏，脸色在火柴熄灭的一瞬黯淡下来，像一抹浓重的阴影趁机浮上她的面孔。她就会一时不再点灯，就那样生了闷气一样坐着。这时候若是大姑要她手里的火柴点灯，太太会充耳不闻，把火柴拿得紧紧的。最终还是她自己点起灯来。这样闷坐半天，再点灯时，太太的手就不会那么颤抖了。颤抖着的手是不容易点亮灯盏的。太太有时还会迁怒于奶奶，埋怨奶奶不催催她，早日起程，若是早一天起身，现在不是已经回来了吗？等什么呢？等到哪一天呢？现在倒好，等了个空结果。她不是早就跟队长把驴借好了吗？说走马上就可以走的。太太迁怒于奶奶的不提醒不催促，好像奶奶当时只要一提醒，她就会马上骑上驴出发似的。事实往往又未必如此。

然而，对于太太这样的埋怨，奶奶倒好像是很乐于听的。实际上太太所埋怨的这些，一定也是奶奶时刻谴责自己的，奶奶只是不说罢了。错过机会，没有看上爷爷，奶奶的心里有多不好受，只有她自己知道吧。家里的三个老人，祖太太、太太、奶奶，自爷爷去劳改后，就没有了与爷爷再见面的机会。爷爷劳改回来时，她们都不在世上了。这样一想，太太和奶奶当初没能在黑城和爷爷见上一面，实在是很遗憾的。

父亲说要是当初找人说说，爷爷也是有可能留在黑城的，因为和爷爷同在一起劳改的人，转往银川劳改的，为数不多。但是找谁去说呢？父亲当时才不过十三岁。

类似这样一些后话，实际都没必要多说。

父亲还说到自己的幸运，爷爷在黑城的三个月间，父亲不仅去看过爷爷，而且去过两次，一次是自己骑自行车去的，一次是搭乘了一辆顺路的马车去的。父亲的日记里还记着那个马车夫的名字。马车夫把鞭子给父亲让父亲吆车，他自己坐在后面，用皮袄裹紧自己，不停地打瞌睡。

去黑城看爷爷的经历，父亲在日记里记了不少，然而关于爷爷的文字并不是很多。也许父亲当时还是一个孩子的缘故吧。

父亲说他第一次去黑城劳改队，就见到一个难忘的场景，两个人，一个是有胡子的，一个没胡子，两人在争夺一个牲口拥脖。父亲在日记里把一个叫“胡子”，另一个叫“没胡子”。争夺得真是激烈，两个人都拼了老命似的，旁边的犯人们一边干自己的活计，一边感兴趣地看着他们。“胡子”干脆像牲口那样，把拥脖套在自己的脖子里，用两手把紧，不让对手夺去。“没胡子”的力量要好一些，他也抓牢拥脖，把“胡子”拖拉得东倒西歪，立足不稳，有几次几乎是要把“胡子”凌空甩起来。这是很危险的。但“胡子”似乎是宁可交出性命，也不会交出拥脖的。一边是两辆架子车，两头驴百无聊赖地立在车旁，眯着眼睛在沉思什么。这时候犯人们有了一些变化，好像一阵风忽然吹进了树林一样，就见一个管教走了过来。两个争夺拥脖的人看到管教时，管教已经站在了他们身边，用一种特别的眼神看着他们。两个人立即罢了争夺，喘着气立在那里等训斥。好半天三个人都没有说什么。“胡子”依旧把紧套在脖子上的拥脖，有些得势不饶人的样子，眼睛调皮地看向一边，两根手指不安地在拥脖上敲击着。“没胡子”则显出一种笨拙的委屈来，几乎要落泪了。看来拥脖原本是他的，被“胡子”抢去了。管教轻蔑地看着他们，忽然示意“胡子”把拥脖给他，“胡子”忸怩着，有些舍不得的样子，但还是很快把拥脖给了管教。管教就把拥脖扔向很远的地方，又以特别的眼神盯着他们，两个人都躲闪着管教的眼神，频频瞥向远处的拥脖，似乎在揣摩着其中的意思。管教就在这时候忽然离开了，好像已经处理完了这件事情似的。“胡子”立即跑过去，捡起拥脖来，将拥脖套在一头驴的脖子上，然后很快地套好车，自己坐在车辕上，晃荡着腿脚远去了。管教回头看了一眼，像是并没有看清什么，就自顾自地走远了。就这样的一个场景，却给父亲留下了深刻的印象，这么多年过去也不曾忘记。

父亲的日记里还提到一个背草的老人。父亲说他先是看到一大捆草自己缓缓地移动着，以为自己眼花了，仔细看时，才从大捆的草下面看到两只脚，好像那草捆为了移动，自己生出这样一双并不利索的脚来。那双紧贴着地皮移动的脚，使这硕大的草捆似乎成了一个很是奇特的生命，即使大天白日来看，也使人有些害怕，好似梦里所见。父亲跟着走了一段，终于走到前面去，看到了背草的人。父亲吃了一惊，竟是如此老迈的一个人背着这捆草在走，他几乎要被草捆压得伏在地上，上身好像没有了，腿像被截去了一段那样，显得短促。他从草捆下面试图抬起头来看到父亲，然而即使父亲是一个孩子，他也看不到父亲的脸。父亲觉得他只是看到了自己的腰部。他的脸几乎在草捆下面看不清了，只是看到了他的胡子。只有头被割下来好多天的老山羊才会有那样的胡子。父亲立住脚，让他走过去。过去了老半天，那草捆也没有在父亲前面移出多远。父亲心里焦躁起来，这样一个草捆和这样一个背着它移动的老人，很容易成为噩梦的。

父亲第二次去黑城看爷爷时，爷爷正在和犯人们背土，把一个地方的土沿一个斜坡，背到另一个地方去。其间的距离是不短的。背土的犯人很多，看来像一些蚂蚁。不到劳改队来时，想不到会有这么多的人犯了罪。犯人们服装统一，又干的是同样的活计，表面上看来大家都有些相像。但还是有一个人引起了父亲的注意。那是一个高个子的人，他背了土时，不像其他人那样梦游一样地走，他是跑起来的，像在一个竞赛中，被助威声和喝彩声不停地催逼着似的。那么多的犯人里，只有他一个人是奔跑着背土的。土毕竟是不轻的，是重的，这就使他跑起来时样子有些奇怪，像一个皮影里的人那样。他背了土跑着，一边尽可能保持着速度，一边小心翼翼地不让背斗里的土颠出来。他一路超越了很多人，跑上斜坡去，倒了土，又忙不迭地跑回来，趁给他背斗里上土的机会，他用胳膊不停地擦着脸上的汗。他的个头是不低的，他就把腿弯曲到一个程度，好给上土的人以方便。他还要求把背斗给他上满，上得满满的，要溢出来似的，他才满意。有时候一锨土不小心就上到他身上去了，他晃着头，好让土从头上、脖子上下来，但是因为满身是汗的缘故，一些土黏在身上下不来了。他热气腾腾的，就像是一个从泥浆里出来的人。他一路背着土跑过时，并不会影响到别人，他跑他的，大家还是背着各自背斗里的土，不紧不慢地走。父亲问过爷爷那个人为什么那样，爷爷摇摇头没说什么。爷爷自从劳改后，对很多事情都不愿多说什么，一直到劳改回来也是这样。然而，这个跑着背土的人显然成了父亲心里一个不大不小的谜。十多年过去，风向大变，当父亲可以在县城摆布摊做生意时，又见到了这个人，他在市场门口摆了一个鞋摊，专事给人补鞋。胡子把他的脸都要遮没了。常常看见他在胡子遮掩着的嘴里咬着一个两个鞋钉，埋头给人很有兴趣地钉鞋。父亲说他要写这个人的传记，是好写的，这个人前半生劳改，后半生给人补鞋，就这么一句话。一个不过以补鞋为生的人，当时又是犯了什么法去劳改的呢？

爷爷去银川劳改后，父亲再去看爷爷，就没有那么方便了，来去一趟会花不少钱。父亲算过，那时候往来银川看一趟爷爷，要花去三十到四十块钱。这是一个大数目。父亲一年去银川看爷爷一次，爷爷劳改十年，父亲看了爷爷十次。一次不多，一次不少。每次去银川看爷爷，提前好几个月，父亲就开始准备起来，一是准备给爷爷送些吃的，二是准备自己的往来费用。

那时候光阴艰难，虽是一年看望爷爷一次，但仅凭我家，也是挪腾不出来多少吃食给爷爷的，都是亲戚邻里帮衬着，这家给一点，那家给一点，凑够一口袋，父亲就可以给爷爷送去了。父亲说，给远路上的人送食物，什么也不及莜麦炒面好，既可以长久存放，还耐实，解饿气，和压缩饼干差不多。后来亲戚邻里知道了这一点，就多拿炒面来托父亲带给爷爷。父亲说，那些年，实在是累害得亲戚邻里不轻。有些情谊几乎是还不上的。爷爷是太看重这些东家西家凑起来的炒面了，他精打细算，把父亲拿去的炒面分为若干等份，保证每天都可以吃一点，又可以一直吃到父亲再一次送炒面来。父亲说爷爷有一个拇指般大小的勺子，爷爷早上洗脸后吃三勺炒面，晚上临睡前吃两勺，十年如一日，大体上是这样的一个定量。

筹措路费方面，父亲费尽了心思。为省钱计，父亲想过种种往来银川的方式，有好几次父亲是骑着自行车去看爷爷的。往来千余里，还捎着百多斤炒面、馍馍，这在现在看来有些不可想象。父亲骑自行车看一次爷爷，往来匆匆，需要约半个月时间。等到回来，父亲的屁股都给磨破了，祖太太就用蜂蜜调和了凡士林给他治着。父亲还经甘肃省靖远白银一线到过银川，这一线的好处是可以坐火车，而火车比较于班车，要便宜一些，不好处是耗时更多些。凡事都没有周全的，想省钱就得多花时间，就得耽搁一些活计，要给队里说许多下情话。其实父亲那时候只要筹措到去银川的路费就可以了，返回的路费爷爷已经给他准备好了。爷爷每月有两块五毛钱的津贴，爷爷就把这个钱省下来，积少成多，等父亲来时给他做路费。若是父亲辛苦一些，骑自行车往来，那么这一二十块津贴就不必花在路上，可以用在另外的方面，会起不少作用的。

爷爷十年劳改回来，带回了一些什么东西，已记不大清了，父亲的日记里，对此也无所涉及，可见当时爷爷带回的东西并不多。虽说爷爷已出门十年，但毕竟是从劳改队回来的，能带回什么呢？爷爷自己能全身回来已经是福分了。但是我清楚地记得爷爷带回了一双筷子。当然是再普通不过的一双筷子，但是这双筷子是被爷爷用一根很结实的细线连在一起的。很少有一双筷子被联系得这么紧，很少有一双筷子能合作到这么久，爷爷在劳改队十年，朝朝暮暮，它们都陪伴着爷爷。它们跟爷爷回来的时候，已经像年老的人那样，变得短促了，大概只剩有原来的一半长。

·父亲·

奶奶归真后，父亲对奶奶给他说定的那个女子，态度上有了一些变化。父亲在日记里分析了自己的心理，觉得人心是乖张的，不可理喻的，总是要和对自己最好最亲的人过不去。父亲当时对那女子不大满意是一个方面，因着一种古怪的心理，要和奶奶做对，也是一个方面。一次父亲攀上一棵很高的榆树，倒挂在一根柯杈上，向奶奶示威，搞得全村子都知道了，这让奶奶很丢面子，马家那边也开始有了动作，听说是另有媒人已上门去，他们要把女子给到哪里哪里去了。奶奶吓坏了，免不得又去马家做许多解释，说了不少下情话，好不容易才把事情稳住。父亲这样搞，对马家的影响其实是很大的。父亲却觉得自己只是在给奶奶一些过不去而已。奶奶忽然就去世了，父亲饭碗里的洋芋再也没人给他往外撇了，倒吊在树上也不会再有人着慌了。父亲的心理有了很大的变化。

暗中支持父亲的太太也改了口径，对那女子有了新的评价，说她除了个头小一些外，再也没有什么不好，可以说，剩下的都是好的了，机灵是没说的，长得嘛说不上太俊，也绝对不能说不好看的。

太太说她一直没有仔细看过那女子，一天她装作去马家借箩儿，就仔细把那女子看了一下，人是要仔细看的，有的人，粗看还可以，一细看，就让你看出毛病来了，牙上的豁豁给你看出来了，脸上的麻子也给你看到了；有些人却相反，粗看也一般，细看就能看出不少好来。太太特意夸了那女子的眼睛和嘴，说是一看那眼睛，就知道娃娃是个善娃娃；一看那嘴，就知道娃娃是个言贵娃娃。女子娃言贵了好，多话不好，这是她的老经验。

太太说她当初之所以支持父亲，就是觉得那女子个子小了些，但是个子小了还往大里长的嘛，那女子才有几岁，还正长着哩。父亲说："我看她再长也就长那么大了。"太太为了消除自己在父亲心里造成的消极影响，给父亲讲了许多她的老经验。太太说："骆驼大不大？吃草呢；豹子小不小？吃肉呢。万样一理，所以不在个子大小，在本事大小，在心好不好。再说她的个子也还不是太小嘛，要是个男人，是有些小了，女娃娃长那么大，也还可以的。"父亲对那女子的不满好像倒不在个头大小，连他也说不清自己不满意她的什么。父亲跟着爷爷走南闯北做生意，见过另外一些女子，也许在父亲的心里起着作用吧。

然而奶奶去世后不久，连半年也不到，给父亲讲老经验的太太也忽然一病不起，撒手归真了。这就使我家在转瞬之间好像换了一个家似的。

当时家里的情况是这样的：十四岁的父亲是家里的主要劳力，上午给队里犁地，下午给牲口找草，晚上去地里守庄稼，睡在野地里，就这样勉强能得个满工。十二岁的大姑也去参加队里的劳动，劳动整日，可得半工，另外一家六口每日的两顿饭，也由大姑来做。十岁的二姑，主要任务是带一岁半的叔叔，同时帮大姑做些农活和家务。四岁的小姑负责给一家人找烧头，或者去山里找柴草，或者捡拾牛粪、驴粪等，听说小姑有时候一不做二不休，竟直接到队里的饲养院去偷牲口粪，饲养员看到她手忙脚乱自以为得计的样子，大多时候也是睁一只眼闭一只眼，放过她了。这个饲养员，父亲在日记里也郑重地写到了他的名字，算是感戴着他的一样好处吧。还有个人就是祖太太，老人家还活着的，她也是不闲着，或者是去地里拾干洋芋，或者是去拾干蒿子，或者是在村巷里转来转去，见到一点绳头拾回来，见到坏了一角的纽扣拾回来，见到一个扁扁的空火柴盒也拾回来。祖太太就这样在村里捡拾到不少东西，她常常在墙角那里一边晒太阳，一边郑重其事地盘点着，整理着。那时候祖太太已经九十多岁了，做什么事情都显得专注又漠然，好像她只是一心在做自己的事，和这个世界没多少关系了似的。然而老人家还是在为这个家操心。譬如，她捡回来的残纽扣，会出现在哪个姑姑的衣服上；她捡回来的火柴盒，又给派上用场了，打开来看，就会看到里面又装有几根火柴了，或者是装着一点新棉花什么的。总之，凡捡回来的东西，没有一样在祖太太那里是无用的。父亲说祖太太拾到过半截针，针眼不小，看来是纳鞋底用的，但是只余了少半截，祖太太就把它在自己捡来的石块上磨出针尖来，穿上线，常常别在胸前，用时很方便就取下来。那样的针除了因短促不好拿之外，对祖太太倒是合适的，它那么大的针眼，祖太太不必劳动哪个姑姑，自己就可以把线穿过针眼。总之就是这样的一个家庭，就是这样的一个状况。

父亲清楚，已只有别人弹嫌自己，自己是再无挑肥拣瘦的余地了。而且父亲那时候对于自己倒悬在树上的一类示威活动，倒是不安和后怕起来，害怕人家突然想起，害怕人家作为借口，了断了这门亲事。人心是古怪的，奶奶去世后，父亲自己对这门原本反对的亲事忽然看重起来，好像原本以此反对奶奶的，现在倒是就要凭这个给奶奶一个报偿与安慰。父亲心里有了一个近乎坚决的念头，无论如何，就要找奶奶生前定下的这个女子做自己的妻子，不存在第二个可选择的人了。有了这样的决定，父亲的心里就不安起来，时时担心有不好的消息从马家传来。说来也和我家当时的家境有关系吧。太太去世后，连送葬抬埋的钱也没有，是父亲去和队里借了十五块钱，这样一些事实都让父亲不安。尤其太太刚刚去世那些日子，父亲时时都等着从马家传来不利的讯息。

父亲还做过一个梦，马家背着他，把那个女子嫁出去了，为了少有惊动，马家选择天没亮时就把女儿嫁了出去，让她骑在一头被打扮一新的驴上，由新女婿牵着，悄悄出村子去。但是父亲赶早拾粪，给挡个正着，父亲记得自己当时的心理是很古怪的，然而无话可说。他清楚驴上驮的正是那女子，这看都不用看，父亲想看清那个牵着驴的新女婿，却是怎么也看不清他的脸。这个梦让父亲的心情坏透了。婚后他们还说起过这个梦。父亲说这梦的时候心理复杂，眼神特别，好像眼前的女人真的嫁过一次似的。对父亲来说，这算是噩梦了。

父亲在日记里记录了他对这个婚约的担心，用了“命悬一线”的说法，我读到这里，不禁莞尔，看来父亲是有些用词不当，然而同时也反映了父亲的真实心情吧。

事实证明，父亲的担心是多余的。马家说话是算话的，话已出口，在自己这里就不好改了。那时候马家，也就是我的外爷家，光阴要比我家好许多，给了父亲不少帮助。他们认定了父亲是他们的女婿娃时，就全力帮起父亲来。所谓帮父亲，也就是尽可能给父亲一些吃的。那时候这便是帮大忙了。父亲去队里劳动，给自家挣工分，吃饭的时候，却到外爷家去。那时候外爷家的街门口拴着一只大黑狗，很厉害，尤其不喜欢父亲。父亲在门上一探头，它就带着缰绳腾跃起来，一副要吃掉父亲的样子。父亲就避开它，从外爷家的后院那里翻墙进来。吃了饭，父亲总归是有些拘谨害羞的，从不久留，吃完就走。

给父亲端饭的是我的大姨，很少见到母亲。这就闹出事端来，后来大姨忽然有些喜欢父亲了。和母亲含蓄内敛的性格不同，大姨是大胆又直爽的，她不仅给父亲端饭，还自己动手给父亲烙馍馍。给父亲烙馍馍，大姨真是舍得花工夫，用心十足，用料也多。油放了多少啊，香豆子放了多少啊，一个馍馍，烙了多少层啊，吃掉一层还有一层啊。父亲日记里清楚地记着，说大姨给他烙的馍馍他真是没吃够，就是如今想起来好像也能闻到那个香味。大姨给父亲烙一个馍馍所花的清油和香豆子，外奶奶能烙出三个馍馍来。

大姨好像和父亲之间有了默契，等大姨烙好馍馍，偷偷地拿出街门外时，父亲不早不迟，正好从门前经过，于是顺手接过大姨递来的馍馍，一阵风似的走得不见了。大姨也快快地走回来，装作没事人的样子。然而事不过三，终于还是给母亲发现了。母亲表面上没有说什么，暗地里却有了主意。刚出锅的馍馍太烫，总须晾片刻的，大姨把烙好的馍馍晾在一个自以为很保险的地方，但是一天她揭去遮掩的东西时吃了一惊，只见原本好端端的馍馍已经给掰成了一堆零碎，这当然是不能做礼物送了。大姨知道这是谁干的，然而有苦说不出。那天到了约定时间，大姨没有出门去，而是躲在一个可以偷看到门外的地方，眼睁睁地看着父亲希望而来，落寞而去。父亲离去时候的神情使大姨心都碎了。

多年之后，大姨不幸得了一段时间的精神病，就把这些事照实说了出来。现在大姨已不在世上了。父亲在日记里表示了对大姨的追念和感激，表达了对岁月流动不居的感慨。那时候，大姨也就十三四岁吧。如今大姨去世已经十五年了，这个我记得很清楚，我儿子生下来那天，正好大姨去世了。大姨虽则长相不如母亲，却是一个很有性格魅力的人。与大姨相比，母亲实在是含蓄的。母亲是自我约束、自我纠缠的性格，心理冲突得很厉害，表面上看不出什么来。所以母亲有时候会忽然地哭出来，实在忍不住了似的，这就表明母亲的心里实在是积聚了太多的东西。当然母亲哭出来的时候是很少的。

父亲在日记里大段落地记录了母亲，首先说的一点是，很少见到这个人，父亲去她家吃饭，她会躲得不见踪影，不知躲到哪里去了。大姨曾不怀好意地对父亲说，母亲是只猫。从这个形容里看不出什么，但是从大姨的表情和声音里，可以得知大姨的这个形容对母亲是不利的。大姨学猫叫着，说母亲这只猫，你听见她叫着，你听见她在这里叫着，你循声过来，她却不在这里，在另一边呢。大姨认为母亲嘴上不说，心里想得实在是太多了。

和大姨把母亲称为猫不同，父亲在日记里把母亲称为老鼠，称自己为猫，说很少见到母亲，忽然不小心见到时，母亲就像老鼠见到猫似的，慌张得厉害。

父亲说在同一个村子里，虽然母亲处心积虑地躲着父亲，也总有躲不过的时候：有时候就在村巷里碰上了，母亲会显出很慌乱的样子来；若是离得远，远远地看见父亲，她立即就转身跑掉了；要是忽然从一条巷子里出来，两个人碰个正着，连父亲也会吓一跳。这时候母亲再跑是来不及了，就转过身去，全身都显出一种不自在的、受围困的样子。虽然看不到她的正面，但是能感觉出，她的脸上正在出汗，她的辫子湿漉漉地发亮着，好像也在出汗。这时候即使是母亲脚边的几粒羊粪蛋，也会因切近着母亲而显得神情异样。父亲前后看一看，偏不走开去。他看得出母亲有些懊恼了，他甚至觉得母亲会转过身来骂他一顿，这倒也好。但是让母亲转过身来是不容易的。有时候母亲像终于下了一个决心似的，忽然就拿出一副勇毅的劲头来，负气一样走开去。母亲走得很快，像是边走边摆脱着无数烦乱的束缚和干扰似的，只要走出稍远些，母亲就会顺势跑起来，辫子在后面咻咻地跳荡着，像是给母亲助力的同时也给父亲一些警告。要是旁侧不远处有一条巷道，这便给了母亲很大的方便和援助，母亲就可以很快逃进巷子里去不见踪影。一切来得突兀，余响不尽。父亲被丢在那里神情怅然。父亲也会因此懊恼起来。有时候父亲的脸上忽然会显出希冀来，他觉得母亲虽然跑进了旁边的巷子，但是并没有跑远，就在这巷子里。这是一种直觉，那么真确，父亲几乎看到了母亲就在巷子里面的墙角站着。到底忍不住，就走过去看。然而巷子里空空的。母亲真的是跑掉了，只留下了那个看起来空幻的巷子。这让父亲的心里不是滋味。

到后来不仅是母亲躲着父亲，吃一堑长一智，连父亲也躲着母亲了。有时候父亲从一条巷子里出来，见母亲在前面远远的地方，父亲立即就退回到巷子里去。然而，母亲是敏感的，她虽然并没有看得真切，但是好像是已经看到什么了，她有些慌张地向四下里看看，就像受惊的麻雀在即将飞起来那一瞬的样子。父亲并没有像母亲那样跑掉，父亲就躲在巷子里偷看母亲。

父亲在日记里记到这一幕时，笔带深情和惆怅。父亲感慨过去了这么多年，然而母亲当时东张西望的样子，四下寻觅的样子，那么清晰，宛若昨日，好像只要现在走出门去，在村巷里还可看到这一幕。但是父亲也感慨地说，母亲当时的那一份灵动四顾与迷乱不安，现在是一丝也看不到了，那样一个心总是异样跳动，敏感到有些过分的小女孩，到今天，成了一个不为所动的老婆子了。

年轻人之间一些特别的心思和游戏，让大人们难知就里，徒生不安和担心。母亲如此地躲避着父亲，就让外爷爷和外奶奶疑心起来。作为女娃娃，婚前不躲避女婿娃是不好的，还是躲一躲的好，显得自己自尊，旁人看着也好看。然而，像母亲这样怕狼似的躲避，也就有些不好了，过分了，肯定有别的原因在里面。外爷、外奶奶担心起来，是不是女子看不上女婿娃，女婿娃那样一个家境，是容易看不上的。然而又从来没有听她说起过。外爷爷嘱咐外奶奶，让她问问大姨，但是从大姨那里外奶奶却听到一些莫名其妙的话，外奶奶不明白大姨究竟是想说什么。大姨后来就说得直截了当了，说母亲并不是看不上谁，她就是不愿嫁到本村子里，她想出嫁到别的村子里去呢。这让外爷爷、外奶奶大吃一惊，不愿嫁到本村子里，不就等于说是没有看上女婿娃嘛。这样一些背后的打探和议论，母亲是不知道的。

那时候正好是三外爷任队长，三外爷又是一个相对开明的人，于是就在劳动的时候，有意做一些安排，把父亲和母亲安排到一起，让他们不得不多一些接触。譬如，拔麦子的时候，让他们一个挨着一个拔；背粪的时候，让母亲上粪，让父亲背；拉粮食的时候，把他们指定在同一架子车上。父亲觉得这有些刻意了，心里不大舒服，但他又是有些怕三外爷的，毕竟三外爷是队长。于是怎么安排就怎么来，可是苦了父亲了。

父亲在日记里诉苦不迭。搞到后来，连父亲也禁不住犯嘀咕："这个碎女子，是不是真看不上自己啊？"譬如，拔麦子的时候，父亲拔得快，她就慢下来；父亲要是拔得慢时，她又超越到前面去。而且父亲若拔到前面时，总要给她帮忙，带上几垄，投桃报李，她拔到前面去时，也应该给父亲带上几把吧。但是没有过这样的事情，而且她还把拔下来的麦子凌乱地放着，压在父亲的麦垄上，让父亲拔不顺畅不说，还得把她乱放着的麦子规整好。这就让父亲一趟麦子拔出头，真是累坏了。有时候父亲陡然恼火起来，甚至想跳起来找队长说说，然而这又怎么说呢？

总之，三外爷的用心是白费了，不但无益，反而好像让两个人的关系更远了。至少在父亲一面是这样想的。父亲甚至有了这样的念头，要是母亲看不上自己的家庭（父亲认为母亲没理由看不上自己），那么就当机立断，另寻路径，不找母亲了，让她嫁到外村去吧（父亲也得悉了这样的消息）。那么父亲找谁呢？父亲决定母亲那里若有二话，那么他就找大姨。

父亲忽然觉出大姨的许多好处来了。想一想，要是父亲帮着大姨拔麦子，会怎么样？要是大姨拔麦子在父亲前面，她会不给父亲带上一两把吗？而且大姨是多么畅快干脆的人啊，哪里像这个女子，嘴里没有一句话，心里装了无数事，麻烦死了。而且她还小大姨半个头，大姨和父亲站在一起，差不多和父亲一样高。父亲不想安慰埋在地下的奶奶了，他倒是有些埋怨起奶奶来：“这就是你给我找的好媳妇？！”

然而，在父亲和母亲结婚前一年，大姨就嫁出去了。大姨嫁到了很远的一个地方，在深山里，骑驴得一整天才能到。父亲另寻路径的可能没有了。

大姨有病的时候，曾诡秘地笑着对父亲说：“我也不叫你姐夫，我看到你就有气，你其实还是看上我姐姐的，看不上我，对不对？你看我的话太多了，我姐姐言贵，我姐姐聪明，我傻，对不对？”大姨还提起了母亲把她烙给父亲的馍馍掰碎了的事。她笑着问母亲：“你还记得这个事吗？承认不承认是自己干的？”大姨凄然地笑着说：“都过去了，说的都是些远话，白磨嘴皮子呢。”大姨当时说话的样子，看不出她是个失常的人。

父亲原本想凭着对大姨的感激和同情，说一些安慰她的话，答复一下大姨的几个“对不对”的询问，毕竟大姨是个得这种病的人嘛，然而寻思了半天，竟然找不出一句安慰的话来，好像说什么都不对。大姨可以借病说话，其他人可不行啊。

父亲满十八岁的时候，请媒人去外爷家送信息，说是想完婚。父亲的心提到了嗓子眼上。那时候我家不但年终时节没有分红，还欠着队里的二百多块钱，也不知道一分一分都是咋欠下的，竟欠了这么多。媒人来回话，说是女方同意完婚，彩礼钱一百七十元整。这个彩礼钱显然是照顾到了我家当时的情况。但就是这一百七十块钱，父亲当时也没能凑够，只给了外爷爷一个整数，也就是一百块，余数至今还欠着，外爷爷归真都快二十年了。

转眼间就到了娶亲的时间。家里为婚事宰了一只羊。母亲的首帕、首帕里的银簪子、两个镯子等，都是借的，母亲结婚时穿着一条绿条绒裤子，连这裤子也是借的。母亲结婚前几天村里曾娶进来一个新媳妇，不知谁就借了新媳妇的裤子来给母亲穿，这新媳妇一定是着急坏了，母亲嫁到我家的第二天，她就赶来要走了她的裤子。很快，母亲的手镯等，只在母亲的身上晃闪了一下就不见了，母亲几乎又穿上了做姑娘时候的衣服。父亲心有不安，然而看母亲的样子，好像她早就料到会是这样的。她熟练地做着家里的一应活计，就像她早已是这里的主妇了。她也学姑姑们的样子，亲热地喊着祖太太，姑姑们唤她嫂子的时候，她也愉快地答应着，很喜欢被人这样称呼似的。就像奶奶和太太去世后我家显得凋敝不堪那样，母亲的到来，使我家似乎又面貌一新。

祖太太忽然多话起来，而且多是和母亲说，她的耳朵又有些背了，大姑姑让母亲把嘴挨近祖太太的耳朵说话，母亲说话时，祖太太听话的那个神情，惹得姑姑们笑起来，一个快一百岁的老人了，还有着那样的表情，真是让人由不得要笑。就像是她正痒痒着时，给她挠到了舒服处，就像母亲说的是让她进天堂的话。祖太太老了，最大的愿望是自己能进天堂，姑姑们都知道她这个心病的，因此老人不开心的时候，发脾气的时候，一个姑姑就上去，贴住她的耳朵说说她能进天堂的话，随着话入耳里，即刻就能看到老人脸上的变化。老人真是太好哄了。祖太太还忙着要从自己多年积攒的破烂里找出个什么来，好送给母亲做礼物，但是好像不容易找出来。她露出像一个老猩猩那样着急又遗憾的样子，真是给家里带来了少有的快乐。母亲感动而开心地笑着。父亲看在眼里，喜在心头，然而他心里没底，还有担心，是不是母亲暂时觉得新鲜，日子还长得很呢。

但是现在，父亲和母亲都已是花甲之人，连我也已忽忽过了四十，逾不惑之年了。

九案

原载《十月》2019年第1期

· 喜姐 ·

这是《宁夏审判志》里记载的一例案子，我在这里给大家转述一下吧。我希望我能尽量转述得简明直接一些。

事情发生在光绪十年（1884年），发生地在宁夏中卫县。

说是有名李戎者，年四十岁，本分勤兢，承继祖业，以卖糖瓜度日。妻李田氏，三十八岁，虽系女流，却是一家之主。夫妇二人生有一女，名喜姐，嫁与本县东门刘田氏之子刘双生为妻。小两口关系还好。只是婆婆刘田氏嫌喜姐做的茶饭一般，针线也不怎么样，比如买了布来，原本是打算做枕头的，但是喜姐剪剪裁裁，最后只能做一双鞋或者耳套子了。那个时代的婆婆是很容易不满意的。那个时代的婆婆也都有一些当婆婆的法子，就弄得喜姐活不好不好活。其间喜姐想不开寻死过一回，就是跳到水窖里去。好在窖里水不多，又发现及时，救了上来。此后还分过一次家，不久又合在一处。

虽然小两口关系还算可以，但是一有矛盾，刘双生总是会站在自己的母亲刘田氏一边。刘田氏说："你把你婊子妈惯着，你把你婊子妈惯得上头呢。"这样的时候，刘双生就会把喜姐实实在在打一顿给母亲看。喜姐的母亲李田氏疼女儿，要把女儿领回娘家去。刘田氏说："领回去可以，就不要再叫回来了，今儿你们领走，明儿我们娶一个新媳妇。"李田氏就只好自己一个人回去。

李田氏回去以后越想越生气，好像碰到了个没办法的事情似的，好像没有出头之日似的，好像没有活路了似的。李田氏悄悄问过女儿喜姐："离婚可以吗？"喜姐明确说她不想离。李田氏问："你自己能闹腾吗？多厉害的婆婆也怕会闹腾的媳妇儿，媳妇儿也有媳妇儿闹腾的办法，人老五辈多少年了，婆婆有婆婆的经验，媳妇儿也有媳妇儿的经验，闹腾过几回，肯定事情就不一样了。"喜姐死都死过了，还让她咋闹腾呢？李田氏觉得女儿没有听自己的，她对女儿心疼的同时，也是失望的。

李田氏的眼睛那么一望，就觉得自己看得清清楚楚，女儿一家的事情，不在别人身上，就在喜姐的婆婆刘田氏身上。她想给喜姐的婆婆点牙爪看看。但是刘田氏那边人多势众，女婿娃关键时节又站在人家母亲一边，这都指望不上的，弄不好便宜占不上，倒过来反叫别人占了便宜也未可知。总之，李田氏是想把刘田氏好好收拾一顿，收拾的目的，归根结底也是为了亲家一家把日子过好，而不要过成像现在这个样子。

有了这个盘算，李田氏就留心着好机会，功夫不负有心人，就让她逮着一个好机会了，听说有庙会，刘田氏要去烧香，这就是个机会了。

李田氏担心自己势单力薄，又邀约了自己的表妹杨田氏，自己的母亲扈田氏，一行三人，于光绪十一年（1885年）四月二十八日赶往庙会现场，与刚刚烧完香出来的刘田氏碰个正着。李田氏出面拦住刘田氏，待扈田氏、杨田氏烧完香急急忙忙出来，三个人就围了一圈把刘田氏围住。先是由李田氏数落刘田氏的种种不是，真是越说越气，数年来的积怨恨不得在这一刻都释放出来。偏那刘田氏还不识相，不但不妥协自保，反而恶语相向。真是想不到，居然是刘田氏首先动起手来，在李田氏骂个不停时，出其不意，忽然在她的嘴上抓了一下，打斗就开始并且很快就升级了。也许是李田氏心里积了太多怨气的缘故，她揪住刘田氏的发髻，只一推一拉，刘田氏就轰隆一声倒在地上，一旦打起来就不好收手了。

据官方权威调查记录，刘田氏在李田氏、扈田氏、杨田氏的“围剿”下，除了拿双手护紧自己的脸，几乎没有什么还手之力。白纸黑字记录的是：李田氏抓不到刘田氏的脸，但是抓伤了刘田氏的两个耳朵和后背；杨田氏分别咬伤了刘田氏的两只胳膊；在两个还算年轻的女人基本控制了刘田氏后，年过七旬的扈田氏拿出预备好的锥子，刺伤了刘田氏的大腿，尤其于其屁股处刺了好几下。

李田氏边打边问刘田氏："你还恶不恶？以后改不改？"刘田氏回话粗野，态度更为蛮横，可以说，一顿好打似乎并没有收到预期的效果。正打到一个程度时，庙里的道姑出来了，软语劝解着她们。道姑来劝，众人又围观，就不太好意思再打了。就放了刘田氏。刘田氏躺在地上一时起不来，高声说，她要去告官，让李田氏等着好果子吃。

一场风波，暂时告结。

李田氏回到家里，觉得意犹未尽。丈夫李戎饭吃到一半，推开饭碗，吃不下去的样子，李戎向老婆表达了自己的忧虑：

"一、亲家受伤，肯定不会善罢甘休，如若真的告官，官司难打屎难吃，到时候怎么办？

"二、人家本来就对咱们的女儿不好，这一来，不是更会对咱们的女儿不好了吗？人家照样欺负咱们的娃娃，试问咱们有什么办法？"

李田氏说："老实说，你这个娃的大大要是攒劲，也不会轮到我们妇人娃娃出手了。"

第二天吃夜饭的时候到了，灯都点上了，不见李戎回来。可以说，这是从来没有过的事。去街上他卖糖瓜的地方看，没人。后来是在水渠里找到李戎的，他已经像半袋子黑面那样软塌塌的，没救了。

李田氏就去衙门里报案了。

此案先经中卫县知县艾椿年初审，旋转宁夏知府穆常阿审核，又与兰州府知府陈士桢、候补知府赵宜萱会审，结论为："死者李戎系投水自尽，并无任何迫逼情状。"

但是令各级判官们为难的是，"遍查清律，无有妻妾殴人，其夫畏惧连累自尽，应作何治罪之条文"。

最后只能"自应比照酌量判处"——意即参照相关条款，估摸着形成一个判决就是了吧。

比照判决的结果如下：

一、李田氏（李戎之妻）拟绞监候例减一等，杖一百，流三千里；

二、杨田氏（李戎妻表妹）依手足殴人成伤律，笞三十；

三、扈田氏（李戎岳母）依刃伤人者，以杖八十徒二年律，杖八十、徒二年。

念扈田氏年过七十，照清律追取赎银以代，赎银上缴国库。

看完这个案子，一个原本最容易被忽略的名字却被我深深地记住了，就是李戎。想不到一个连起码的配角都不能胜任的人，忽然一下却成了整个事件的主角。

· 何张氏 ·

盐池县大水坑村何张氏孀居才一个多月，就有邻村的李风禄、马拐拐先后来提亲。何张氏以暂不考虑为由都回绝了。

民国二十九年（1940年）腊月二十三日，何张氏和同村妇女某某去乡上赶集，正碰上李风禄在集市上卖羊。李风禄就请何张氏和某某去小摊上吃饺子。何张氏拒绝。李风禄就给了某某十一块大洋，让某某自己留一块，请她将十块转给何张氏，然后李风禄趁何张氏和某某争议的时候，忽然出手，把何张氏的一个手镯撸走了。李风禄一边忙着走开，一边扬着手镯说："这就是信物，这就是信物。"

某某与何张氏，照现在的说法就是闺蜜，闺蜜的话一般是容易听入耳里的。在闺蜜的一再劝说下，何张氏收下了那十块大洋，同时让闺蜜通知李风禄：

一、把手镯先还回来。还回来就有诚意，不还回来说明诚意不够。

二、婚姻的事，不要逼得太紧，给她点时间让她想想，才当寡妇这么点时间，就另谋出路，听起来也不好听，看起来更不好看。

转眼间就到了民国三十一年（1942年）农历一月十二日夜，快要圆满了的月亮在团团的云层里出没，狗像是嗅到了地震的信息那样纷乱地叫着，某某的男人出远门了，某某就带着还在吃奶的孩子来给何张氏做伴。都已经在睡梦中了，忽然何张氏的门被猛地推开，一伙人进来，连灯都不点，就急忙捂住何张氏的嘴把她掳去了，把某某娘儿俩几乎没怎么惊动地剩在了一边，像很高级的屠夫剔肉那样。原来是李风禄趁人不备，带着五个人把何张氏抢去了。

应该说，民国时候，宁夏的某些地方有抢亲的习惯，只要能抢到手里，然后再从容给主家赔礼说情，一般不会有什么大问题的。小时候就听母亲讲，我的大外奶奶就是被关桥堡人抢亲抢走的。大外爷被马鸿逵抓去当兵折了，留下大外奶奶在家里。也是在一天夜里，大外奶奶被数十里之外的关桥堡人抢走了。当天夜里狗咬鸡叫，动静很大，但是同一个院里住着的大外爷的父母等，没有一个人被惊动，没有一个人出来看看自家的人被抢走了。什么原因呢？有一种说法是，抢亲的人，事先和大外奶奶的公公婆婆都商量通了，把钱都给了，把钱都收了，只有大外奶奶一个人蒙在鼓里。大外奶奶被关桥堡人抢去后，一发而不可收，陆续为他们生了四个儿子和三个女儿，一个女人能生这么多，也算是劳苦功高，到哪里也有自己的一席之地的。

何家这边很快就知道是谁把他们的人抢去了，何家人普遍比较弱势，不然也不会被不打招呼就抢了。何家主事的人倒不是何张氏的公公婆婆等，这些人一辈子在人前头没说过一句话，是什么主都做不了的。何家主事的人是何张氏的一个堂小叔子，叫何定平。何定平太阳刚出来就往乡上走，要去告发李风禄。半路上却被李风禄一伙人劝回，李风禄一伙围拥着何定平回去，就像何定平是个皇上，他们拥他回去要他登基那样。到何家又叫来几个何家人商量着处理这个事。应该说，两边都算是干脆人，拉屎不必喘气，很快就商议妥了，人嘛已经抢去了，事情嘛已经成了，说再多也没必要，说就说有实质性的：由李风禄一次性拿出大洋二百四十块，何定平作为主婚人给一百六十块，何瑞汀（何张氏的公公）作为户族人给四十块，何张氏娘家人给二十块，为何张氏还债二十块，算下来恰好就是二百四十块。两下晤谈愉快，皆大欢喜。而且李风禄快人快马，很快就把二百四十块大洋如数交给了何定平。这事情就算是风波暂息。

民国三十一年（1942年）农历二月九日，何张氏的父亲病故，何张氏回家奔丧，碰到前来送葬的马拐拐、马环子兄弟俩。马拐拐对何张氏旧情不改，偷偷给了何张氏一个金戒指。何张氏就私下给马拐拐的弟弟马环子说，李风禄、马拐拐两个人比较，实际上她看上的是马拐拐。马环子又把这话说给了马拐拐。马环子对马拐拐说："哥，人都说我们兄弟是野粮食吃下的，我们这是吃了个啥野粮食呢，连个妇人都弄不到手里来。"说话间就到了农历二月十二日，距李风禄抢走何张氏刚满一月，就在这天夜里，马拐拐、马环子等带着八个人去李风禄家抢何张氏。那天夜里飘着雪花，像是有无数的生命的信息不期然地来到人的脸上，将人的脸轻轻地咬开着一个又一个小缺口似的。马环子一马当先，说："吃下野粮食的都跟我来。"刚翻过院墙，马环子手里的土枪就和它主人的急脾气一样爆响了。李风禄家里的人还以为来了土匪，急忙开枪回击，一顿乱战之后，两边都伤了人，关键是把马环子打死了，出人命了。

免不了一场官司。

盐池县司法处初审之后，呈报陕甘宁边区三边分区高等法院分庭，经审核认为：

李风禄打死马环子，属正当防卫，不负刑事责任，但是强抢民妇成婚，构成妨害自由罪，判处有期徒刑一年；

马拐拐夜入民宅预谋抢夺，开枪伤人，构成妨害秩序罪和伤害罪，合并判处有期徒刑一年；

何瑞汀（何张氏的公公）强迫卖婚，构成妨害自由罪，判处有期徒刑六个月；

何张氏与李风禄婚姻无效，准予无罪释放；

涉案大洋二百四十块，没收充公。

李风禄、马拐拐服刑期间，都托人给何张氏传话。

马拐拐带话说，为了何张氏，他把一个亲弟弟的命都搭上了，让何张氏不要有二心，他头一天出来，第二天就会去找她。已经把他弟弟的命送了，希望何张氏不要再歹毒地把他马拐拐的命也送了。

李风禄带话说："你肚子里要是有娃娃，那娃娃就是我的；要是没娃娃，你就安心等我回来，你总要给我生上一个。"

话是这样说，好在两个托人传话的人一时都还出不来。

在这样的时候，就在一个冬阳暖暖的下午，何张氏坐在她闺蜜某某家的伙房门槛上，她只要稍稍一侧脸，就能在她脸上看见被阳光照到近乎透明的汗毛，后背晒得暖洋洋的，何张氏一边和伙房里忙着的某某说笑，一边从容地纳着一双不知谁的鞋底。

· 剃头匠 ·

剃头匠丁彦禄吃完饭，用手抹过嘴，这才发现身上一文钱也没有带。自己的窘态被对面坐着的卖扫帚的李胡子看见了，李胡子让他不要慌，他给他代交上就行了。也就一碗面、一碟小菜，没多少钱。然而丁彦禄却好像一直不自在，欠了李胡子很大的人情似的。其实这也是他性格的原因，要是很多钱，值得一欠，也就欠了，为这么点钱欠人人情，不合丁彦禄的性格。丁彦禄说："你看这么个行吗？这顿饭钱，和我剃一个头钱差不多（其实剃一个头要的钱还要稍多一些），我看你的头发也长了，干脆我给你剃个头，你请我吃顿饭，咱俩就两清了，谁不欠谁，你看这样行吗？"李胡子的头发其实并不太长，还可以凑合几天再行剃头的，但李胡子似乎连想都不用多想，就同意了丁彦禄的提议。丁彦禄这才轻轻松松说出一个"多谢"来，然后看李胡子交了饭钱，两个人就往丁彦禄的剃头棚方向去。

路上看到一面墙上贴着三五张通缉布告，右侧是文字说明，左侧是犯人画像，两个人就过去站在人群后面看了一看，其中有一个名叫康小八的，是京津一带的惯匪，在几个被通缉的人里，算是名声最响的一个了。丁彦禄是一个在小棚子里给人剃头的，李胡子是个扎扫帚卖扫帚的，其实和官啊匪啊的都不大容易有关联，两个人一边说着传说中的康小八，一面就往剃头棚里去。是一个刮风扬沙的天气，太阳害过红眼病似的看着，街面上往来的人马车辆一律好像灰塌塌的，好像从这样的人群里也不会跳出一个康小八来。一个挑担子的人不小心撞了李胡子一下，不待那人道歉，李胡子就给那人道歉了，然后李胡子就给丁彦禄说了几句忍让是福、逞强招祸的道理，说："那些被贴在墙上追拿的人，要是懂得忍让吃亏的道理，会被人高高地贴在墙上让那么多人看并受他们的指点评说吗？"丁彦禄诺诺连声，说："就比如说康小八吧，名也有了，利也有了，年龄也有一大把了，该缓着了，再弄鸡飞狗跳的事就没意思了。"李胡子总结说："他缓不住，他要能缓住墙上就不会有他的模样了。"一路这样说着，就回到了剃头棚。

剃头棚里还有个年老的剃头师傅，正在给一个头发乱糟糟的人用着心思理发，旁边还有一个等着剃头的人。丁彦禄笑着对那个等着剃头的人说："抱歉，你先来，应该先给你理的，但是这个朋友，前几天就约好了，论排队是排在你前面的。"那人拿细细的手指掏自己的耳朵，他原来也是好说话的，说他不忙，先约的先理吧，他等等无妨。这样就给李胡子先理起来。

李胡子的名字听起来好像他的胡子怎么样，其实他的胡子并不怎么样，一点山羊胡子而已。之所以被叫作李胡子，是跟他扎的扫帚有关，说他恨不得把葱胡子都扎成扫帚卖钱，大家把葱的根须叫作葱的胡子。葱长到一定时段，挖出来，每根葱都有一把大胡子。李胡子的名字就是这么来的。因为吃了李胡子的请，丁彦禄给李胡子剃头就格外上心些，手续就多了些，正式剃头前还在他的头上和耳朵上捏弄捏弄，一边捏弄，一边还说着康小八。认识的人之间剃头，总是会一边剃着，一边你一言我一语说些闲话。剃头棚里有些拥塞。中间有一个火炉黑胖子一样占位置。地上的水盆里落着些头发。剃头棚里有着它这样的小剃头棚特有的味道，闻着这种味道，好像人的鼻毛要从鼻孔里痒酥酥地长出来了似的。“你们说的就是那个打死主人的康小八吧。”老一些的剃头师傅一边像忍住了打一个呵欠那样，继续剃着头，一边也有意无意地丢过来一句。李胡子被丁彦禄按着头，额头上弄出很多的皱纹来。李胡子说：“你知道这一出吗？知道就给我们说说。”老剃头师傅拿手在自己的嘴前面罩了一罩，呵欠就在这样的遮掩里算是打过了，然后就这样那样地说起来，说得一切好像他都亲眼见过并经历了似的。

康小八，天津人，有说是回族，本不姓康，给一个姓康的人家当保镖，就随姓了康。康小八给人当保镖之前，有三头毛驴，给人驮送东西挣钱过活。但是他自小跟人学了一身功夫，又不惜力，不怯场，和角上带刀子的牛也敢摔跤，就让康财主看上了，给康财主当保镖六七年。

康财主给康小八买了一把英国造左轮手枪，三百发子弹，就让康小八有了一手好枪法。康小八把衣裳挂在晾绳上，衣服还叫风吹得摆动不定，康小八和人打赌，三十米开外打衣裳上的纽子，说打第一个不打第二个，说打第二个不打第一个。这样一来，康财主因为有康小八这么个保镖，就使得一般的财主不好和他攀比。

康财主希望康小八除了保镖的身份外，能过一份正常的日子，比如娶妻生子等，康小八好像不需要这些。康小八在这世上就是孤零零的一个人，好像连个亲戚也没有。就有人给康财主耳朵里吹风说："康小八这样的情况，什么事都能做得出来，就怕你的光阴到一定程度时，一声枪响，你的成为人家的。"架不住人一说再说，康财主动心思了，他想把枪从康小八手里收回来。康小八说："我练了多少年，给你你也不会用啊。你要看谁不顺眼，使个眼色，你和他说着话，我上去一下就把他给结果了。枪在我手里，就好比在你手里嘛，就当我是你的枪，你想打谁，我就打谁，还要枪干什么？"康财主在枪的事上费过不少心思，都未能把枪从康小八手里讨回来。康财主甚至有了不再雇佣康小八的想法，把枪做礼物送给康小八，让他离开自己好了，但是总是左思右想，没有把话说在前面。

一天黄昏，两个人去通州要账，路过一片庄稼地时，康财主忽然觉得气氛有些不对。康小八说："你是不是有些害怕？"又说："你不要怕，有我呢。"又往前走了走，康财主说："不去要账了，改天吧，今天咱们先回去。"康小八不明白说得好好的去要账，为什么忽然又不去了。康小八是黑白道上的人，自有他的是非曲直，是最好打交道也最不好打交道的人，他让康财主给他个忽然不去了的理由，康财主竟给不出。康小八就忽然变了脸，说：“我对你一心一意，你对我三心二意。给，你的枪你拿去吧，我们的关系到这里为止。”说着就把枪给康财主，康财主把枪接过去，还等着康小八给他子弹袋。康小八说：“子弹带在身上的不多，回去我给你。”两个人就往回走，不去通州要账了。两边看不到边际的庄稼地里风吹得庄稼叶子哗啦啦响着。两个人已经走在夜影里了。不知怎么一来，就听到一声枪响，一个人倒在地上。后来就是大家都知道的，康小八把主人给杀了。康小八不见了踪影。北京天津都找不到他的踪影。

说到这里，老剃头师傅给自己的顾客把辫子解开，梳理了一番后重新编好，一个头就算是剃完了。这老半天，他的那个顾客就好像并不存在。“好了。”随着老剃头匠这样说一声，那人就站起来，先给理发的师傅道了一声谢，然后拍打着自己身上的毛发，打量了一下剃头棚，好像他要把这个剃头棚买下来似的。他显得黑瘦，刚刚剃过头的缘故，他看上去像一个米粒脱净的玉米棒子。他付了剃头的钱，然后笑嘻嘻地对给自己剃头的师傅说：“你们刚才说的那个康小八，你们见过吗？”都说没见过。那人说：“那就让你们见一下吧，我就是康小八，你们乱说我，我听了不高兴，枪里头的子弹够用，给你们一人一个吧。”说着就在袖筒里露出蛇芯子那样一点枪头来，把两个剃头师傅，还有李胡子都打死了。那个等着剃头的人吓得脸上的黄土都出来了。康小八对他笑一笑，说："没你的事，他们说我，你一句都没说，你再找个地方剃头去吧。"

清廷捉拿康小八，动用了尚云祥、马玉堂两位形意拳高手，把康小八拦堵在一个小旅店的店房里。原本谁也不知道康小八的信息，康小八的一个相好，说她母亲病重，需要一笔钱，康小八信任这个女人胜过男人，就悄悄来送钱给她，没想到她是被清廷买通了的。虽然围堵拦截，但康小八还是逃脱了。但他逃的大致方向却是被掌握了的。就请出形意拳大师尚云祥、马玉堂两位先生去擒拿康小八，把康小八拦堵在一个小店里。尚、马两位先生虽有一身好功夫，但忌惮康小八手里的枪，也不敢贸然靠近。后来还是康小八笑着，自己从店房里走了出来，把枪扔在一边，让跟随尚、马二人的兵勇们把他捉获了。兵勇们用绳子绑康小八时，康小八只对着尚、马二人说："要开枪你二人打不过我，要不开枪我打不过你二人，枪毕竟是身外之物，赢了也没意思。"和康小八一样，尚云祥也显得身形瘦小，尚云祥让兵勇们不要用绳子捆康小八，保证说，康小八要是跑了找他来要，兵勇们没有听他的话。

1904年某月某日，康小八在北京被凌迟处死，给他行刑的是不比他名声小的刽子手蔡六爷。凌迟首先要在额头上割下两片肉遮住眼睛，免得看着惊惧。康小八说不必要，他要看着蔡六爷给他行刑。蔡六爷满足了康小八的请求。旁边的一个监刑官看康小八受刑时一声不吭，就给蔡六爷使个眼色，蔡六爷暗中用一根钢针刺入康小八的心脏，正咬牙受刑的康小八，就像颈骨突然断折了那样，头重重地垂下来，好像风没有了，绷紧着的旗子暂时收敛了它的威风那样。

要说的是，中国历史上，康小八是最后一个被施以凌迟之刑的人，此后不久，经光绪皇帝签署，中国彻底废除了长达千余年的凌迟大刑。

·小纸包·

郭念生（三十二岁）的小儿子是光绪二十年（1894年）走失的，直到光绪二十六年（1900年）还没有找到。

想起出事那天，就像是一个古怪的永远无法醒来的梦。觉得无论怎么想都不真实，又好像觉得世上的事情里，唯有那天的事情是真实的，是值得计较和细细索解的。当时是郭念生的老婆大着肚子去街上买什么（现在就觉得买什么就是一个诱饵和圈套，要知道会发生那样的事，什么都可以暂时不买的），郭念生的老婆都不记得自己当时是抱着还是牵着小儿子。她时而记得自己是抱着的，印象里好像自己的大肚子因此不舒服；时而记得不是抱着的，而是牵着小儿子的手，因为她有个印象，小儿子没走稳当，打了一下子软腿，就在小儿子趔趄着要倒下时，她顺手提拎了他一下。对于她的这个回忆不准，郭念生用很脏的话骂了她。郭念生骂她说："你怎么没把你丢掉啊。"她也是这样想的："是啊，我怎么没把我丢掉呢。”她觉得自己是没有办法丢掉自己的。她觉得一切都好像安排好了和设计好了似的，那天的主要任务就是自己把小儿子带到街上去，然后把他丢掉。

记忆恍惚而又清晰。她当时在店外面的小摊上买了东西，又拿去店里面的一个秤上再称一下，看称得准不准。要是不起这个念头，要是不称这一下，什么事也不会有。就是称了这一下，把儿子给称没了。她都不记得当时把小儿子领入店里了没有，细想又是一笔糊涂账，反正记得从店里出来，手里头和眼前头空空的，小儿子不见了，在附近找了几找都没找见。就觉得眼前头的世界一下子翻了个个儿，变得自己不认识了，变得离奇古怪了，变得荒诞不经了：看两边的房子都是歪歪斜斜的，像气球一样软软的，可大可小；看一只狗吐着舌头原地那样跑着，忽然又跑入墙里面去了；看来往的人都像纸片儿那样失了重量，移来飘去。其实那天街上并没有多少人，就算歹人抱走，就算小儿子自己走失，片刻工夫，就过了一下秤的工夫，就算跑，能跑多远呢？倒好像小儿子像一个气球或者一声不经意的咳嗽那样消失了。

长话短说，接下来就是郭念生连着几年这里那里、远远近近地找儿子，好像他只有这么一个儿子，好像除了这个儿子，另外的三个儿子和一个女儿都不算数。当然有人会劝郭念生：“人要会活呢，不可以苦自己，造化给人窄路的同时，也给人宽路，就看你怎么看了，就看你从哪个角度看了。你要只看着这个不在眼前、不在你手里的儿子，那么你就会觉得自己是个苦命人；你如果看到除了那个儿子，自己还有三个儿子和一个女儿，你就会觉得造化待自己实在不薄。”郭念生的意思是：只有没有丢过自己儿子的人，才会讲出这样荒唐的道理来。为了找这个不知在哪里的小孩子，郭念生一家人受到的累害真是不可言道。最后连郭念生的老婆也劝起郭念生来了。郭念生的老婆绝情地说：“就当是死了，死的死了，活的还要活，是不是？”

光绪二十八年（1902年），当郭念生从山东肥城一路寻到宁夏平罗时，他身上一文钱也没有了。他在老周家店门旁坐着，好像连日头也不愿意多晒晒他了。

同样住在老周家店里的梁文玉（四十六岁）就是这时候看到郭念生的。梁文玉刚从街上回来，看到郭念生像乞丐一样把自己丢在墙角，但身上又有着一种乞丐绝不会有的东西，就上去问讯。后来梁文玉就把郭念生领回店里，给他付了住店钱，并答应捐出三两银子，资助郭念生找儿子用。原来他们不只是老乡，还有共同认识的人，真是有些巧了。梁文玉是个生意人，他是做鹰的羽翎生意的，把鹰毒死，把它的羽翎拔下来做买卖，他做这个生意很多年了。听说宁夏一带鹰多，他就赶过来了。生意人总是被生意的信息吸引和驱使着。

梁文玉劝郭念生：“你不要死找，死找是不容易找到的。找东西不是找到的，是机缘巧合碰到的。东西都如此，何况人呢？你还不如一边跟着我做生意，一边打探儿子的下落。比如你辛辛苦苦找了这么多年，找到了没有？就是因为你就相信找，不相信碰。比如我们两个老乡，一个找一个是不好找的，一个地方待着，半辈子过去了不是没有见过面嘛，但是要碰，在异地他乡一下子就碰上了，就说明碰比找可靠。”梁文玉没有说动郭念生，郭念生说他要是想做生意，也等不到这时候才做，也不会到这里来做，他活着就是一个事——找儿子，找到了是运气，找不到认命，就这么简单。郭念生说再过几年找不到，他就出家当和尚去。现在他的脚走坏了，多谢老乡出手帮忙，在店里歇缓几天，就还是要动身，冥冥中好像有信息，他觉得他的儿子快要找到了。“找到了你也认不得，原本小娃娃，如今大小伙子了。”梁文玉说。郭念生说：“肯定有认的办法呢。”梁文玉就不再勉强。勉强得厉害了，还会让郭念生起疑心，让自己不舒服。帮人也是越简单越好。

郭念生在老周家店里歇脚，有些饿了，梁文玉让他在火炉上烧点水，自己出去街上买几个馍馍回来两个人吃。郭念生就生火烧水。等老半天不见梁文玉回来，郭念生实在是太饿了，就打开梁文玉的毛线口袋，里面东西杂乱，看到有小袋炒面，就取出半碗炒面来吃。在毛线口袋的夹层里还看到一个小纸包，是单独放着的，显然是主人较为看重的东西。打开来一看，原来是白糖。白糖拌炒面虽然没有红糖拌炒面好吃，但毕竟是糖，郭念生就在炒面里和了一些，正吃着，梁文玉买馍馍回来了。梁文玉说街上有人打架，他看了一会儿。又说原本那么狠勇的两个人，公家人一来，就像把球巴子拔掉了一样，变得比猫还乖爽。郭念生让梁文玉也吃一点炒面。火炉上的水开了，正翻滚着，从盖着的壶盖边儿上突突突地冒出来许多水汽。郭念生说，炒面他觉得干吃为好，梁文玉要是想吃开水冲的，就给他冲。梁文玉也说干吃好。吃了两口，梁文玉觉得味道不大对，就说："刚刚拿出来不久的炒面，怎么成这个味道了？"郭念生就说了拌白糖的话。"哪来的白糖？"梁文玉问。"你袋子里的。"郭念生说着就取出了那个小纸包。梁文玉的脸就变了。原来那不是白糖，那是梁文玉专门用来毒鹰的药。冰天雪地飞得多高的鹰，一旦吃上这个药，没有不很快交出自己的尸体的。郭念生说："你把我毒死了，谁去找我的儿子啊。"梁文玉说："你把我害了，怎么能说我把你毒死了？"两个人互相埋怨着，觉着药性马上就要发作了。一时倒没有什么不良反应，倒好像毒鹰的药对人不会有什么作用似的。很快开店的周老板就知道了，拿来些解药让两个人喝下去。解药喝下不久，毒药的药性就真的发作了，倒像解药起了相反的作用似的，郭念生的嘴里流出血来。最后的结果是，郭念生吃的炒面多些，死掉了，梁文玉中的毒轻得多，又喝了周老板的解药，几乎没什么大碍。

临死前的郭念生还是做了自己应做的手续，一是向老乡的出手相救郑重地表示了谢意，二是把梁文玉给自己的三两银子又还给了梁文玉。他终于不用再找他的儿子了。

梁文玉千里迢迢来宁夏做生意，结果鹰没有毒死一个，倒把自己的老乡给毒死了，真是做梦也没有想到会这样。宁夏就是鹰再多，他也觉得索然寡味了。

出了人命，总归是免不了一场官司的，此案迭经平罗知县荣令春、兰州知府崇俊、甘肃按察使黄云、陕甘总督崧藩等审理，认定：

“此系误毙人命，如有再犯，须加一等治罪，照例由梁文玉付埋葬费十两，给付死者家属具领，店主老周并无灌救不及之情，特免于追究。”

·麻布衫·

咸丰八年（1858年）五月初七，灵州回民杨在春（十八岁）前去庆丰当铺赎取爷爷的一件麻布衫，走过几条曲曲折折的小巷，就看到前面的一块开阔地方围了一圈人，是在看耍猴。

他走过去看，就看见一个小猴子，尾巴磨损得快没有了，它的把戏是，像爬树那样灵巧地爬上耍猴人的身子，抢下他的帽子来戴在自己头上，然后从耍猴人的肩膀上直跳下来，跑到一边，看耍猴人拿它有什么办法。耍猴人好像比当众脱了他的裤子还要紧张，赶紧走过去，有些讨好地索要自己的帽子，表示自己这样一个秃头，没有帽子实在是不可以的。猴子淡静地看着一边，置若罔闻。耍猴人就给东西让猴子吃，猴子伸手来取时却见耍猴人又缩回手去了。耍猴人连比带画，动作和表情就跟个万花筒似的，意思是小猴子须先交出帽子，才可以得到它想吃的东西。小猴子想了想，看样子它想通了，于是就把帽子还给耍猴人。耍猴人的帽子歪戴在头上，好像随时都会掉下来，这时候看，帽子于他原来并不是很要紧的。他不知把一点什么东西给了小猴子，都还没有看清楚，就被小猴子喂进嘴里去了，但很快小猴子就吃了一嘴火似的吐起来，吐个不停，猴爪子在嘴前面扇来扇去，一边就追着要袭击耍猴人了。原来耍猴人给了它一个干辣椒。耍猴人像是很害怕似的蹲下身子，两手护着脑袋，任小猴子爬上肩膀挠他、揪他、撕他的发辫，帽子也被小猴子扔到一边去了。这时候就有一只饱经沧桑的老猴子，端了一只破碗，神情严峻地转着圈儿收钱了。谁要是给钱，老猴子深邃的眼睛里就流露出嘉许的意思，同时伸出手来和给钱的人握一握。

杨在春一看老猴子端着碗快到自己跟前了，就从人群里挤出来。一时散了不少人。杨在春就看到一个人的背影，喊了一声，那是杨在春的玩伴，叫田蒙肚子（十六岁），回族，年龄比杨在春小，块头却要比他大一些，两家在同一条巷子里，从小就耍在一起的。杨在春说："你往哪里跑，也不看看那个老猴子的可怜？"田蒙肚子说："一样一样，你不是跑得比我还快吗？"两人之间并没有互相责备的意思，甚至为这份默契而感到得意。该花钱而终于没有花，总是让年轻人得意的。要是杨在春不喊那一声，田蒙肚子就走了。这一喊就把两个无干的人喊到一起。

知道了杨在春要去当铺赎取衣服时，田蒙肚子表示要陪他一同去，并建议此后两个人去田保举田善人的果园里偷杏子吃。已经是农历五月，杏子是可以吃了。两个人就去庆丰当铺。"我得先把布衫子送回家，才能去田善人的果园。"

杨在春说。田蒙肚子觉得这不是问题。说话间两人就到了庆丰当铺。当铺里只有一个老伙计朱时健，很快就把事情办妥了。说起来就不是多大个事。

杨在春把爷爷的麻布衫叠整齐，拿了要走，田蒙肚子却要拿上。为什么田蒙肚子要拿上呢？田蒙肚子说他想试着穿穿。杨在春不给。杨在春说："一个老汉的衣裳，你一个小伙子穿什么呀。"田蒙肚子说他就是想试试，他试着穿穿，穿一穿就脱下来。其实田蒙肚子穿穿也无妨的，试穿穿又穿不破，何况他大老远陪着来。但杨在春就是不想让他试。人有时候就是会有一种说不清的固执。这固执大多时候也没有什么，有时候却会坏事。人是不知道这个的。见杨在春不给，田蒙肚子竟然笑嘻嘻地来夺了，要把麻布衫从杨在春手里夺过去。"我偏要试试，小气鬼。"田蒙肚子说。杨在春说："小心扯了，小心扯了。"说着并不放手，叠好的麻布衫被拉开、拉乱了。两个人好像在用麻布衫拔河似的。朱时健先是笑着看热闹，忽然就不耐烦起来，说："你们要耍外头耍去，店里这么闹，别人还咋进来。"到底是田蒙肚子力大，杨在春感到自己的力气不够用了，担心这样下去把麻布衫扯破撕烂，忙乱中就一松手，就看见田蒙肚子像一个被一股很大的力量带着的木桩子那样往后倒去，后脑勺正磕在当铺高硬的门槛上，麻布衫也脱手飞到当铺外去了。

十六岁的田蒙肚子就这样结束了自己短促的一生。

不只送了自己的性命，也还搭上了自己发小杨在春一命。

此案迭经灵州知州范植、宁夏知府郭襄之、甘肃按察使萧浚兰、陕甘总督乐斌等审理，认定：

“人犯杨在春以因戏而杀人者绞律，拟绞监候，待秋后处决。

“朱时健因劝阻不力，罚金六两。”

陕甘总督乐斌据此题奏咸丰皇帝，咸丰皇帝准奏。

·烟泡儿·

小窗上的夜色依然乌蓝，但多少有些曙光的意思了。鸡叫声也显得短促含混，该起来的人早就起来了，不需要像样的鸡叫声了。李万寿就着一小块窗玻璃向外望着，觉到失望和不满意。往常这个时候，甚至比这还要早，他只要在窗上例行公事地望一下，就会望见远远的角落里会有一小方橘红，好似一睁眼就喂了他一个好橘子吃。那不过是随便望一眼而已。哪里像今天这样眼巴巴地望着啊，哪里用得着眼睛这样挨近着窗玻璃啊，都感觉到玻璃上的寒意了。往常这个时候，应该说，牲口的草料已经添上了，伙房里的水也应该担上了，马双娃说不定正在屁股一撅一撅地扫院子呢。但是今天，他看的地方无有动静，每天都能吃上的橘子没吃上。

长工不起来只好主家先起来吧，李万寿很快就穿好衣服下炕来，往长工马双娃住的小屋子里去了，他的脚踩在清晨余剩的夜色里，感到有些深一脚浅一脚的。启明星还在，已经不是很醒目，像哑巴一样远远望着，只看不说。马双娃的门好开，一推就进去了。就看见马双娃靠墙坐着，两手捂着肚子，显出很痛苦的样子。原来他肚子疼，头上都疼出汗来了。李万寿已经看出些大概来了，原本准备好的话显然不方便再说出口。

李万寿说："你咋了，肚子不舒服？"

马双娃说："我肚子疼，就像个火鞭子在里头抽着呢。夜里睡着都好好的，忽然就疼了起来。"

马双娃请李万寿给他准个假，他得回去缓一缓。马双娃回去的意思是回自己家里去。

李万寿想都没想就说："你先忍一忍，我给你寻点药去。"

带上门出来，李万寿心里一时有很多想法。他想不能叫马双娃回去，回去最少两三天，该他做的活计谁做？他回去缓病了，那么这期间的工钱咋算，是给还是不给？给的话给多少为合适？想来想去，就觉得马双娃还是不回去为好。夜里都好好的，忽然间疼起来，就说明不要紧，可能是岔气了，也可能是吃得不对了，还可能是冷着了，给他寻点药让他吃上说不定就好了。要是放他回去，他就是走到半路上好了你也不知道，他就是好了也不一定马上就回来，不在你的眼皮子底下这些就都凭人家说了算，那就把活计耽搁下了。雇个伙计，最怕的就是伙计有病出事耽搁你的活计。这样想着，李万寿就去给马双娃找治肚子疼的药。

婆姨献上计策，说："吸烟泡儿治肚子疼呢，人老五辈都这么治过肚子疼，要不把儿子的烟泡儿让他吸上几口试试吧。"

儿子李烂眼子一夜未归，一定又是耍赌去了，李万寿拿这样一个又抽大烟又爱赌的儿子没有办法。对儿子抽的大烟，李万寿深恶痛绝，想不到大烟有时候也可以用上一用。儿子的大烟在哪里只有儿媳妇买存花知道，李万寿就让婆姨去找买存花，让她拿去给马双娃吃上两口试试。

婆姨说："烂眼子知道了恐怕嚷叫呢。"

李万寿说："他嚷开了有我。"

他们把自己的儿子同着别人一样叫，也叫烂眼子。

买存花正在高房子里让马双娃吸食烟泡儿时，李烂眼子回来了。原本可以把烟具拿去马双娃的屋子里让他吸，但一来马双娃不会吸，需要买存花帮忙；二来买存花害怕李烂眼子，不敢把烟具拿出高房子。李烂眼子要是知道买存花把自己都稀罕着吃的烟泡儿给一个长工吃，那就等于是把天祸闯下了。烟具就在高房子里，就还是在高房子里吸食更方便。但是马双娃正吸着，李烂眼子就回来了。他一般很少这时候回来。不知道在哪里混了一夜，他看上去很是狼狈，他是回来睡觉的，但是一看到马双娃正在吸食自己的烟泡儿，一看到买存花也在，和马双娃在同一个屋里，两个人都在他们的高房子里，李烂眼子的睡意就没有了。他本就是那种无事生非的人，何况事情就发生在眼前。

马双娃扔下烟具就跑掉了，买存花也跑掉了。李烂眼子只是在买存花要跑的时候，撕下了她的一块衣裳襟子，转身就把撕下来的衣裳襟子扔到了炕炉里。李烂眼子站在高房台子上“婊子、嫖客”“嫖客、婊子”地大骂着，把他大和他妈也卷着骂进去了，说：“羞死了，羞死了，看着丑事情就在眼前头明打明弄着，老脸都往哪哒儿搁啊，装聋作哑咋装住了啊。”家里好像除了李烂眼子，再没有别人，好像李烂眼子就对着一个空院子吼喊着骂着。邻居们当然是听到了，但是谁也不敢来看李烂眼子的热闹。

在宁夏隆德这种民风古旧淳朴的地方，没有比这样的事更为伤脸的了。李万寿家的狗也好像慑于李烂眼子的威势，缩在狗窝里不出来。李烂眼子骂够了，就在高房子的台阶上消失了。高房子的门像有什么禁忌似的关闭着。一天都没见李烂眼子出来。

到夜里点灯时分，看见高房子的灯也亮起来了。

买存花洗罢锅，不知道自己去哪里睡觉才是。婆婆说：“两口子淘气，就跟牙和舌头一样，你还是到高房子里睡你的觉去。他是你男人，能把你咋样？”婆婆让买存花把吃的给李烂眼子端去，好脸给人家看，好话给人家说。婆婆说：“你就实话实说，马双娃的肚子疼，吃点烟泡儿治肚子疼，是你大的主意，害怕马双娃回去耽搁活计。就实话说，离了实话没说头。你一解释清楚，他心里的疙瘩一解开，不是就没事了吗？越躲倒越是个事，好像真有啥事一样。”李万寿也支持婆姨的说法。李万寿说：“去了就这么说。你今儿说了，明儿我再给他说，把话说到点子上，不然这土匪要闯祸呢。”

买存花决定到高房子里睡，决定去给李烂眼子说清楚，但是她要求和马双娃一起去，叫马双娃也帮着解释解释，也是实话实说嘛。婆婆看公公。李万寿说："你问双娃去，双娃同意去，就一起去，不同意去，就你一个人去。"买存花同马双娃说了后，马双娃同意去。

但是高房子的台阶上到一半，马双娃不想去了。"我觉着我去不合适。你们两口子，我去做啥？"马双娃说。"就是给你治肚子疼啊，你去解释一下嘛。你一个小伙子，你怕啥？"买存花都有些央求马双娃了。马双娃站在台阶那里不再动，说："你先进去说，我后头进来。"买存花就进去了。

买存花原本以为门闩着，然而并没有，一推就进去了，这使买存花有一种还远远没有准备好的突然感。李烂眼子睡在炕上，听到响动，就不情愿地睁开眼睛往门口看。买存花说："一天没吃了，先吃一点。"看李烂眼子的眼神，和日常没有大的区别，好像他忘了让他生气的事似的。买存花就把饭端到他身边去，让他吃，说："一天没吃了，吃一点吧。"这时候李烂眼子忽然伸出被大烟熏过的手来，一把拽住买存花的头发，一手就去取挂在墙上的腰刀。他显然吸足了大烟，不然手上不会有这么多力气。买存花不待他把腰刀扯在手里，就在李烂眼子的裤裆里狠劲抓了好几抓，直到李烂眼子痛到忍不住松手了，她才放开了紧攥在手里的一个男人的蛋蛋。

买存花跑出来，见马双娃还站在高房子的台阶上，像一截乌乌的烟筒。"你要劝你劝去，我劝不了。"买存花说着余悸未消地下去了。要是买存花不说让马双娃劝的话，也许马双娃就跟着买存花下去了，但是买存花既然说了，马双娃就觉得自己应该上去劝上一劝，不然他会觉得没办法交代。马双娃就推开高房子的门进去了，看见李烂眼子双手紧捂着自己的裆部在房子里面滚来滚去。一见马双娃进来，李烂眼子像得到了一股奇怪的力量似的，一下子把墙上的腰刀就扯在手里。“我把你个嫖客的儿。”李烂眼子这样子骂着，腰刀就朝着马双娃砍过来了。比力气肯定是马双娃更胜一筹。马双娃把李烂眼子拿刀的手臂捉紧，压实在炕上，同时害怕李烂眼子再骂他“嫖客的儿”，这个骂话太重了，马双娃就用大手捂住了李烂眼子的嘴，免得他再骂出来。李烂眼子想张嘴咬马双娃，咬不了，不大的工夫，李烂眼子拿刀的手就松开了，头也软软地垂在马双娃的大腿上。

后来一家人就都出现在高房子里。大家都不知说什么。连李烂眼子的母亲也没有哭。大家都像是还没有完全明白过来，都好像不清楚在这样的事情面前该如何作为才是。“我进来的时节他就疼得一头汗。”马双娃咕哝着说。最后是李万寿一锤定音：“就说得急病死了，再啥话都不要说。”李万寿这样说着，把每一个人的脸都看了一遍，好像用这个方式给每个人都做了郑重交代。这样一个吃喝嫖赌的儿子没有了，李万寿两口子的心里不知道是什么滋味。“埋要把娃好好埋一下呢。”婆姨这样说着，眼泪终于下来了。李万寿的脸看起来就像好打牌的人又打输了似的。

这事情还没有完。

李烂眼子都埋了快半个月了，邻居吴满仓忽然找到李万寿家里来，有些神秘地对李万寿说他有话要和李万寿单独谈谈。原来他要李万寿给他二十两银子，不然他就把他们家里的事说出去。“我们家啥事？”李万寿眼神阴冷地说。吴满仓说：“你们家啥事同了官家我再说，现在我和你不说。”吴满仓说：“我和你就隔下一堵墙，你家的事情我就像在明镜里看一样。”李万寿就和吴满仓商量价钱。最后说定十两银子，一年内付清。

但是李万寿只付了吴满仓二两银子，不知怎么的，县府就知道这个事情了。

后来经隆德县知县陈文明勘验提审，依伤害人致死律，判处马双娃、买存花有期徒刑八年。甘肃高等检察厅复审时持有异议，发还原审再审，经隆德县知事刘长基于民国四年（1915年）复审，认定马双娃、买存花均属防卫过当，致死人命，即判处二人无期徒刑，并褫夺公权各三十年。

·二百九十文·

光绪十八年（1892年）七月某日，在平罗寻工的康成和同伴李旺借钱二百九十文，言明二人到石嘴山后，康成向亲友借钱归还。此后二人一路寻机打工，也挣到一些钱，李旺讨要时，康成总说有言在先，到石嘴山一定还上，绝不食言，不到石嘴山李旺就先不要说还钱的话。

两个人出门寻活，也是一个离不开一个。康成能说会道，往往能寻来活计，也胆大，属于那种没有金刚钻，也揽瓷器活的人。这种能力，李旺确实没有。李旺的能力是嘴拙手巧，笨活能干，巧活也能干。往往寻活谈价钱的事，都是康成做的；埋头来干，还是要看李旺的。

因为两个人的性格、能力均可互补，也没有什么你多干了我少干了，你拿多了我拿少了的龃龉。一般来说，收入二人六四开，康成六，李旺四，两个人都觉得这个比例比较公平，也符合事实。照理说，康成的收入相对好一些，但康成的口袋常常好像是空的，钱到他的口袋里待不住，像出笼的鸟儿似的，不是朝这个方向飞了，就是朝那个方向飞了。比如说，一个下苦人，竟然也去逛窑子。那样的地方，就算是抬，也不能把李旺抬进去。李旺是属于那种大钱没有、小钱不断的人。

两个人虽然年龄相仿，都是二十上下，但李旺已经娶妻生子，不像康成那样，见着个好看的女子就说是他媳妇。李旺说："算下来你媳妇比皇帝的媳妇还多。"康成说："只有一个媳妇的人其实和和尚也差不多。"李旺只有和康成还能咕咕哝哝说出几句来，要是再来一个人，两个人变成三个人，就不会听到李旺再说什么了。

八月二十四日一早，两个人搭顺车到石嘴山，距离康成借钱，已经过去了快一个月。一到石嘴山，康成就说："你先闲转着等等，我找个朋友给你借钱去。"他刚刚挣下的钱都已经花完了吗？没看到怎么花啊，反正他说找钱就让他找去，亲兄弟明算账，在别的事情上可以委屈吃亏，钱的事情上李旺向来都是很认真很计较的，所谓别人的一分不沾，自己的最好一分也不要让别人白白沾去。关键是，李旺的每一笔钱都有周密的计划和安排，比如计划出来的一顿饭钱，因一个突发的事情被动支出了，李旺为了不打乱自己的计划，甚至于可以不吃这一顿饭让自己饿着。他在这方面的忍耐克己功夫算是不错的。也就是说，虽然那二百九十文被康成借去了，但很可能这笔钱早已列入了李旺的某个计划之中。如果到石嘴山康成还不兑现诺言，还这个钱，那接下来的日子李旺就可能不知道怎么过下去了。

康成一到石嘴山就说出找钱的话，正说明康成对李旺这个朋友是很了解的，李旺承认康成说出了自己的心里话。所以康成说要去找钱时，李旺连起码的一句客气话也没有："你要找就找去吧。"依李旺的性格，看手头的情况，这钱应该是早就还了，何至于拖到石嘴山。李旺也不明白：康成那么爽快伶俐的一个人，为什么在这些事情上要拖，迟还不如早还，迟还难道就可以不还了吗？和康成看到一个好看的女子就说是他媳妇一样，李旺对康成的这些统统想不通。他也不是没有离开康成的打算，两个人真是太不一样了，水里的和树上的区别啊，但就是离不开。

说真的，比较来说，李旺觉得自己更加离不开康成。康成凭着一张嘴，总会骗到一碗饭吃。李旺发现活在世上，能说真是太重要了。一堆人里，谁能说，大家就会高看他一眼；一件事，大家都默不作声，沉默到一定时候，谁要是说出一句来，大家就会按他说的办，本来不那么想着的也不由自主跟着人家走了，这一走有时候就会走出很远，想回都回不来了。要是能说、敢说，就不会有这样的事，就不会脚下走着不是心里的路。李旺觉得，自己要是离开康成，可能连活儿都找不到：你说你能干这个活，谁信你啊，往往是干了才知道，但人家首先就不给你干的机会，没机会你的本事就无法显现出来。见不得离不得，李旺觉得他和康成之间，正是这么一种关系，这句话把他俩的关系说尽了。

李旺知道康成对他也不是很满意，有时候甚至是极不满意，李旺在康成的眼睛里看到过他对自己的轻蔑，那轻蔑那么确凿，就好像康成换了一双眼睛来看他一样。那反过来自己就觉得康成好吗？挣钱全靠嘴，花钱如流水，有个啥好的。我看你正好比你看我，半斤八两，彼此彼此。李旺嘴里的话不多，心里的话还是不少的。所以有时候康成嘲弄他是个榆木疙瘩时，他背过身在脸上流露出对康成的嘲笑。“我榆木疙瘩？我啥时候口袋里都有钱，你呢？”李旺是这样想的。但是李旺平心静气地想一想，就觉得两个人见不得嘛且不说，牙和舌头的关系也就那样，但离不得却是确实的。

算盘细细拨拉一下，倒是李旺更离不开康成。结伴谋生，总需要一个头儿，他们两个里面，毫无问题，李旺心服口服康成是两个人的头儿。有时候同样的活儿，就因为康成的原因，报酬会相对高一些。康成有康成的能力，他找活计的时候，他谈价钱的时候，总是容易打动对方，有时候连他这个同伙也好像被康成说动了，身心言动都是倾向于康成的样子，好像在那一刻，康成说什么都是对的，他只需要配合以相应的表情即可，他只需要对康成说的话频频点头即可，那时候两个人实际上就是一个人，就是康成，他李旺好像是不存在的。当然李旺有李旺在的时候，那样的时候，康成又好像是没有的。他们两个就是这样的关系。

就算是康成凭自己的能力要来了高报酬，两个人还是六四分，康成并不会因此多拿一文钱，从这个角度讲，李旺是因着康成得了便宜的。按说那二百九十文，都可以不要的。然而这总归是两回事，李旺从心里坚定地认为这是两回事。借的就是借的，借了就要归还，天经地义。所以康成要去给李旺找钱时，李旺说："那好，我转转等你。"一点子客气都没有。

康成离开李旺借钱去了。日头还没出来，远远的山脊上像是正生着一个大火炉，里面长长短短的柴棒好像不大容易燃起来，灰凉的街上走着几个不认识的人，李旺不知道康成将会去哪里借钱，不知道康成所谓的亲友都在哪里。他也不知道康成去找钱的这段时间，自己该来做什么，他是闲不住的人，这时候手里要是有个活儿埋头来干就好了。

二人分手的时候，言定在老马家面馆吃午饭，然后去码头坐金希的羊皮筏子去吴忠。他们经常坐金希的羊皮筏子。但是吃饭的时间到了，在老马家面馆李旺并没有见到康成。在老马家面馆等了一会儿，虽然觉得饿，但李旺还是决定等见到康成一起吃。他还去码头看了看，河水很急，激情澎湃的样子，水面上的羊皮筏子像筛子里旋着的粮食一样。金希的羊皮筏子还没有来。金希的羊皮筏子一天来往石嘴山、吴忠一趟。金希来了还要去吃饭的，看来上筏子的时间还早。李旺觉得自己来码头的时候，也许康成就去马家面馆了。他又急忙赶回老马家面馆找，没有。面馆里那么多的人头里没有一个是康成的。

肚子是饿得受不了了，李旺就决定先吃，吃着等康成，他来了给他再要。往往和康成一起吃饭，总要稍稍地讲究一些，比如会要个菜啊茶啊，有时候康成还要加肉，李旺觉得和康成吃一顿饭，等于是花了自己至少一顿半的饭钱，李旺虽然不满意，但只好随着来。今天好了，李旺一个人吃饭，就不必要派子了，吃个饭嘛，耍啥派子。李旺就吃了一碗面，觉得真是吃美了。主要是物美价廉，不花冤枉钱。

吃过饭，在老马家面馆等了一会儿，吃过饭还坐在人家的馆子里，又不喝茶，是有些不像样子的。李旺就出了面馆，又来到码头，看到金希的羊皮筏子在岸边，一个小女孩坐在边儿上看着，显然金希去吃饭了。河水有力地扑上岸来，像是要把小女孩卷到水浪里去，但是小女孩见惯不惊，照旧玩她的。她拿一个小木杯子舀着河水，又把舀到杯子里泛着浪沫的水泼回河里去，她就一遍一遍乐此不疲地玩着这个。李旺想问她羊皮筏子啥时候走，又想有必要问吗，才那么大的一点人，正是全心在耍的年纪。就那样在河边站了老半天，直到金希来，直到金希的羊皮筏子载着几个人和一只脏兮兮的绵羊走了，还不见康成的影子，李旺觉得眼前望不到头的滔滔河水，就像全部翻卷在他心里那样。

李旺见到康成时已经到了快要吃晚饭的时候，街上又变作和早晨那样灰凉的。日头还没有落，走了长路那样歇缓在远处的山头上，像是用一根竹竿子就能把它够下来似的。李旺是在一家妓院的门口见到康成的，康成躺在那里，已经死掉了。他是被妓院的护院师傅打死的。

听说他来妓院，倒不是专门来寻欢的，而是打听到妓院有一个活儿，他来揽活儿谈价钱，这个价钱谈好了，但是和女人戏耍的价钱没谈拢。说来这不算是很正规的妓院吧，在这过程中竟然有人偷偷拿走了康成的钱，康成自认倒霉，要求给他二百九十文即可，他要拿这个给朋友还钱。但是妓院一方自有他们的说法，就打起来了，终于弄到不可收拾。

此案迭经平罗县知县陈季芳、宁夏府知府谢威风、甘肃按察使裕祥、陕甘总督杨昌俊逐级审核，以斗殴杀人者不问手足他物金刃并绞律，判处富代（殴杀康成者）绞监候，秋后处决。李旺因借钱引起事端，依肇衅酿命问拟不应重律，处杖八十。

钱没有一文要到手里，还被扒下裤子打了八十大板，李旺觉得自己和康成，真是一双倒霉蛋。

李旺后来总想起康成在妓院给他们揽活儿的事，心里滋味古怪，他还从来没在妓院干过活儿呢。

·身份证·

金积堡谭家桥人吴彦祖，回族，从小给地主王文兆放羊，一天赶羊回来时发现不知怎么的，羊数不够，少了两只羊。吴彦祖每天出圈进圈的时候，都会数一下羊数。吴彦祖数了几遍，就是缺了两只羊。这是没有办法向主人交代的。吴彦祖把羊赶进羊圈，带上栅栏门，就跑掉了。一路跑到陕北去了。那时候吴彦祖还不到十五岁。在陕北一待就是两三年，实在想自己的母亲，想着看一眼母亲哪怕死了都行，吴彦祖就偷偷回宁夏了。没有身份证寸步难行，吴彦祖虽然回来了，却不敢回家里去，怕被抓住以“逃丁”罪法办，怕为了看一眼母亲，再给家里带来麻烦。当时宁夏征兵任务很重，七十万人的宁夏，十万人在当兵。要是以“逃丁”的名义被抓住，很可能成了那个“杀一儆百”的“一”。说是以“一”儆“百”，但这样一个一个细数下来，数目也是很令人震惊的。

弄到身份证以前，吴彦祖不敢妄动，暂时住在丁义仁的车马店里给他当帮手。吴彦祖做活计是一把好手，人又实诚，还不要工钱，就是个简单的吃住而已。丁义仁等于是找了个不用给工钱的短工。这自然是没有什么不满意的。而且吴彦祖还会主动地为住店的客人们饮骡子喂马，使得客人们也愿意住在丁义仁的店里。如果有一个身份证就好了，就可以不必提心吊胆的，甚至可以帮着吴彦祖说个媳妇把他留在自己的店里，但是没有身份证你就是个黑人，不查还好，一查着就等于一把火把店房烧了。就这样偷偷摸摸过了一个来月，丁义仁的理智终于战胜了自己的贪利心，不行，不能因小失大，不能在纸里头包火，不能一天又一天凭侥幸过活，能安安稳稳风平浪静这么一段时间已经很不错很难得了。丁义仁就给吴彦祖说：“你确实是个好小伙子、好娃娃，但是请谅解，这里不能留你了。这里是个店房，来来去去、出出进进谁知道都是些啥人，要是透出点风声就不得了了。虽然从心里舍不得，但还是请便吧。”吴彦祖不知道出了这个门，他还能往哪里去，他请丁义仁帮忙想想办法。丁义仁就给他想了一个办法，说：“干脆你就卖身当兵吧，这样一来既免除了‘逃丁’嫌疑，又可以趁机回家看看你妈妈。”吴彦祖接受这个建议。但是去当兵也是需要身份证的。只要吴彦祖同意当兵，丁义仁是愿意再帮他一下的，丁义仁一直瞒着没说，其实他的小舅子杨英杰，就是本乡的户籍员。丁义仁就是通过这个关系给吴彦祖搞到了一纸身份证，并且一路盯着吴彦祖当兵入伍进了军营，才觉得这个事是可以放过一边了。吴彦祖在车马店无偿地帮了他一个来月，他帮吴彦祖办到了身份证，使他有机会看到自己的母亲，丁义仁觉得，他和吴彦祖之间，可以说谁也不欠谁，两清了。

兵们太多的缘故，后勤补给就有些吃紧，就显出凑合来，这一点从兵们的着装上就能看出来。举一个例子，比如一个班按十人计，能领到袜子的不上三人，鞋袜等多是由家里提供，吴彦祖就没有袜子。没有袜子就没有袜子，吴彦祖长这么大，穿过袜子没有？可能到他娶媳妇的时候才有望穿上袜子吧。平时在队伍里穿不穿袜子也没人管，有就穿，没有也不勉强，大致就是这样的。吴彦祖没袜子穿，并不觉得自己因此缺个什么，光脚穿鞋早习惯了。但是一天，长官要求每个人都要穿袜子，只需要穿一天，实际只需要穿半天。这半天一过，你哪怕打赤脚都可以。但是这半天，非同小可，必须有袜子穿在脚上，因为队伍要受上面的检阅。这是死命令，穿袜子关涉到军容军纪，没有任何讨价还价的余地。有人就带信向家里要袜子。吴彦祖没有袜子，但是也没有向家里张口，让家人去哪里给他找一双袜子来呢？其实可以向丁义仁求助的，想想还是算了。他想着到正式阅兵的时候，自己没有袜子会怎么办，会发生什么，想起来是很让人绝望的。

然而困境往往逼迫出人的创造力来，不知谁的主意，竟然给光脚上弄出袜子来了，就是把伙房的锅黑弄下来，和成墨汁的样子，涂在脚上，不就是一双双黑袜子了吗？兵们高兴坏了，很快不少人的脚上都有了这样的袜子，吴彦祖的脚上，不用说，也有了一双这样的袜子。阅兵顺利地过去了，没袜子的人都舍不得把这袜子洗掉。也是因为过了一关，高兴的缘故吧，吴彦祖没有把牢嘴，说了几句可以这么听也可以那么听、可以这么理解也可以那么理解的话，一句话，要理解这样的话，不能看话的内容，要看说这话的背景和当时的气氛。实际上过了一关，松了一口气的吴彦祖说的不过是个玩笑话，比如他说，给长官建议一下，裤子也不用发了，就弄个这样的黑裤子穿吧，还直直的不打褶皱。类似这样开玩笑的话，不知长官怎么就知道了，就把吴彦祖弄过去教训了。真是没想到事情会越弄越大，不知怎么了，一下又传出吴彦祖其实是从陕北赤区那边过来的。上升到这个高度，每一个和吴彦祖见面的人神色就都严峻了起来，而且级别越来越高，好像给他们不小心寻到了一个大人物似的。最后的情况是，连马鸿逵也亲自提审了吴彦祖。无论如何，吴彦祖在陕北有过几年的经历总是事实。

长话短说，马鸿逵提审过吴彦祖之后，就命令金积县县长白虹鉴把吴彦祖杀掉，一同命令须杀掉的还有两个人，一个是车马店老板丁义仁，一个是户籍员杨英杰。

白虹鉴觉得这样杀人似有不妥，拖着不杀，还运动金积县参议长董英斌站在自己一边，并邀约地方绅士十余人联名请愿。马鸿逵说："白县长，我们吃共产党的亏还少吗？你不杀他，我就杀你。"这样的情势下，吴彦祖、丁义仁、杨英杰三人，就被绑到金积县西城门杀掉了。

金积县参议会出的布告说："奉宁夏省主席马交到吴彦祖、丁义仁、杨英杰三犯，因破坏'身份证''户籍法'，进行共产党奸细活动，罪不容赦，本案又发生在本县境内，应由地方负责，经本会议决，应处死刑。爰于某月某日，验明正身，绑缚刑场，明正典刑，以照炯戒！"

杀掉吴彦祖等三人只三天，白虹鉴的县长一职就被免去了，让他去一个学校当了国文教师。

于恩顺，男，汉族，三十二岁，河南省人，在青海医学院工作。其弟于恩满，十六岁，随于恩顺由北京来西宁，在青海师范学院附中读书。于恩满身体强壮，爱劳动，功课也还好。苦于在青海生活经常吃不饱肚子，于恩满总想到北京姐姐处或洛阳其母亲处。

1960年2月8日，趁着于恩顺夫妇回洛阳省亲的机会，于恩满决定去北京寻找姐姐。为了买到半价车票，于恩满将学生证上的西宁市改成了北京市。

2月10日，于恩满偷偷离开就读的学校去北京，行至西宁南关时，被公安人员查出其学生证有涂改痕迹，即以盲流人员收容。简单登记后，又搜查了所带财物，计有金戒指一枚，粮票十八斤，现金二十元。在既不通知家属，又不许收容人员对外通信的情况下，先后将于恩满调去砖瓦厂、西门工地、三合公社莘庄生产队强制劳动。

劳动期间，收容所对所有收容人员不加甄别，均以犯人对待，实行武装看押，以劳改犯为大组长，进行监督管理。吃住条件均极恶劣。劳动强度令人发指。尤其在莘庄生产队时，为了超额完成春播任务，强迫每人每天翻地一亩，劳动时间从早上七点到晚上七点，口粮每人每天只吃六两（病号四两），开水混浊而有咸味，还不能充分供应，致使大量收容人员泻肚、浮肿、干瘦。收容人员共一百九十六人，除因病重送往西宁的一百多人外，仅死于莘庄工地者就有××多人，于恩满就是因为口粮不足，带病超强度劳动，于5月25日夜不白身死，第二天和另外两名死者同埋在一个坑内。

于恩顺省亲回家后，发现家里的财物有所损失，又有于恩满就读学校频频催问于恩满的下落，于恩顺以为弟弟无非会去三个地方，北京姐姐处，洛阳母亲处，新疆亲戚处，一一去信打问，均告未去。1960年4月4日，于恩顺忽然收到于恩满来信，说他在三合公社莘庄生产队劳动，没鞋子穿，请给他送一双鞋子去。此后于恩顺即多次去莘庄工地、市公安局和收容所，竟连见于恩满一面也不能如愿。

6月16日，于恩顺再去收容所打问，管教股干部刘大林说："你又来了，我们这里没你要找的人。"于恩顺就再次拿出于恩满的信给刘大林看，请刘大林设法帮他查查。刘大林即在劳动工地登记簿上查询，还没查到就到了吃饭的时间。当日下午于恩顺又来。刘大林将劳动工地登记簿让于恩顺自己查找，没有找到。于恩顺看到办公桌边上挂着的死亡登记簿，即要求在死亡登记簿上查查看。刘大林说查死亡登记簿他不能做主，需经上级部门同意。于恩顺说查了如果没有他就不再来了，两方面从此都轻松。在刘大林翻查死亡登记簿时，于恩顺看到死者里面果然有于恩满的名字，就质问刘大林：于恩满年纪轻轻，身强体壮，为什么竟会这么快死掉？是怎么死的？人既已死亡，为什么不通知家人？人既已死，尸体哪里去了？死者的财物哪里去了？4月4日他接到于恩满的来信，4月5日他就赶来收容所送鞋子等，看死亡日期，当时于恩满还在工地，为什么不让兄弟俩见面？

刘大林无法作答。

于恩顺即向省政法办公室写信控告。省政法书记薛克明同志极为重视，亲自交代公安厅政治部副主任黄克文负责处理此事，并责成黄克文牵头成立省市两级工作组，对收容所进行彻底清查处理。又派政法办公室主任庞志来同志亲往于恩顺家慰问。市公安局主管收容所的副局长某某某，随后也亲自去于恩顺家，交还了死者的一应遗物，并向家属道歉，声明关于于恩满死亡之事要追查到底，给家属一个满意的交代，请于恩顺静候处理结果。于恩顺当即对政府表示感激。

然而这个说话满满的主管副局长某某某（其同时又是由黄克文主导的省市两级工作组的主要成员），实际上却采取了掩盖挪移的方式，他命令收容所副所长严云章，找到三合公社医士曹维廉，开了假诊断书和死亡鉴定书，并以书面形式通知于恩顺，企图草草结案。

于恩顺即再次写信给省政法办公室，附上市公安局的书面通知书，提出如下要求：

一、查明于恩满死亡原因。

二、处理与于恩满之死相关人员。

三、赔偿死者的教养费。

四、补赔死者的劳动报酬。

五、死者又连带造成了死者母亲的死亡，须一并赔偿。

六、以棺材将死者埋葬于人民公墓。

省政法办公室及时将于恩顺来信批交市公安局，责令："再搞一些善后处理工作嘛！"

市公安局即令收容所置备棺材，准备埋葬。棺材做好后，收容所副所长严云章问同样是副所长的王育宁什么时候去搬尸体。王育宁说，局里暂无指示，主管副局长某某某的意思是，随便装上一个尸体就算了，死人看起来都一样的。严云章觉得不妥，当即提出异议。一直拖到11月，尸体才经一辆顺路的大车运回来。由于埋葬时间过久，尸体已经腐烂，头也脱落了。收容所通知于恩顺前来验尸入殓时，于恩顺误以为因棺材太小，故而把头弄下，激愤至极，即第三次写信给省政法办公室，并同时写信给市公安局主管副局长某某某，提出自己的意见和要求。经省市两级指示，收容所将于恩满尸体重加整理，将头安好，盖上白布，通知于恩顺来看，于恩顺听闻棺材还是原来的棺材，不看即返回。收容所特请政法办公室来勘验，也认为棺材并不小，于恩顺所言棺材小的理由并不符合事实，而且会同专家认定，于恩满的头确系自然脱落，收容所将尸体整理得也算妥当，便在书面通知于恩顺的同时，将于恩满的尸体埋葬于沈家寨鹞子山靠西的山脚下。

1961年2月7日，市公安局在向市委、省政法党组、公安厅呈报的《关于收容人员于恩满死亡问题处理情况的报告》中写道，对于与于恩满死亡有直接关系和严重失职行为的人员，已做严肃处理，具体处理情况汇报如下：

一、主管收容工作的副局长某某某在党组做了检讨；

二、收容所副所长王育宁做了深刻检讨；

三、干部江一民给予记大过处分；

四、干部乔代驹开除，送机关农场劳动；

五、候德山、刘大林劳动教养；

六、尤廷俊逮捕法办，判刑八年。

但是，经由中央公安部、最高人民检察院联合检查组所出的调查报告反映，如上所谓处理结果，几乎无一经得起推敲，事实是：

一、某某某副局长和王育宁都没有做任何检讨；

二、五个被处理的干部里，四个都是因为其他原因处理的，其中尤廷俊由于奸淫幼女罪被判刑，和于恩满之死更是毫无关系；

三、对于资料管理员刘大林的处理，不是因为刘大林在于恩满之死上负有责任，而是因为刘大林让非工作人员看到不应看到的内容，致使收容工作蒙受损失，为罗织罪名，甚至将刘大林平时工作中已经处理过的缺点失误整理出六条，报送民政局审批，拟开除刘大林公职，并处劳动教养，市民政局鉴于材料不充分而退回。正在收集中的刘大林的补充材料，也因中央公安部、最高人民检察院联合检察组的突然到来而废止。非但如此，联合检察组还查出，市公安局相关领导弄虚作假，蒙骗上级，借机打击报复同事不说，还报复到了死者于恩满的哥哥于恩顺头上，竟以市公安局的名义，多次发函青海大学党委，建议对“右派分子”于恩顺无事生非，有意扩大事态的行为予以严肃批判。而联合调查组的结论是，于恩顺根本就不是戴帽“右派分子”。

从1960年4月得知弟弟于恩满的信息算起，一年稍多的时间里，于恩顺先后去过收容所六次，市公安局四次，并各去信一次，前后给省政法办写信四次，事情均没获得彻底处理，即于1961年3月写控告信给中央公安部、最高人民检察院、最高人民法院，促成了联合检察组的突然到来，使此事得到了迅疾处理，市委书记董良冀、省政法副书记杨志海，市公安局局长庞志来等人亲临死者之家给予慰问和致歉外，还在经济上给予死者家属三百元以表抚慰之意。于恩顺代表死者家属，对调查组的检查和处理，表示满意和感激。

联合检察组在调查报告的末段不客气、不避讳地写道："关于收容所的情况，比之安徽省的'探亲记'，可谓有过之而无不及，事实上只收容不审查，不少仅只是为了增加劳动力而收容的，违法乱纪现象十分严重，人员死亡现象十分严重。"

那么报告中所提及的安徽省的"探亲记"，又是怎么一回事呢？

淘来的故事

原载《花城》2022 年第 2 期

在摆旧书摊的小白那里收到一包资料，是西丰县多年前的一些民事、刑事判决书。翻开看了看，大都案情琐屑，叙述粗略，似乎没有什么特别值得看的东西。自然，判决书嘛，多是这样的。让我心疼的是，小白说，此前曾卖掉一蛇皮袋审讯资料，也是从西丰县公检法出来的，谁谁谁买走了，买走大概还不到半个小时。相较于判决书，审讯资料可是好多了啊，面对面地交锋和过招啊，在各种各样的谈话里，审讯可谓是一种最具浓度和强度的谈话了，谈话者双方可能有的一切技巧和心迹都可由此得到展露和窥察。然而，就慢了半小时。对那个先我得手的谁谁谁就有了恼意。

那是一个在石油部门工作的人，身份有些神秘；矮胖，结实，脸上有着永不脱落、大有文章的笑意。在我们这里，他的收藏是很有名气的。一般人，收藏总有个方向，或书画，或邮票，或瓷器，或钱币，或“文革”类物件，等等。如我，兴趣可谓广泛了，也不过是收藏字画、旧书、老印章而已。这个谁谁谁，你说不清他究竟是热衷于收藏什么：谁看好的一幅字画，乘兴过去，答说谁谁谁收走了，刚刚走，你追还追得上呢；谁看上了一对铜马镫，正在那里斟酌价格，决意要来买时，答说已经出手了，你要昨天上午来就好了，昨天下午给他拿走了，这个拿走铜马镫的，不是别人，就是那个谁谁谁；比如你看上了一幅“文革”宣传画，看上了几本老日记本，要看上你就赶紧拿，你要不拿，你要等着卖主让价，等着在自己的心里从容掂量，可能趁这工夫，东西就让谁谁谁拿走了。就像小时候大人老拿狼来了吓唬你一样，摆摊开店的人就会拿谁谁谁吓唬你，说你不买了放着，给谁谁谁放着，他肯定拿呢。所有搞收藏的简直觉得这个谁谁谁就是个搅屎棍，生意行道里有这么个人，你说你还做得了买卖吗？连那些在谁谁谁身上得了便宜的人背过身也骂他，骂他除了垃圾不收外什么都收，骂他眼里除了垃圾不是宝贝外什么都是宝贝。

但是说老实话，当你见了那个谁谁谁，被他握了你的手，被他笑着用喜爱你的样子打量着你时，你心里的不快忽然就没有了，你会被他弄得心里热乎乎的。这个谁谁谁，虽然貌似抢了大家的生意，但他确实是一个有个人魅力的人。而且一起做生意时，他还会显出礼让的一面来。比如一样东西，你先看到了，你拿在手里端详着，这时候他可能就不期然地出现在你身边，也热切地看着你手里的东西，好像有些羡慕你，好像在恭喜你搞到了一样好东西，好像在暗暗鼓励着你当断则断，不要让好机会从自己手里溜走。看到他在旁边，会使你容易有一个突然的决断，怕好东西旁落了似的。即使你不买，思前想后又搁下了，他也不会当着你的面即刻就把你搁下的东西买上，他总会匀出一个时间差来，使他避免掉是与谁在争这个东西。再比如一个东西他先看上了，你跟过来也觉得好，他就会笑眯眯地和你讲："有意思吗？有意思就给你。"

大致就是这么一个人。钱多。不怎么讲价。摊贩都喜欢他。都在他后面善意地揶揄他，说他那么小的个子，开了那么大一辆车。说他的车号一连串的"444……"，弄些"8"呀"6"呀"9"呀还有说，弄这么多"4"做车牌号是什么意思呢？书摊、古董摊上总有一些自以为是的高手，于是说，有人以钟馗做门神，有人以鬼怪做门神啊，负负得正啊。世上的道理总是圆的，不是扁的。

审讯资料给收走了，只剩下这些判决书。我说："判决书有公章，还有'文革'公章，谁谁谁咋没收？"小白说："不清楚。"我说："那些审讯资料你卖给他做什么呀，他又不写东西，拿回去也是往库房里压。"小白说："我一个做生意的，他要买我就卖，管他买去干啥，哪怕买去擦沟子我也不管他。"小白说的"沟子"，就是屁股的意思。"小白，"我把小白的名字又念叨了一下，"小白，咱们都多少年交情了，二十年了吧，我需要啥难道你不知道？

你明明知道我需要审讯资料，你连半小时也不等我。”小白说：“我不知道你半小时会来啊。”小白把头偏过去向远处看了看，然后转过头来时，深深地看着我说：“老哥，我说个实话吧，就是给你留下，你也给不了我合适的价钱，我要的价钱你接受不了。”一蛇皮袋审讯资料，小白要了多少钱呢？谁谁谁又给了多少钱呢？我说：“小白，这次就这样了，下次要是有类似资料，千万给我留着，只要东西好，价钱好商量。”小白说：“那这些判决书你要吗？大概有二百份。”“不要了，好东西给人拿走了，要这个干什么？这就是和街上张贴的布告、公告一样的东西嘛。”小白说：“要的话便宜给你。”我问：“多少？”小白竖起好几根指头，让我觉得人的指头原来也是够多的。

老实讲，需求决定价格，不知道都在收这些老资料干什么，不知道都是谁在收，反正各种资料的价钱行情看涨，我们这些收藏资料的人私下里也互通过信息，达成过约定，就是不要轻易买资料，要磨，要和摊主打太极，不能让他们觉得资料对我们很有用，很有价值，不能让他们觉得我们非买不可。非买不可，价钱不是就由人家要了吗？然而，就算我们遵守这个约定，有人不遵守啊，有谁谁谁这样天塌下来也笑眯眯的人，什么规矩也给他冲得乱七八糟。

“不买了，判决书不买了，珠子没了买个盒子算什么呢？”我给小白打了个招呼就离开了。我等着小白在后面喊我一声，我决定在他喊我时，我要装作没听见继续走开去。但并没有听到小白喊我。走出百米开外，我又慢慢腾腾走了回去。小白躺在竹椅上，脸上盖着一本翻开来的《读者》。《读者》的纸质是不错的，不然他不可能盖得那么舒坦。判决书我拿上了。我给小白的理由是不想空跑一趟，逮着什么就随手拿一点吧，聊胜于无。实际情况是，虽然是信手翻了翻，但我发现那些早年手写的判决书里还是有若干可看的东西。几百份呢。如果从中能寻绎钩耙出三两篇小说素材，那我买资料的钱不就回来了吗？而且我还可以多写出几篇小说来。各算各账。

小白听说我要，并不很乐意卖给我的样子，一边撅出来一个大屁股给我看，一边在判决书里翻寻着，好像担心里面夹有什么好东西。小白这小伙子变了。先前小白是多好的一个小伙子，陕北小伙，看着我就叫哥，买不买东西都是哥长哥短地叫；要是天热，还主动买一瓶矿泉水给你递过来。现在不是这样了。现在小白变得深沉了，好像当官当到了一定级别似的，变得不苟言笑了，而且像警察看嫌疑人似的看我们，好像我们总在算计他，而且占了他的大便宜似的。我说："哎呀，一张邮票。"小白说："在哪里？"说着，急急翻回去。我说："小白，不要再翻了，我还忙着呢。"小白又胡乱翻了翻，就把东西给了我。我向他申请换一个好袋子提上，提个脏兮兮的袋子招摇过市确实有碍观瞻。小白说："就这些老公章也值这个钱，还有不少20世纪50年代的繁体字公章呢。"我说："我不收这个，我主要是看内容。"

回家我就翻检这些判决书。相当一部分是手写的，而且年代越往前写得越详尽，越往前字写得越受看，还有部分是毛笔写的，简直可以说是书法，我不是收字画吗？这可以说是意外收获了。曾经买到过一本宁夏粮食局编印的书，是讲特殊年代食品增量方法的，其中就有讲到葵花杆子榨油的，说是一百斤葵花杆子，如何进行操作，经过哪些工序，可以出油九斤。葵花杆子都可以出油，沉甸甸的白纸黑字的判决书，难道我还寻不出几个小说素材吗？忙活了好几天，就让我找出若干素材，略事剪裁取舍，录存于此。

·井·

这是一件听起来有些毛骨悚然的事。

杭州知青王卫，跳到河滩的深井里去了。

王卫，曾用名王薇，1973年来西丰县大湾公社榆树沟大队插队，连她在内一男三女共四个知青分在马圈上队。马圈是方团圆相对较大的一个生产队，分上队和下队，社员福利相对好一些，一个工能得到三毛到四毛的分红，相对而言，上队又比下队好一些。比如一个工会多出四五分钱来。大致就是这样的一个状况。马圈虽说叫马圈，但更多的是羊，队里的羊圈比饲养院还要略大些，只羊把式就有四个之多。每到什么节气，队里都会报告大队，然后宰几只羊，四个知青分到的羊肉比普通社员要稍稍多些。有一次什么节气，就直接分了四个知青大半只羊，只是没把羊头羊腿分给知青而已，几乎是一只全羊。

四个知青里，王卫年龄最小，十六岁，本事可以说是最大，她是队里的赤脚医生。说来她当赤脚医生也是应该的，王卫来自医生世家，她的爷爷、父亲、母亲都是医生，耳濡目染是肯定的。她当赤脚医生后，还去西丰县培训了三个月，她主要的治病方式是针灸，她去哪帮人看病总是背着个像木头又像皮子的棕色箱子，箱子背在她身上有些显大，正像现在的低年级学生背着高年级学生的书包一样。王卫的工作看起来轻松，实际谁都知道责任重大，所以相较于别人，她多拿半个人的工分。没人觉得这有什么不合适。至于王卫的医疗技术如何，没人能说出个所以然来，反正有病就找王大夫，打针就找王大夫，娃娃让狗给咬了一嘴，也是找王大夫来给瞅瞅。

一晃两年过去了，王卫也学了一些土方子给大家看病，那些土方子，经王卫一用，大家也觉得和他们以前用过的不一样了，病好像更容易好一些。就比如在溃烂的伤口上敷棉花灰，多少年来就用着这个办法，但是你没有王卫那细致的样子啊，你没有王卫那专注又自信的眼神啊，你没有人家大城市女娃娃身上那种独特的气息啊。说到底，你连点新棉花也未必有，你好像总是从老被子、老棉袄里撕扯出一点棉花来烧棉花灰，这是完全不一样的。因为王卫赤脚医生的特殊身份，大家对王卫的信任更多了一份笃定，一句话，队里能看病的，王卫是不二人选，像一些土医生，比如某某某的奶奶，接生、揉肚子、装神弄鬼等，和王卫比较，暂时就靠边稍息吧。王卫也有着一个大夫应有的神秘和淡定，好像什么病她都会治，什么事都不必着慌。好像她行医已经多少年的样子，其实她还不满二十岁呢。

就像每个人都需要阳光和水一样，每个人也都需要大夫，所以王卫和社员们有着良好的关系，社员们自己不舍得吃的东西也会偷偷地给王卫，比如鸡蛋，甚至红糖这样的东西。这个且说到这里。接下来说说案子的核心部分。

王卫是去给虎娃子妈看病后出事的。虎娃子妈，就是会计的老婆，肚子里像是有个疙瘩化不开，就请王卫去给看看。王卫看完病，已经是夜里八点多，星星都像烟囱里的火星那样一个个溅出来了。一个女娃娃这时候走路让人不放心，就让虎娃子送送。虎娃子把王卫送到知青的住处，就回去了。但是第二天就有消息传开来，说是虎娃子把家里的几个鸡蛋偷着给王卫了。岂止于此，还有说两个人夜里走过一棵新疆杨的时候，虎娃子把王卫推到树上，亲了人家一下。有说亲的是脸蛋；有说赶紧把脸蛋放过，直接一下子亲到嘴上了。谁传出来的不知道，反正都在传着。村子里好像一下子变得很不一样了。上午散工后，王卫又去给虎娃子妈看病，听说王卫病是看了，但是也发了火，说是会计把儿子虎娃子打了两个嘴巴子。那么到底亲没有亲呢？到底亲的是脸蛋还是别的地方呢？如果没事，那王大夫发的什么火？如果没事，那会计打儿子两个嘴巴子又如何解释？总之，消息就乱传开了，事情升级，已经不只亲嘴而已了。

但是接下来发生的事真是谁也没想到，大概搁一天前，连王卫自己也不会料到事情竟会发展到这一步——她跳到河滩的深井里去了。方团圆一直面临缺水的困境，省里和县里也一直设法给社员们打井，这里的每个小孩子都记得打井的热闹和壮观场面，但是不知为什么，像是探宝寻宝一样，这里那里陆续挖了很多的深井，却没有挖出水来。那时候都是在干河滩里打井，可能是打不出水的原因，越打越深，越打越深，不寻出水来不罢休。结果是水没出来，地上又弄出了很多深不见底的地洞，站在边上往里看，真是又黑又深，好像有一股吸力要把你吸到那深黑里去。丢一块石头下去，石头很快就没入黑暗里，过很久才能听到石头落到井底的声音，近似幻听。我就往那样的井里扔过石头，时间过得太长了，好像扔石头的时间和听到石头落到井底的时间不是一个时间一样，觉得自己的肠子好像断了，觉得肚子里空空的，有些饿，等着听石头落到井底的声音，好像拉肚子把自己拉得虚脱了那样。既然打不出水，挖那样的深井干什么？不是多了一分危险吗？我们小时候大人就反复地叮咛过，不要到井边去耍，吓唬我们说井里有鬼呢，离得近了就有鬼伸出手来把你拉下去。

王卫跳井成了很大的新闻。社员们有议论，有抱怨：人固有一死，但是哪里不能死呢？死到那样一个深黑狭窄处去，太憋屈了啊。长话短说，这可是关乎知青的案子，一绳子就把虎娃子捆到公社去了。虎娃子在一个空寂得老鼠也不待的房子里关着，两个基干民兵没明没夜地守着。都说这一回虎娃子肇祸了，他大是会计不错，但犯了这样的事，一个生产队的会计算个啥呢。都说可能一命还一命，得抵偿。

大家正等着看事情的进展时，忽然有了反转：王卫既然跳井了，她不是在井里吗？咋知道王卫是跳井了呢？井边上有王卫的一双鞋，鞋下面压着一片纸，其实就是王卫的遗书。那么就要把王卫从井里弄上来。怎么弄上来呢？谁下到那么深的井里去呢？谁愿意去呢？长话短说，不知谁出的主意，就找到了被看得死死的虎娃子，对他说："给你一个立功的机会，你要是把王大夫从井里弄上来，就算是立了一功，你说你去不去？"虎娃子说："去。"大家就把几根又长又结实的绳子连成一根绳子，拴了虎娃子，把虎娃子一点点、一点点吊到深井里去了。

虎娃子手里拿着一个手电筒，入井不久虎娃子就开了手电筒。刚开始人们看见手电筒还很亮，能看见手电光照亮着的虎娃子；渐渐地，就只能看到一点手电光，看不到虎娃子了；渐渐地，看到手电光像风中的油灯那样要给吹灭了，像一只萤火虫飞深了，飞远了，飞到茫茫的不可想象的地方不见了，一点光亮也看不见了，只看见粗蛮的一根绳子垂吊下去，像是探索和吊取着无有穷尽的黑暗似的。

担心虎娃子害怕，大家一直在上面向井里喊着，给虎娃子打气，要求虎娃子也给予回音。虎娃子也在井里嗷嗷嗷地喊着，把他的被四围封闭着的声音送到井上面来，直到手电光看不大清时，还能隐约听到虎娃子的声音，像一只蚊子在空电壶里叫着。有那么一瞬间，井上面停了喊话，大家都凝神往井里听，什么也听不到。大家都觉得自己的耳朵好像是延长了，能听到很深远处去，然而什么也听不到。大家就朝井里喊着虎娃子回一声话，不见井里的动静，但是不要紧，绳子还在动，绳子还在一点一点地下到井里，这就说明没事，说明虎娃子还在往井里落着呢。果然，有人就听到了虎娃子的回声，并非所有的人都听到了，但是听到的人坚称自己确实听到了嗷嗷嗷的声音，不是一直就这么嗷嗷嗷地喊着吗？后来大家也不操心看不到手电光了，也不操心虎娃子的回音了，只要绳子还在往井里落，就说明一切是正常的。终于大家吃了一惊：绳子不动了，好半天绳子都没有再动，说明什么？说明虎娃子到井底了。

大家都给虎娃子安顿好了：让他到井底如何如何操作，不要忙，不要慌，慢慢来；井底下不像井上头，上头一分钟干完的事，下头可能十分钟也干不完，但是千万不要慌；要知道井上头都是人，要知道绳子的一头就在井上头，只要下面弄妥，上面一用力，就吊上来了。就这么简单。要说害怕，想通了也没什么了不得的，也没什么害怕的。

大家都在议论着下面弄好会花多少时间。有人试着拉绳子，很快就有人提醒：“千万不要急，上面一急，让下面的人怎么办？不是更急了吗？”所以上面的人是一点也不能急的。等虎娃子安顿好了，一切弄妥了，把绳子摇一摇，上面就知道了，就得着信息了，上面就开始按计划行事。但是老久的时间过去了，不见绳子的动静。大家又说：“这么长的绳子，恐怕下面摇，上面也感觉不到。”总之，过了很长很长的时间，算起来把十个牛也捆好了那么长的时间过去了，有人就提议："差不多了吧，往上拉吧，让人在黑井里太长的时间没动静也不好。"大家认为有理。但还是又过了一会儿，才开始试探绳子，好像下面重重的，感觉不出来究竟是一个人还是多了一个人。往上拉吗？谁都不敢做这个决定。后来就决定往上拉了。因为都觉得太多的时间过去了，再不拉错过良机可怎么好。虽说通气着呢，但深井里的空气毕竟不像外面的空气，都想着是越往深处空气越少，都觉得这是一个简单的道理。拉吧。终于决定了要往上拉。这一次是决定了。拉绳子的人往掌心里吐了唾沫，拉。但是用力一拉，拉的人险些坐到了地上，竟然轻了许多，绳子下面好像没吊着什么。这是什么样的消息？赶紧再试，果然，好像只剩了绳子。说明什么？大家都不敢想。绳子解开了吗？为什么要解开绳子呢？怎么想的呢？你把绳子解开了谁又给你系上啊。绳子很快被拉了上来，果然那一头是空的，被解开的绳头像被马抛弃的缰绳那样，显得尴尬和惊魂未定。

后来绳子又被放入井里许多次，都是劳而无功，空去空回。直到二十多天后，动用了特别部门的特别手段，才把两个人从井底弄上来。时间已经到了1976年5月，距离唐山大地震不足三个月的时间。大家都在议论虎娃子为什么解开了绳子，是殉情吗？是赎罪吗？一种说法是，那么深的地方，又那么狭窄，又有个死人在下面，八成是虎娃子被吓糊涂了，一个吓糊涂了的人你让他怎么按计划行事呢？

既然当事的两个人都没有了，这案子也就只好不了了之。

·雷进城·

1975年秋日的一天黄昏，西丰县小河公社民联大队油坊沟西队社员雷进城散工回家，发现新婚不久的老婆韩连芝和东队社员李舍生在自己的家里胡整，门用铁锹顶着，着急慌忙间没有顶牢实，雷进城一推就推开门进去了，就看了个满眼躲不开。雷进城说：“哎呀，娘呀，你们弄啥呢？大天白日的。”李舍生滚下去用被子把自己包住。韩连芝的头发散开了，遮着一些面目，也不收拾，她让雷进城先出去，事情慢慢再说。雷进城就出去了。雷进城出来不知道应该往哪里去，就在炕洞门口站着，这样可以听到屋里的动静。很快就看到李舍生出来了。李舍生好像没想到雷进城站在炕洞门口这么近，他把头偏过一边，像是顶着硬风那样出街门去了。这是雷进城第一次看到韩连芝和李舍生胡整。

雷进城就觉得奇怪，说来韩连芝新婚还不到半年，她和李舍生两个人又在两个生产队，一个西队，一个东队，怎么就搞到一起去了呢？李舍生比雷进城明显强的一点是，李舍生是一个复员军人，穿衣裳和一般社员不大一样，走路的样子和说话的样子也不大一样。但你的不一样是你的，和我们有什么关系呢？不好就不好在李舍生虽然年纪不轻，但是还没有结婚成家，他没有成家他就到别人家里来胡整。不看见也就算了，看见了就是个事情，不说不行，说嘛，这种事情，雷进城不知道该怎样和韩连芝沟通。

“有个再一再二，没有再三再四。”他给韩连芝说，“过去的事情就算过去了，以后再不要这样子弄了，事情也分个大小轻重呢，出这样的事情，你让家里日子还怎么过？”

韩连芝的意思很明确：“那就离婚，离了就一干二净，就没有伤脸的事了；要是不离婚，那伤脸的事有这一回，保不准还有下一回。”

雷进城对韩连芝说：“你不要说绝话，婚是不要想着离了，打开窗子说亮话，日子还是要过下去的。古言讲得好，人无千日好，花无百日红，你看着你年轻，转眼就老得鼻拉涎水了，要黑夜睡下想想，一辈子人能活几天呢？你按你的心思来了，别人的心你想过吗？再说有家的人和没家的人是不一样的，有家的人得有个有家的样子，有家的人得行得端、走得正，不能让亲戚邻居嚼舌根子。”

两个人之间，总是雷进城说得多一些，看说话的样子，听说话的口气，再听听说下的那些话，倒好像是雷进城做了啥错事，在求着韩连芝的理解和原谅呢。但是也看得出，韩连芝离婚的打算不是嘴上说说而已，要是雷进城同意离，要是大队妥书记不做调解工作，那就算是十个婚也离掉了。好在妥书记是个女的，女的好像一般都不主张离婚。但是韩连芝这个女的就爱离婚，结婚这么点时间她就想离婚了；好像她结婚的目的就是离婚，好像一离婚，她一个母鸡就活成凤凰了。世上哪有那么容易的事。关键是复员军人太厉害了，雷进城嘴里不讲，但是说老实话，远远地一看到这个人他就眼前头发黑，一想到这个名字他就心里发潮难受，就像谁逼着他活活吃了只蛤蟆似的。

总之，日子还要过，又碰到几次那两个胡整乱来，雷进城看见了就装没看见，反正他自己也有责任，他不是不同意离婚嘛，那就等于鸟鸟子在自己的笼子里自己不放手，这么说来就还是有责任的；一旦觉到致使事情是这样而不是那样，自己也有一份责任时，雷进城就会暗暗地出一口气。雷进城还会把自己的这一份责任放大，好像那两个之所以偷偷摸摸的，不正是因为他不让他们光明正大吗？这样一想，心里就会好受些许。

说来韩连芝也还是可以的，可以说还是不错的，就比如那一次，第一次那一次，碰到那两个在家里胡整，雷进城站在炕洞门口那里等，李舍生干了伤脸的活计走掉了，雷进城在炕洞门口那里站了半天，还是进屋去了。穿戴整齐的韩连芝开始做饭，雷进城坐在炕边上生闷气，看着韩连芝沟子拧过来拧过去在锅头上忙乎，雷进城忽然说让韩连芝不要再做饭了，就算是她做好了他也不吃。他说他不想吃饭。有些二杆子女人一听这个话，就坡下驴，你不吃我就真不做了，转头拉开被子上炕睡觉去了。你能把人家怎么着？你的饭怎么吃？你总不能一个大老爷们自己蹲在灶火边做饭吧。说是不吃饭，就是这么一说而已，并不是不吃饭的意思，意思不在这里，饭还是要吃的。韩连芝的好处是，雷进城说雷进城的，她照旧做她的，饭做好了，端上来，菜也端上来，雷进城就自食其言吃起来。吃吃停停，停停吃吃，一顿饭吃了很长时间，边吃边落眼泪，眼泪落在饭碗里和着饭吃了。然后韩连芝收了炕桌洗碗的时候，雷进城就没有闲工夫想这些事了，匆匆忙忙地去饲养院里给牲口铡草了。吃得并不算太多，但是一起一伏、一起一伏铡草的时候，雷进城竟打出好几个饱嗝来，让入草的人一边入草一边问他老婆究竟给他做了啥好吃的，打这么多饱嗝。

就这么着，从1975年一直到1979年，雷进城和韩连芝两个人就这么着把日子过了下来。到1979年4月，韩连芝又一次提出了离婚，其时妥书记患胃病去世，雷进城不知道还可以找谁给自己帮忙了，而且这一次韩连芝不找大队，不找公社，而是直接找到西丰县人民法院去了，请求法院判予离婚。4月提出离婚，同年9月27日，二人协议离婚。家里的东西都好说，两人都好说，主要是两个孩子，儿子四岁，女儿一岁，一人领一个，儿子归雷进城，女儿归韩连芝。就这么离了。当着面雷进城还硬撑着，韩连芝说："你把你过好，不要管那么多。"雷进城说："好，好。"背过身，领着儿子回家。一路上，雷进城的眼泪再没有干过，他心里清楚自己的老婆总是自己的老婆，没有什么大的问题，问题主要出在那个坏屃身上。那个坏屃，雷进城是不会叫他的名字的，连他的名字想也不会想，说实话，论过日子的能力，论拔麦子、铡草、喂牲口等干农活的能力，两个人比较的话谁强？女人们的眼窝子浅就浅在这里。说到底，也就是一个复员军人而已。他妈的。

从此雷进城就收心过自己的日子。带着四岁的儿子过自己的日子。说来也不是太坏，毕竟有一个儿子在自己身边。儿子直接骂李舍生"嫖客，老嫖客"，这让他很欣慰，摸着儿子的头，几乎要为这个再哭一场。1979年9月27日两个人离婚，翻年1980年1月30日，那两个就结婚了，这里离婚到那里结婚，满共才几个月，等不及了吗？还是韩连芝说得好，不管那么多了，各过各的日子吧。那两个结婚那天，雷进城买了一瓶酒喝了，咕嘟咕嘟喝下肚去，一觉睡到大天亮。

应该说，两家接下来不会有什么关系了，但是打断骨头连着筋，不是还有两个娃娃嘛。儿子恋妈妈，要往妈妈的家里跑，韩连芝忙的时候，也会把女儿寄养在雷进城这里，让雷进城照看。一来二去，两家又有了这么一层关系。大家都好像想通了似的，处得也还好。谁都没有料到吵也吵了，闹也闹了，婚都离了，竟发生了那样的事。雷进城没想到自己会杀人，李舍生没想到自己堂堂一个复员军人，会被一个不起眼的人夺了性命。

刚开始看不出丝毫迹象。韩连芝忙着搡磨，把女儿寄存在雷进城那里，韩连芝搡磨时还顺带雷进城的十来斤小麦，要顺带着帮雷进城磨了。雷进城一想到韩连芝一个妇道人家搡磨心里就不好受，他娘的，一个复员军人叫女人抱着个磨棍搡磨，这样的男人有什么用？要是可以，他雷进城完全可以干这个事的。总之，在韩连芝搡磨这件事上雷进城对李舍生有了不满。当然雷进城也在劝自己，人家愿打愿挨，和你有什么关系。虽说如此，却还是憋闷，觉得韩连芝不能抱着磨棍搡磨。说个私房话，韩连芝生娃娃的时候，雷进城忍不住哭，生儿子哭过，生女子也哭过，生儿子还是生女子他都不是太关心，扪心自问，他觉得相较于关心生男生女，他更关心的是韩连芝，只要韩连芝好着，不要受这个罪就行了；哪怕韩连芝不生儿不生女，生只蛤蟆也可以，只要哧溜一下生下来就行了，不要再受这个生娃娃的罪就可以了。雷进城真是为韩连芝哭过不知多少回。娶一个女人不容易，把一个女人堂堂正正娶到家里多不容易。

韩连芝搡磨那天，把女儿寄存在雷进城这里，吃晚饭的时候，李舍生来雷进城家里接女儿回去，适逢女儿还在熟睡，李舍生又回去了。吃完饭李舍生又来，女儿还在睡着，就等女儿睡醒。雷进城卷了老旱烟两个人吸着，边吸边说着闲话。这时候就发生了一件事，雷进城四岁的儿子一直在炕上耍着，不知想起了什么，忽然抬起头来，对着李舍生喊了一声“嫖客”。雷进城制止着让儿子不要乱喊。

李舍生猛抽了一下烟，慢腾腾说：“娃娃要从小指教呢，大了就不好指教了，如果说你舍不得指教，让我给你指教。”

雷进城也猛抽烟，说：“你咋指教？”

李舍生说：“我会指教呢，我要让他在人前头有个样子呢。”

女儿还没有醒来。屋子里烟雾腾腾。一般是李舍生挑起话头，这一次却是雷进城先说了。

雷进城说：“听我满拴说，他到你家时你打他了。”

雷进城的儿子小名叫满拴。李舍生承认打了。

雷进城说：“你就这么指教娃娃？你就是个打。”

李舍生说："你没问问我为什么打他。"

雷进城说："为什么事也不能打一个四岁的娃娃，娃娃吃屎，你也跟着吃屎吗？"

李舍生说："一个碎崽娃子，喊大人的小名，你觉得合适不合适？"

雷进城说："不合适你就打？你长下个嘴是干啥的？"

一来二去，两个人的话就说得有些高。

这时候雷进城好像要把心里的话一股脑儿倒出来，他有些忍不住了，说："老哥你想想，毕竟你比我多吃着几天盐是不是？毕竟你还当过几年兵是不是？我辛辛苦苦娶的一个女人，到头成了你的，你知道我娶女人花了多少钱吗？整整一百八十元、四丈青斜布。你说你一下就闹上走了，你花一分钱了吗？"

李舍生冷笑着说："是不是你要让我赔钱？赔钱可以，一百八十元、四丈青斜布我赔给你，可是你想过没有，你姓雷的女人，咋跑到我姓李的手里了，你想过这个吗？你要没想过，今儿黑夜你就睡下了按着心口子好好想去。"

雷进城说："李舍生，你个坏屄，你说啥呢？这些年我忍够你了，你个坏屄，你让一个女人搡磨，我把你个坏屄……"

说这话的时候，雷进城的脸都有些歪了。李舍生不打算和雷进城说了，他做出下炕要走的样子，就在李舍生低头穿鞋时，一把用来顶门用的铁锹就砍在了他的头上。他不经打那样顺势倒在一边。"兄弟，你不要胡闹。"李舍生说出这一句话时铁锹又一次砍下来了。四岁的儿子吓得在炕上大哭。雷进城拉开被子，把儿子和女子都盖在被子下面，不让他们露头。事情就这么发生了。

后来的事情，据判决书上讲，雷进城在把李舍生砍死后并没有收手，而是在他的脖子上用四毫米粗的麻绳勒了两圈，用八毫米粗的麻绳勒了一圈，然后把尸体丢进炕洞里烧了。晚上九点多的时候，等着不见人回家，韩连芝和村里的一个女人结伴来寻李舍生。韩连芝问雷进城："李舍生来接女儿，咋不见回？"雷进城说："没见他来。"韩连芝就抱着女儿回去了。

警察来抓雷进城时，雷进城提了一个要求，说他有句重要的话要和韩连芝说，警察都同意了，雷进城却又声明不说了。就这样，雷进城第一次坐上了轿车，被轿车带走了。

此案经泗关中级人民法院判处被告人雷进城有期徒刑十五年整。

· 卢良臣 ·

1982年4月25日上午10点左右，西丰县玉狮公社杏树湾大队二队社员苏尕女和丈夫卢文涛办好离婚证出来，骑自行车走过一个桥头时，被卢良臣带着两个年轻女人拦住了。

卢良臣，男，八十二岁，玉狮公社杏树湾大队二队社员，曾任二队队长多年。卢良臣带着的两个女人，一个名叫马富华，二十三岁，卢良臣的孙媳妇；一个名叫卢文花，十九岁，卢良臣的孙女。苏尕女、卢文涛办妥离婚手续出来，就分道扬镳，一个往那边走了，一个往这边走了，从此各走各路，井水不犯河水。苏尕女不知道她走的这个方向，早就有人埋伏着了。

苏尕女、卢文涛的婚姻，真是没什么可说的。两个人结婚三年了，圆没圆过房都难说，结婚半个月，卢文涛就上新疆了。在新疆一待就是两年多，死着么活着么都不清楚，也许别人都清楚，只有苏尕女不清楚而已。忽然间又回来了，回来不到几天，又搭去新疆的车走了，好像来浪亲戚，好像新疆倒是他的家。就有人说这确实是一个事实，卢文涛在新疆有家呢，有个妇人呢，在新疆奇台，说得有鼻子有眼，说妇人是卢文涛二舅舅的女儿，卢文涛的二舅舅20世纪50年代末去新疆，算来已经二十多年了，成新疆人了。既然如此，为什么又要扯上苏尕女，为什么又要和苏尕女结这个婚？这就是苏尕女的命啊。丈夫两年多不见踪影，回来又刮风一样走了，这一来苏尕女忍不住了，不打算忍了，苏尕女提出离婚。结果是卢文涛同意离婚，卢家其他人不同意。卢文涛的爷爷卢良臣就不同意，说这样子很好的，都不要闹腾了。大家都猜主要的原因是苏尕女太能干了，里头外头干活都是一把好手，这一离婚，归她干的那一大堆活计谁来干呢？就比如卢良臣老人的那一嘴吃的喝的，每天早上日头还没有照亮窗子时，就要给他端上来，几年来都是苏尕女做这件事，一旦苏尕女离掉，人家肯定是伺候别的人去了，不会再伺候你卢家人了。外人议论，卢文涛同意，其他人不同意，肯定是这个原因。那还要看人家苏尕女乐意不乐意呢。即便苏尕女乐意伺候卢家人，苏尕女的娘家人也乐意吗？这样一个婚姻状况，搁谁作为娘家人都会不乐意。说是卢家的媳妇，是卢家的什么样的一个媳妇呢？里子没里子、面子没面子的。关于苏尕女的婚姻，相对而言也是村里议论较多的一件事情，比如有女子的人家就会说，千万不要把我们的女子嫁得和苏尕女一样。都已经成了个教训了。老实讲，苏尕女也不能不受这些民意的影响。这样的民意摸不到看不见，但是比摸得到看得见的还要厉害，还会对人有压力，逼着人要这样不要那样。所以苏尕女不提出离婚不说，一旦提出，那就有些烈马脱缰的意思了。

在村子里，训导媳妇的一般是婆婆这样身份的人，但是据说卢良臣亲自把苏尕女叫到自己跟前谈过话。卢良臣说了很多，从孟姜女说到王宝钏，从王宝钏说到一些烈妇烈女，从烈妇烈女说到现实里的某某某，都是活生生的例子啊。咋不跟上学？咋不跟上好的学，专门跟瞎的学？苏尕女也不是非要离婚不可，谁都知道成个家不容易。苏尕女提出来一条，就是让爷爷把孙子从新疆招回来，让小两口安安生生、和和气气过日子。这一点卢良臣又是做不到的，加上卢文涛自己的意愿，几个月的纠缠翻覆过后，还是弄到了离婚的地步。看来不离是不成了，苏尕女宣布说，再搅扰着不让离婚，她就吃老鼠药把自己毒死。那就离。

卢文涛特意从新疆赶回来办离婚。经过调解协议，由卢文涛自愿付给苏尕女生活费人民币八十元整，被褥衣物等折价六十元，合计由卢文涛付给苏尕女人民币一百四十元整，拿到离婚证的时候一次性付清。

就在苏尕女、卢文涛去办离婚证的头一天晚上，卢良臣把马富华、卢文花两个小辈招到自己的屋子里密谋了一番，授以机密。下面这段卢良臣的话直接是从判决书上抄来的，卢良臣对两个小辈说：“她们扯了离婚证，公社里一出来，我到跟前拉住，把咱们的一百四十元夺回来，你们两个就堵住把裤子扯了，当街上臊给一顿，叫精沟子回去。”不长的话里有不少方言，比如把“领离婚证”说成“扯离婚证”；“臊给一顿”的“臊”字很有力道，不可等闲视之，就是让人丢尽脸面的意思；“精沟子”就是把裤子扒光，让她一丝不挂在光天化日众目睽睽之下。

说到做到。

第二天上午，苏尕女领了离婚证出来，见卢文涛朝那边走了，她就选择了一个相反的方向，跳上了自行车。没想到被卢良臣一干人候个正着。当时苏尕女的自行车刚刚过了小桥，还没到兽医站门口，卢良臣几个人就从街边突然现身出来，由卢良臣揪住苏尕女的衣领，一只手就掏入苏尕女的裤口袋里去。判决书上这样写着，说原本苏尕女骑在自行车上，看到卢良臣，出于一贯的礼节，还认他是个长辈，就从自行车上跳了下来喊“爷”，和他打招呼，想不到卢良臣一上来就揪了她的领子，而且一只手掏入她的裤口袋里去了。苏尕女说：“爷，你干啥呢？”就在这时候，按照先前计划好的，只听几声刺耳的声响，两个年轻女人把苏尕女的裤子撕开了。这时候已经聚了不少围观的人。卢良臣企图把自己也藏在围观的人里面，但是被认了出来。

卢良臣因此吃了官司。

据西丰县人民法院刑判定：

一、判处卢良臣、马富华、卢文花免于刑事处分；

二、按双方同意离婚准予离婚的原则，维持玉狮公社对卢文涛、苏尕女的婚姻和财产处理；

三、判处卢良臣付给苏尕女赔偿毁坏衣物款六十元整。

写完这个故事，我忽然觉得有些意兴索然，世事纷纭，人情翻覆，有多少故事可写，为什么要写这一个呢？看来看去没多大意思。我寻思着自己把这个故事写出来的初衷，我心里一动，好像是找到了，一个在这个尘世上活了八十多年的人，还能做出这样的事来，还带着两个年轻女人，就此来想，不能不说，这个事情还是很有意思的。

· 麻小花 ·

麻小花，女，二十岁，西丰县黑城公社腰巴庄大队四队社员。

1981年7月的一天，本队社员吴有明来到麻小花家。麻小花正在爨火做饭，没有风箱，麻小花用干驴粪、树叶子等爨火，边拿根棍子拨拉着边往灶火里吹，吹得自己一头的这个那个。吴有明就问："你们做饭咋没风箱？"说是风箱坏了，用的时间长了。吴有明就拿出十块钱来给麻小花，让麻小花用这个钱请匠人给做个风箱。麻小花不要吴有明的钱，让他把他的钱赶紧装上，小心给人看到了。吴有明把钱搁在炕沿儿上说："我也不是白给，你有工夫了给我做上一双条绒鞋。"麻小花说："你的钱你拿上，我没工夫。"吴有明就起身走了，留下的话是："你年里月里做去，不急，先着急做个风箱好做饭。"

就这么个事，不知道吴有明的婆姨常一梅咋知道了，跑到麻小花的门口婊子长婊子短骂了个五五二十六。麻小花的男人尕虎子提着个鞭杆追出来，才把常一梅暂时追跑了。

有必要介绍一下常一梅。常一梅，女，三十四岁，本队社员吴有明的老婆。事情没有完，队里劳动的时候，常一梅处处和麻小花过不去，使坏使绊子。比如：在麻小花铲草的背篼里弄一泡稀狗屎；在麻小花装吃头的包包里放然然子、狗牙刺；拔麦子的时候，把她拔下来的麦子压在麻小花拔着的麦垄上；等等。麻小花气得只是哭。因为是这样的事情，后来就搞到麻小花的男人尕虎子也不好给麻小花做主了。就这样，事情越闹越不成个样子。1982年7月某日上午10点左右，天气热得人头昏，麻小花和几个女人结伴在烽火台附近给牲口铲草，原本里头没有常一梅，但不知怎的，常一梅也出现在铲草的女人里，而且很快就和麻小花吵得不可开交。麻小花说："姓常的，今儿我跟你拼了，你提上个嘴一天胡说啥呢？"说着就抱了常一梅的腿，要把常一梅弄倒。哪知常一梅是有备而来，掏出口袋里的锥子往麻小花头上、身上乱戳，边戳边骂，话说得很难听："你个婊子，不是就爱戳的事吗？我戳你，我戳你，我把你戳死。”要不是旁边的人拉开，常一梅真的会把麻小花戳死。麻小花被戳得不成个样子了，疼得生娃娃一样叫唤着，就有人在麻小花的右肋巴下面发现半截锥子在肉里，原来常一梅使力过猛，把锥子都弄折了。

这事情后来就弄到打官司了。经西丰县人民法院判定：被告常一梅，遇事多疑，挟私恨报复，以锥伤人，致使原告麻小花软组织被伤十五处，事后又态度蛮横，既不请医治疗，又不付医疗费，故据《中华人民共和国刑法》，判处常一梅：

一、有期徒刑一年，缓刑一年；

二、付给受害人麻小花医疗费及误工损失费合计人民币八十元。

我之所以要写这事情，是因为原以为此事到此为止，哪里想到后续更为引人嗟叹。

我的一个姨父，一直做贩卖羊皮牛皮等生意，见多识广，口才也好，说来也挣了一些钱，是我们那里较早有了摩托车、私家车的人。他和姨娘来银川给姨娘看病，就顺便到我家来看看我的父母，其间不知怎的就说到我收的这些资料。关于麻小花这个案子，姨父竟然是知道的，他说他那时候正好在腰巴庄一带做生意，知道这个事，而且知道得更全面，他说我收来的资料只记录了这个案子的一半，这个案子应该说还有一半呢。姨父说相对而言，西丰县的人要比我们县的人实诚一些，说话算数，生意好做，说我们县的人，一个个精沟子带刀子，顽货多。姨父说出这话来时，在场的人都笑起来，土著们总有土著们才能意会而难以言传的一些事情吧，比如这句话，在外人听来纯粹就是个骂人的话，然而让我们这个县的人来听，就觉得这其实是有褒有贬，褒大于贬。

当然想听听那另一半案子是怎么回事，而且姨父的口才又往往能够说得活灵活现，如同亲历。

原来自从那次判决以后，事情并没有真的了结。所以很多公家的判决其实起不到多大的作用。所谓判决，也只是针对已经发生的事实而已，对那些隐在未发的事情，法律是无能为力的。

闲话休讲。说是案子判过好几个月了。麻小花忽然把吴有明约到一个偏僻处见了一面，两个人哪里见面不好，偏偏就在一块地边上见面，地的尽头就是一个断壁深崖。两个人就在地边上站着说话。麻小花对吴有明说："你知道我这些年的苦楚吗？"吴有明说："知道。"麻小花说："你知道我这些苦楚都是你带来的吗？"吴有明说："知道，对不住你。"麻小花又问："你一个几十岁的大男人，你咋提上个嘴胡说呢？你说的那些咱两个的事，你说有吗？"吴有明说："都没有的，啥事都没有，有没有你还不清楚？"麻小花激动起来，说："没有的事你说有，你咋这么说来？没有的事你说有，你知道别人咋想？咋说？你知道我一个妇道人家咋承受这些？你图了个嘴上的快活，你知道我这两年是咋过的吗？我一点都不恨你老婆，她拿锥子攮我我不恨她，我恨你，你以为我是个贪十块钱的人吗？你几块钱就让我受了这么多罪，恨死你了我！”

吴有明没想到麻小花把他约来是说这些话，他的脸色也就有些不好看了，他问麻小花：“你把我约来就是说这些话吗？还有没有别的话说？没别的话说我就走了。”麻小花说：“你还让我给你说啥呢？你还想听啥呢？我把你恨死了！”吴有明就打算离开，但是被麻小花扯住了。麻小花说：“你还想走，没那么便宜，说清楚了再走不迟。”吴有明说：“麻小花，够了，你也知道我没有沾上你的个啥，你说我沾了你的个啥你这样骂我。”吴有明又要走，麻小花扯住不让他走。吴有明说：“他妈的，女人咋都这样子，家里一个逼我的，这里又来了一个逼我的。”吴有明让麻小花放开他，从此两不相干。麻小花扯住他让他说清楚了再走。吴有明像是要挣脱自己那样推了麻小花一把，就把麻小花推到地边上的断壁深崖里去了。

那时候不是正赶上“严打”吗？都是从重从快处理，时间不长就把吴有明拾掇了。

姨父最后说：“既然前面锥子攮的那个资料都有，后面的这个资料肯定有了。”姨父让我好好去找这个资料，可以直接到西丰县人民法院去找。我说不一定有，“严打”不一样。

陈宝臣和小舅子田让在山上砍柴时被狗牙刺扎了一下，扎出血来，陈宝臣就捏了一撮干土按在出血的地方，这样子按了一小会儿。

陈宝臣说："让娃，你今年十七岁，说小嘛也不小了，马上就是成家立业的人了。古话说得好，刘晏七岁为翰林，甘罗十二岁当宰相，人在这个世上，看着年轻俊美，一转眼就胡子拉碴了。说的是个啥意思呢？意思就是活着就要干一些事情呢。"

田让说："姐夫，我姐说你会把《三滴血》全本唱下来，你给我唱一段吧。"

陈宝臣说："我给你姐唱过，你姐爱听得很。可是让娃，今儿我没有唱的心思，再另找个机会给你唱，唱要有个唱的心境呢。"

陈宝臣把出血的地方吹一吹，已经不出血了，出过血的地方看上去就像有只死虫子埋在里面。

陈宝臣说："让娃，人活在世上，有顺的时候，有不顺的时候，这两年我就不太顺，把你姐姐也给连累了。马上要开春犁地摆耧了，我承包的驴又死掉了，你说开春咋办好？"

田让说："我姐说驴是你喂着给胀死的。"

陈宝臣说："你不要听你姐胡说了，我喂呢还要驴吃呢，好比我给你做了一大锅饭，一大锅饭你都能吃了吗？饭是我的，肚子是你的，对不对？”

田让说：“驴死的时节就是个大肚子。”

陈宝臣说：“驴大肚子是事实，但不能说驴是撑死的，它的大肚子不是吃下的大肚子，那本身就是个病，和人得了大肚子病一样。人牲一个理。你姐那是看驴死了，心疼驴，埋怨我，说我把驴喂死了，我喂驴一直就那么个喂法。一句话，活的喂不死，死的喂不活，该下你折财的命。”

陈宝臣接着说：“这些没用的话都不说了，说就说点要紧的，关键开春要用牲口了，又没个牲口，咋办？”

田让说：“你可以给别人家帮工，然后把他的牲口借来用。”

“办法是个办法，但比不上自己有牲口便当。”陈宝臣说，看样子，他实际是有主意了，“让娃，你是我小舅子，我说句实话，我想把你三爸的骡子弄来呢。”

田让吃惊地看着陈宝臣，说：“姐夫，你啥意思？”

陈宝臣说：“意思明白得很，就是把你三爸的骡子偷偷弄来卖了去。”

田让说：“姐夫，你糊涂了，三爸是我三爸，是你的三外父。”

“我知道，我知道，”陈宝臣说，“你三爸是我三外父，这个不用你说，我给你讲讲为啥我不偷别人的，专偷你三爸的骡子，你听我讲讲你就明白了。这个事我也是想了又想，想这么做合适不合适，不合适我就不干，那么为什么我觉得偷你三爸的骡子合适呢？当初队里包产到户，分配抓蛋蛋（意即抓阄）的时节，我和你三爸分在一起抓，纸蛋蛋小得很，混在一起，我一下抓了两个。不是我想抓两个，抓到手里才发现原来是两个。这样你三爸就啥都没抓到。两个我都没有看，我把它们摊开在手里，让你三爸抓一个。你三爸说，不抓了，让我随便给他一个，我就给了他一个。结果他抓了头骡子，我抓了头草驴。到现在我的驴死了，他的骡子好好的，这都是各人的命。但是我也想，那个纸蛋蛋，不是你三爸自己抓到的，是我抓到手给他的，那么就不能说骡子就是你三爸的对不对？另外，他要是抓上驴，不是现在也死掉了吗？这是一个。”

陈宝臣接着说：“还有另一个是，这都是几十年前的事了，那时节到处跑土匪，紧张得很，我爷把一些银圆藏在一独轮车垃圾里，就那么藏着，给家里人也没说，结果不知道让谁推出去倒垃圾，连银圆一起倒掉了。我爷知道了赶忙去看时，看到垃圾翻得乱七八糟的，一个人正在往远处走着，看样子就是刚刚翻过垃圾的样子。我爷赶上去问，一问三不知，要搜身子不让搜，把我爷气坏了。那个人就是，唉，这人是谁就不用说了吧，我说到这里你猜都能猜出来，这话我悄悄对你姐说过，那么我为啥又说到你三爸这里，因为老人后来就是在你三爸家里嘛，要是有点老底，也是给你三爸了对不对？所以我想来想去，就想了这么个主意，就是要把你三爸的骡子偷来，可以说偷，实际上也是把原本属于我的东西弄到我手里来。兄弟，我就是这么个想法，你觉着有道理吗？”

田让说：“好像有道理，又好像没道理。”

陈宝臣说："你这话好，好像有道理又好像没道理，这就等于说，那个骡子好像是你三爸的，又好像不是你三爸的。"

陈宝臣说："兄弟，你给我帮个忙，我一个人弄不成这事，狗咬人喊的。"

田让说："姐夫，我给你能帮啥忙？"

陈宝臣说："你要帮的忙很简单，就看你帮不帮，你去给姐夫放个哨，去和你三爸扯闲磨，把他的注意力吸引住就是了。"

田让说："姐夫，我觉着这么弄不好。"

陈宝臣说："那我这半天是给你白说了吗？庄里多少牲口，我咋不偷别家专偷他家，就说明我不是偷嘛，是把该我的我拿回来嘛。"

田让说："你偷回来咋办？那么大头骡子，你又不能夹在眼皮子底下。"

"这个你就不要操心，你只要把你三爸稳住就是了。"陈宝臣说，"兄弟，从古到今都是这样的，忠臣良将没有好下场，做贼剜洞的当帝王，你把日子过好了，人家才给你竖大拇指呢，再都是闲的。再说开春没个牲口，我干活吃力，你姐也吃力是不是？你姐这个人还好强得很，你不是不知道，当然你给我帮忙，我也不让你白帮，骡子卖了我买头驴，剩下的钱给你，你买辆自行车，新的买不上，半新的总能买上嘛，姐夫的话你总是相信的吧？"

陈宝臣说话田让是相信的，这一点没有问题，而且还有自行车的诱惑，田让就答应了由他来放哨。

1982年2月21日，吃过晚饭，田让装了一口袋葵花籽去和他三爸商量什么。就在他们嗑着瓜子拉闲的时候，陈宝臣悄悄溜到牲口棚里，神鬼不觉就把正吃着夜草的骡子牵走了。

连狗也没有叫一声，狗正在狗洞里嚼田让带来的骨头呢。

陈宝臣骑着骡子直奔二十里开外的鹁子湾，鹁子湾有一个叫吴元新的，早就和陈宝臣说好了呢。到鹁子湾时已到深夜。吴元新拿着手电来给陈宝臣开门，手电像得了重感冒的老人那样勉强亮着，连骡子的脸都照不全面，只照着骡子的两个鼻孔像做饭时的烟囱口似的。吴元新接过缰绳把骡子拉到一边去了，陈宝臣让给骡子上夜草，因为来的时候它就在吃草。

一会儿过来到屋子里，喝着茶，两个人却把话谈崩了。原本说好的五百五十元，吴元新却不认账了。

吴元新说："这个骡子和你曾经给我指认过的那个骡子有些不一样，这个骡子看上去小了一号。"

陈宝臣急得都要把肝肺吐出来似的，说："我可能哄你吗？说好的事我能哄你吗？再说他三外父的家里就一个骡子，没有两个骡子的，就是想着偷头小一号的，也没的可偷啊。"

吴元新坚持说："原来定的价钱高了，现在是眼见为实，就这么头骡子，最多四百五十元。"也就是说，比原来言定的整整少了一百元。一百元是个什么概念？小舅子的自行车可以说就指这一百元呢。

陈宝臣不高兴了，说："有言在先，你当时要是说这个价，我就不干这个事了。我按我们说的干了，到你这里又变卦了。你说，事情怎么可以这样干？你早说我早有个安排嘛。"

但是事已至此，陈宝臣也做出了妥协："就少上三十块钱，五百二，五百二是一分也不能少了，人活在世上，主要是说话算数，说话不算数，你还如何与人交往？"

吴元新卡住四百五不松口。

陈宝臣说："连手，我是看出来了，你想着我已经弄出来了，生米做成熟饭了，我是再没办法了，非卖不可，所以嘛你想在我这里拾个便宜。我给你说，那不成，不可能成，咋说的就要咋办，你看五百二十元要是不得成，咱两个就不要你耽误我我耽误你了，原本说的话拉倒，你的钱在你的口袋里放着，我的骡子我牵走，这简单着呢。"

吴元新说："都这时候了，你总要睡觉吧，先睡觉，明儿早起再谈。"

第二天早上还是谈不拢，陈宝臣要牵走骡子。

吴元新说："这时候你牵着骡子往外走，你觉得合适吗？骡子先放在我这里，我给你喂好饮好，价钱的事，不要说那么死，我再考虑考虑，你也考虑考虑。"

大天白日牵着偷来的骡子到处走确实不合适，暂时就这么办了，骡子搁下，陈宝臣离开了。陈宝臣留给吴元新考虑的时间是一天，晚上他再来。再不行，他就把骡子牵走。

但是还没有到晚上，连晌午也没到，田让的三爸就领着派出所的人到吴元新的门上了。

吴元新回答得很痛快很简单，他不知道这是偷来的骡子，骡子脸上又没有写着字，谁看得出来呢？陈宝臣牵着骡子来他家投宿，说是晚了，借宿一夜，老乡朋友嘛，借宿一夜有什么不可以，别的什么也不知道。陈宝臣说，确实和吴元新没有啥关系，没有任何关系，投宿吴家，倒让人家背这个名那个名，就不好了。

后来这些事情都是单独审吴元新时，他自己说出来的。

审问陈宝臣时，陈宝臣又把他说与田让的那些话重说了一遍，包括垃圾里银圆的陈年旧事，一股脑儿都说了。他的意思很清楚，他这不能算偷，他是把属于自己的东西往回讨要，只是手段上有些问题罢了。他让审问的人去问问他三外父，看他说的是不是事实，看他说的可有一句虚言，若有一字不实，枪毙他他也没有二话。他觉得为这个事情判他的刑太说不过去了吧，就算是退一万步说，就算是偷，好，他偷了，可是他并没有偷成啊，骡子还是还回去了啊，还是回到他三外父的手里了啊，既然失主并没有损失，为什么判他的刑，他家里那些银圆的事怎么讲，为什么不来给他主持这个公道？

后来发现判刑不可避免了，陈宝臣又供出了一件事情，简直让见惯不惊的警方也吃了一惊：在关键时刻，陈宝臣竟然供出了自己的妻子，说他之所以出此下策，偷人家的骡子，一切主意都是老婆出的，眼看着春季到了，没牲口，老婆着急，就给他出了这么个主意，那么要是判刑两年，正好他一年，他老婆一年，两个人正好一人一年。问他要是两口子都去劳改，娃娃咋办？陈宝臣说，那简单，娃娃有他爸家有他舅家呢，他爸家放一个，他舅家放一个，暂时放几天，大大妈妈也就从号子里出来了。没有见过这样的人。

后来慢慢也就搞清楚了。原来是陈宝臣这个人，在村子里来说，算是一个特别爱老婆的人，他去劳改了，那么撇下老婆在家里咋办？这是他放心不下的，尤其让他不能放心的是大队分销店的营业员冯蜀生，那就是头“老驴”，老骚胡，扒住那么个位置，就爱在一些妇人女子跟前胡骚情，妇人女子看见那人手头有东西，出手也大方，就也没皮没臊地爱往跟前撵。陈宝臣的老婆一次去分销店买东西，买了东西要给钱时，冯蜀生笑着说钱不用给了。买东西不收钱是啥意思？陈宝臣老婆把钱给了就出来了，冯蜀生还撵出来站在店门口看。老婆回来就给陈宝臣说了，陈宝臣差点就给气死了，提着个擀面杖要去找冯蜀生，老婆把他拉住了。老婆的意思是：“一、他毕竟没把咱们怎么样；二、你去一闹腾，满世界都知道了，没事情也是有事情了，以后咋活人？”说得有理，陈宝臣把擀面杖放在一边，苦口婆心给老婆说，再不要去那个黑店了，再不要在那头“老驴”手里买东西了，要买啥别处去买，要买啥他陈宝臣去买。现在倒好，一判刑，一走，老婆搁在家里，不买个盐总买个醋的，老婆口头上答应不去那店里买，背过你谁知道呢？哪天着急了来不及到别处买，不是就近就到那黑店里了吗？不是就落在姓冯的手里了吗？即便老婆讲妇道，让自己放心，但那个姓冯的会动瞎心啊，会乘虚而入啊。所以是咋想也不能放心。最后想了个两全其美的办法，两口子一起去劳改吧。这样子判多久也是可以接受的。

此案经西丰县人民法院判处被告人陈宝臣有期徒刑两年六个月。陈宝臣不服，上诉至泗关中级人民法院，泗关中级人民法院维持原判。

· 饲养院 ·

1964年深秋时节，西丰县小河公社民联大队油坊沟东队社员在饲养院里出粪时，扒出一个女人头来。之所以认出是女人头，是因为已不成个样子的头颅上还有着女人发辫的痕迹，被火烧去了部分，并没有烧尽，尤其是右边的耳朵还剩半轮耳垂，一个铜耳环还勉强系连在上面，没有全然脱落。有辫子又有耳环，自然死者系女性无疑。

死者是谁？为什么被埋在饲养院？为什么只有人头一颗，身子哪里去了？

很快上面的人就来了。很快就锁定了嫌疑人，嫌疑人叫李长顺。李长顺，二十八岁，油坊沟东队饲养员，基本住在饲养院里。牲口圈外面入口处，有一个很简易的小房子，里面住着几个饲养员，每天都得至少留一人住在饲养院里守夜，李长顺因为和老婆关系不是太好，不乐意回家，所以他住在饲养院的时间就相对多一些。

当然也会有几个饲养员留下来守夜的情况，比如牲口要下崽了，或者是哪只牲口有病，或者是某段日子贼多、狼多，这样的时候，一个人不行，住在饲养院的人就会多一些。拢共四个饲养员，刚好够打牌打对家，那样的时候，大家就打牌打到夜很深。有时候打牌打到灯里没油了才伸伸懒腰睡觉。饲养院里的好处是粪多，填炕不愁，老百姓嘛，能天天睡热炕也是一个不小的福分。还可以在炕洞里烧洋芋吃。在夜里逮住偷粪的人还能耍耍威风，或者手下留情，悄悄放过，这时候心情也是很特别的。就是，恶人可以当，好人也可以当，就看自己的心情了，就看别人的运气了。也有妇人女子来偷粪的。这都使人觉得在当恶人还是好人上摆摇不定很难把握。李长顺就碰到两个娃娃来偷粪，姐姐领着弟弟，他们已经偷上粪了，刚刚敛声走过饲养院的小房子，李长顺正好出来撒尿，碰上了，两个娃娃就跑，粪蛋儿从背篼里跳出来。李长顺追上去，捉住了后面的，一看是个女娃娃，是那个谁谁谁的大女儿，那女子吓得发抖。热气哈在李长顺长毛的手上，痒酥酥的。天上的星星麻拉拉地拥挤着，像是要挤得掉下来一些，但是到最后，李长顺只是把那个女娃娃紧紧往怀里搂了几搂，在她的嘴那里胡乱吃了两下，就摸摸她的头放她走脱了。她的弟弟早跑得不见影子了。星光下能看到落在地上的粪蛋儿像青蛙一样有预谋地趴着。李长顺照准一个粪蛋儿狠狠一脚踢出去，就推开门去睡觉了。饲养院里也会发生一些事的。但是没想到会有颗人头在这里。

之所以锁定李长顺是嫌疑人，是因为他的老婆胡金花忽然不见了，好多天没见着这个人了。有人问李长顺：“你老婆呢？咋不来上工劳动，她当她是娘娘小姐吗？”李长顺期期艾艾地说不清楚，好像有话不好讲似的，好像他老婆在家里给他生金蛋似的。队里有妇女队长，妇女队长一次次问李长顺，好像李长顺把老婆藏起来了，她让他把老婆交出来，问得李长顺没法子抵挡了，就说老婆的娘母子有病，老婆看去了。妇女队长说：“要请假啊，这像什么，要是今儿这个的娘母子有病走了，明儿那个的老子有病走了，队里的活计谁干？还有没有个规矩？”一般来说，妇女队长比男队长要积极一些，严厉一些，也更为自律一些，不然也当不上妇女队长。像油坊沟东队的妇女队长，对自己就是很严厉的，有时候她的奶汁溢出来，从衣服上就能看到，但是她不会因此就擅自回家奶自己的孩子。妇女队长对李长顺说：“你老婆这次回来麻烦大了，不信你看着，你们这些人太没个王法规矩了。”

但是现在胡金花回不来了，她的人头都给人弄在饲养院里了。

要是李义东还活着，胡金花就成不了李长顺的老婆，她就可以安安分分、心无旁骛地继续当李义东的老婆。可是李义东活得好好的，突然死掉了。李义东，油坊沟东队副队长，油坊沟大队民兵排长。很干练的一个人，带领七八个社员出去搞副业，在县上给县粮食局打墙，墙倒下来砸坏了两个人，其中一个就是李义东。他站在高墙上提杵子，墙忽然就倒了，他掉下来倒不像另一个社员被埋住，但不知怎的铁杵子砸在他的头上，一个那么干练的人就这么没有了。这就有了三十二岁的胡金花再嫁给二十六岁的李长顺的事。原本想着你一个三十二岁的，嫁了人家一个二十六岁的小伙子，你还是个女的，还是个寡妇，账面上来看你是占了便宜的，人家小伙子是吃了亏的，但世上的账好像不能这么来算，实际情况是，胡金花对这第二次婚姻好像不太满意，显出一些下嫁的意思来。李长顺当然也有自己的道理和说辞。两个人就常常吵嘴干仗，才发现胡金花原来是这样一个女人。还有另一面，在李义东做她的丈夫时，完全看不出来她是这么个人。可见在不同的组合里有多么不一样的人生和人性。

李长顺是想好好和胡金花过日子的。李长顺知道自己还敌不过一个死人，有时候吵嘴，他气得骂着："你原先那个丈夫再好，也死掉了，你这样枉费心思何苦来着，你这样闹腾有什么用吗？"一次两个人干仗，从屋里打到院子里，从院子里打到街门外，人们都在各处看着，两口子干仗，别人不好劝，就是远远地看。李长顺他大受不了了，拿了一根棍子，把那两个打成一团的人不分彼此，乱抽了一顿，然后扔下棍子回家里去了，看老人的屁股那里，松垮着，使他的裤子几乎都要掉下来了。大家都说，这两口子肯定好不了，有一个死鬼在那里，人家两个关系好，情投意合，肯定要来搅和，搅和得这两个人过不成。两个人干仗的时候，谁也没有想到竟然是李长顺先哭起来了，边哭边打边说："你原先那个丈夫好得很咋死掉了？说明行下亏损事了，你懂不懂？"

李长顺又说："他好得很你跟上去啊，没有人拦你。"胡金花的所谓干仗，主要还是防御，就是李长顺的巴掌扇过来时遮挡一下，脚踢过来时躲一下，不要被打到，不要被打到关键位置。当然有时候她也会趁机伸手出去，在李长顺脸上挠一下，李长顺给她这样的机会是很少的。李长顺打胡金花，是恨铁不成钢，这种心态下出手，往往就是很重的，弄得胡金花的头发乱乱的，鼻子也出血了，衣裳也撕开来。骂是骂，打是打，但是谁也没想到一个会把另一个的命要了，而且如此残忍，一个全尸也不给留。

当李继武和李长顺父子被抓走后，人们都议论说，那天把胡金花的头弄出来，有人看见李长顺也在场，嘴里有一根旱烟棒子，边看边抽着，真是天胆啊。有人看见李长顺当时一边看一边还和两边的人说着什么，他都说些什么呀。

都说碎娃娃（小娃娃的意思）嘴里有实话没谎言，就把李长顺十二岁的弟弟李长林抓去了。先审这碎娃娃，问："你嫂子是你大杀的还是你哥杀的？说了就让你回去，不说你碎狗日的饭吃不上觉睡不成，让你就地脱一层皮。"那娃没多久就招了，说是他哥和他大杀了他嫂子，说是夜里，他睡得迷迷糊糊的，睁眼一看，屋里人影子乱绕，天明就再没有见过他嫂子。好。就按事先约定的把李长林放了，把李长顺爷俩抓了。对李长顺说："你大你弟争取宽大都交代了，再就看你的了。"对李长顺父亲说："你的两个儿子把根根蔓蔓都说得一清二楚，再就看你老汉的了。"妇女队长的证言也及时拿出来了：“当时妇女队长问你老婆胡金花哪里去了，你期期艾艾不说，为什么期期艾艾的？心里没鬼期期艾艾干什么？后来赶沟子问得你没办法，你又讲胡的娘母子有病看娘母子去了，实际看娘母子去了没有呢？实际娘母子有病没有呢？人家死者的家人还要找你问你的岁数呢。”“问岁数”是这里的一句土话，意思就是要来找麻烦呢。李继武和李长顺爷儿俩没话说。李长顺完全被问得像个杀人犯的样子了，但还是死扛着不交代。他父亲在那边也死扛着不交代。但后来像泄气的皮球一样，还是交代了：“政府说得对着呢，就是我们爷儿俩干的，头埋在饲养院里了，牲口给踏一顿就认不出来了嘛，身子丢在震湖里了。”为什么要杀胡金花？就因为胡金花想着死的，看不上活的。胡金花的头发上有烧过的痕迹是怎么回事？刚开始想把胡金花烧死，后来觉得烧的话动静太大，就放弃了，过了两天，还是把她弄死了。头是咋到饲养院的？头是李长顺趁夜带到饲养院的，因为有饲养员的方便，身子是爷儿俩背着扔到震湖里去了，怕是早让鱼吃光了。好，捋清楚了，就等着判刑了。

就在这时候却发生了一件事，胡金花的娘家人收到了胡金花的信，原来胡金花人在内蒙古阿左旗，而且又结婚了，还生了一个孩子。

那饲养院里的女人头是怎么回事？

后来是在一个养蜂的人那里得到了信息。养蜂人讲，那还是开荞麦花的时候，树还没有开始落叶子，一天早上，太阳刚出来，他的蜂子也刚刚飞出蜂箱，嗡嗡嗡嗡飞得正起劲，就见不远的树林边上，一个男人在烧什么，边烧边哭着。那人走后，他过去看，原来烧的是一个小姑娘，十来岁的样子，还没有完全烧干净。这里的汉族就是这样的风俗，没成年的孩子不入祖坟，常常是寻一个干净偏僻的地方烧掉了事。养蜂人说他回到住处时却看见不知从哪里来了一条野狗，在烧过小姑娘的地方埋头吃着，他想着小姑娘还没有烧干净，不能给狗吃掉，就提了棍子跑过去，狗吓得跑掉了，但是把小姑娘的头也咬在嘴里带走了。

此案经西丰县人民法院判定李继武、李长顺二人无罪释放。

李继武、李长顺两人被释放出来，在看守所门外长跪不起，关了十八个月，谁想到还能出来，关了十八个月，想都不敢想会有这一天，爷儿俩像是要永远这样跪下去才能表达心意，才能对得起谁，还是旁边的人反复劝说拉拽，这才起来，睡梦里一样回去了。爷儿俩的感受和经验是，千万要当个好人，当个罪犯真是太可怕了。

· 姚桂花 ·

姚桂花和苏文成结婚十六年了，一直没能生育，主要原因在于姚桂花有病，在老中医虎显清那里看过许多年，也无效果。虎大夫说："命里没有莫强求，算了吧。"姚桂花和苏文成是姨表关系，可谓青梅竹马，虽然没有孩子是个遗憾，但两个人的感情还是不错的，要不一起也过不了这么长时间。姚桂花说：“我下辈子变匹马你骑上去浪新疆吧。”又说：“明儿买个鹅蛋我给你孵个儿子。”说这样的话的时候，一般都是两情欢好，在一起戏耍的时候，姚桂花意乱情迷，和着特别的喘息说出这些来。姚桂花的病主要是不生养的病，其他倒没什么，而且在农村，她算是长得不错的了，还自带一种洋气，就像原本她是城里人，识文断字，嫁到乡下来的。其实都不是。姚桂花是西滩公社涧沟堡人，一天书也没念过的。她的口琴子也吹得好听。吹着吹着，她就会落下泪来，一边落泪一边吹，苏文成偶尔还会伸出手去，擦擦她的泪水。姚桂花做饭一般。有时候在做饭方面，苏文成还会帮姚桂花一把，这在农村里是很少见的。要是没有沙黑女出现，加入进来，姚桂花、苏文成也就那样过下去了。

说来沙黑女还是姚桂花引进门的。

沙黑女，1926年生，嫁与“三百户”马六斤为妻。生有两儿一女，大儿子六岁，女儿最小，还没有完全离开奶头。

1952年腊月的一天，距离马六斤被镇压还不到二十天，姚桂花去沙黑女家还一个借来的东西，看见沙黑女烟熏火燎地做饭，把脸贴着灶火洞吹里面的柴火，小儿子在炕上张嘴大哭着，女儿也哭着吊在她的奶头上，家里虽然有人，但是显出破败冷清的样子。姚桂花看着这些，心里就有了一个主意。姚桂花把这个主意在心里掂量酝酿了好几天，还是决定对苏文成说出来。

刚吃过晚饭，姚桂花背对着坐在炕上剔牙花子的苏文成洗锅，哗啦哗啦的洗锅声使黄昏似乎走得慢腾腾的，夜色在远处还没有过来。

姚桂花说：“吃好了吗？”

苏文成说：“肚子都吃圆了。”

姚桂花说：“要是有个娃娃伙搅着，咱们还能多吃一点，人多了吃饭香嘛。”

苏文成说：“各吃到各的嘴里了，和人多人少有啥关系？”

打过这些埋伏之后，姚桂花就决定直说了，她说了今天去沙黑女家里的事。

姚桂花说：“太可怜了，一个炕上鼻拉涎水地号着，一个咬着奶头怀里号着，这才刚开始，以后咋过下去呢？”

苏文成说：“她命不好，嫁了个土匪嘛，新社会了，还当土匪，就像人家刚刚搬了新家，你在人家的院子里屙屎，人家能饶过你？”

姚桂花说：“我不是为她们想，我是为咱们想。”

苏文成没明白。

姚桂花说：“你看这女人娃娃没个掌柜的，这日子不好过吧，这女人又还正在时节上，年轻着呢。我的意思，你两个到一搭，给咱们家里养上个娃娃，让咱们也红火红火。”

苏文成没想到姚桂花会说出这话来。他愣在炕上了。

姚桂花回头看了他一眼，说：“咋不说话？”

苏文成说：“看你胡说啥呢，男人刚刚毙了，我去沾人家的女人，亏你说得出来。”

姚桂花说：“咱们不能管那么多，咱们要为咱们的事着想呢，还不能迟，迟了就有闲话呢，就要趁着这个机会赶紧办咱们的事。就比如你两个在一搭几天，怀上了，说起来也还是沙黑女跟人家男人的娃娃嘛。这样对沙黑女好，对咱们也好，就是事情成着呢，又不落啥闲话。”

苏文成断然拒绝，让姚桂花不要再胡思乱想了，两个人的日子他觉得没什么不好，反而觉得美得很，弄一堆娃娃，哭哭闹闹的，他还觉得吵得很。

姚桂花说：“不是一堆娃娃，是一个娃娃就中了。咱们没个娃娃，确实有些太孤单了。你两个到一搭几天，给咱们生上一个，生下的娃娃也是咱们的嘛。”

苏文成忽然坏坏地笑了一下说：“我两个在一搭，你往哪儿搭搁？”

姚桂花愣了一下，似乎没想到苏文成会说这话，而且苏文成刚才那笑的样子也把她吓了一跳，她没见苏文成那样子笑过。

苏文成恢复了庄重说：“不要再乱想了，想的这都是啥呀。两个人的日子过惯了，不想再过别的日子了。”

姚桂花说：“我想好了，再就看你的了。我说清楚，咱们就是和她生个咱们的娃娃，儿子女儿都行，娃娃是咱们的，她还是她，我们还是两口子，这个不变化。”

苏文成说：“你咋想得这么简单呢？这么大的事，你同意人家同意吗？你不是三岁娃娃的脑子吧？”

姚桂花说：“我知道，我知道，先一步一步来，先把你说通，再去找人家说，咱们当然不是白让人家给咱们生娃娃，咱们给人家报偿嘛。她现在男人没了，又是那么没的，人在难处，也需要个人来帮她一下。我的意思是，给人家说清楚，生一个娃娃，多少多少钱，娃娃生下，钱交过手，就算两清了，以后啥关系也没有了。娃娃生下，她沙黑女就说娃娃多养不活，给咱们就是了嘛。咱们算是收养了，实际咱们心里明镜儿一样，就是咱们的娃娃。庄里人说起来，就是人家马六斤的遗腹子。那还有啥说的？谁都没说的。”

就这些话，就这个意思，姚桂花锲而不舍地说，就把苏文成说动了。沙黑女那边，姚桂花声明由她去说，先给上三十个银圆做定钱，这件事情上不能小气，砸锅卖铁也要把这件事办成。可以说这件事成了，两口子再没有什么烦心的事了。关键要紧急行动起来，不能耽搁，要是几个月之后再弄这件事，人就容易有闲话了。

苏文成看着黑乎乎的屋顶说：“好，我先把定钱凑一下你拿上。”

很快事情成了。沙黑女怀上了，肚子显出来的时节就听姚桂花在村里传闲话，说：“那死鬼死了死了，还留了个祸害，生下来给我们去呀。”果然生下来不久就给了苏文成两口子。苏文成两口子为这个小生命忙乎起来了，他们的生活完全被这个小家伙改变了。姚桂花甚至红着脸，心怦怦跳着奶那个小娃娃，被他咬得奶头又痛又痒。沙黑女有奶的，但是姚桂花不让沙黑女奶她的娃娃。姚桂花的娘家给了姚桂花一只山羊，姚桂花就用山羊奶喂娃娃。她还把山羊奶涂在自己的奶头上奶娃娃，娃娃吃奶的时候，她全然是一个幸福母亲的样子，好像那奶水确实是从她的身体里溢出来的。娃娃吃奶的时候，她忍不住吃着娃娃的小脸蛋，好像再没有比这个更好吃的东西了。

长话短说，转眼间就到了1963年，苏文成、姚桂花的儿子苏小宁已经十岁了，在村小学读书。村里的小学，两天有老师，两天又没有老师，所以学生的学习难以正常化。苏小宁已经十岁了，也只读到一年级。反正没老师不说，一旦派来老师，一旦校门又开了，姚桂花就会把儿子送到学校里去。都说姚桂花太惯着儿子了，说是苏小宁那么大的人了，有个头疼脑热，姚桂花还背着他去找村里的土医生。

1963年6月的一天，天气非常热，放学的铃声刚刚响过，就见窄小的校门里学生们像出窝的麻雀那样飞出来了。姚桂花在娃娃群里找到儿子，牵了他的手就走，刚刚走到一个长斜坡那里，看见很多羊在墙影里趴着歇凉，一只公羊很毛躁的样子，一会儿拿它的长角抵抵这个，一会儿又抵抵那个，但是羊们一致冷漠着脸不怎么理它，任它自忙。暴烈的阳光里弥散着羊毛羊粪的气息，使人觉得好像中毒了一样。母子俩刚刚走到斜坡中间，就被从斜坡上下来的沙黑女遇个正着，沙黑女邀请姚桂花娘儿俩去她家吃饭，说她正好有三个鸡蛋，做点鸡蛋面片大家吃。姚桂花谢过不去，说苏文成收工回来还要吃饭呢。沙黑女说："让我哥也吃点鸡蛋面片嘛，不能光咱们吃。你们吃罢了，给我哥端上一碗。"鸡蛋面片的话也诱惑了苏小宁，于是就去了沙黑女家。家里就沙黑女一个人，姚桂花问："娃们呢？"沙黑女说去哪里哪里了，都还没回来。果然是鸡蛋面片，黑面多、白面少和在一起做的鸡蛋面片。姚桂花要把自己碗里的鸡蛋搛给儿子一些，沙黑女拦住了，又添了一点鸡蛋给苏小宁，让姚桂花吃她的就是了，还告诫姚桂花娃娃不能太惯着。吃过饭，果然又让端了一搪瓷缸子鸡蛋面片给苏文成，姚桂花道了好多的谢才出来。

但是回到家里不久，姚桂花就难受起来，赶忙把她往西滩乡老中医虎显清那里拉，半路上她就走了。

原来是沙黑女给姚桂花的碗里下了毒。

何以至此?

原来沙黑女忍耐很长时间了，从生下苏小宁之后，虽然得到了还算可观的报偿，但苏文成和沙黑女并没有像姚桂花当初要求的那样了断关系，而是一直偷偷地来往着，只是姚桂花不知道罢了。沙黑女不满足这样。想着儿子是自己生的，人家两口子还是两口子，而且她清楚，自己在苏文成的心里并不比姚桂花重，让苏文成离开姚桂花和她生活这辈子没有希望，这就让她觉得姚桂花妨碍了她的生活。她早就想除掉姚桂花了，一是觉得姚桂花这个人确实不错，二是确实有心无胆，就一直拖到苏小宁都长这么大了。她的想法是，姚桂花没了，她就可以和苏文成堂堂正正地成两口子，苏小宁也回头来做自己的儿子。姚桂花死后，沙黑女还姐姐长、姐姐短地哭了一阵子。

此案经泗关中级人民法院判处沙黑女无期徒刑。沙黑女不服，上诉至宁夏高级人民法院，宁夏高级人民法院维持原判。

慢光阴

原载《芙蓉》2023 年第 3 期

· 春花 ·

事情大致发生在民国二十年（1931年）前后。

女子叫春花，按老家人的话讲，正在十三岁上长着。父母都没有了，在哥嫂跟前过活。就在一天中午，吃过饭洗锅的时候，春花把锅里的水带到锅外面一些，给嫂子看到了。嫂子就指教了她几句。嫂子说："像你这么大的人，娃都有了的也不少，你还以为你小着呀。"这也不是什么了不得的骂人的话，而且洗锅确实不应该把锅里的水弄到外面来。但是有一种说法是，孤儿的心思多。嫂子那么一说，春花嘴里不说什么，心里已有了怨气。她觉得不只是洗锅的事，许多事上嫂子都看不惯她，爱指教她，好比嫂子洗锅，锅里的水带出来了，会是一个大事吗？会有人说她吗？她春花会因此说嫂子吗？根本就不可能。关键是，嫂子洗锅春花就不往这里看，只有存心找事才能发现这些不值一提的事。还有一次春花来月经，在后院里偷偷洗月经带，这种事嫂子都来插一杠子，而且她不知不觉就到了你跟前，像看到可怕的事那样吼喊一声，说："哎哟，不得活了，你看你拿啥洗你那个呢，这是吃水用的壶，你知道吗？"说着从春花手里夺过水壶，骂骂咧咧去了。月经带还没有洗完，春花看着没有洗完的月经带，也只有大睁着眼睛流眼泪的本事。这样的事说起来就多了。

哥哥在中间，调停过她们姑嫂的矛盾。哥哥对嫂子讲："她还是个娃娃，你就不能同样的话声音软和一些说吗？"哥哥给春花说："长嫂如母呢，你嫂子也就是嘴头子上的一点毛病，人还算一个好人，你承认吗？哥哥也有哥哥的难处。"洗锅这个事情稍稍往前，也就是往前一两天的工夫，还有过一个事，就是哥哥不知从哪里买来两件估衣，其中有一条女式裤子，屁股后面有血迹，一看就是月经痕迹。哥哥的意思是让春花洗一洗穿去，虽然长了几寸，但是不妨先把长出来的折起缝到内面，等个头长高一些时再把折入内面的放出来，不就可以穿几年吗？而且看那裤子的布料成色，应该不是寻常人家的女人穿的。春花很高兴，洗了裤子后在晾绳上晾着。后来不知怎的，那明明晾在院子里的裤子却不见了，春花一遍遍到晾绳边看，没就没了，那么大一条裤子，用不着这样找的。春花虽然没有问嫂子，但是知道裤子是让嫂子拿去了，从哥哥尴尬的样子上就能看出个大概。

但是哥哥也没有多说什么，好像从来就没有过女式裤子这回事一样。这事才过，又是这洗锅的事。春花嘴里不说，不慌不忙洗完锅，装作出门上厕所，就悄悄离开家，向二十多里外的乡上去了。她的姐姐就在乡上。姐姐嫁给了一个叫杨文科的人。姐姐比哥哥还大，是家里的老大。春花给姐姐带过两个娃娃，对姐姐的家里还是熟悉的，有不快了，实在忍不住了，也去姐姐家说说。姐妹俩在一起说体己话。姐姐说："你就咬着牙再忍几年，再忍几年你寻下婆家了，就不受旁人的气了。"因为父母早逝，姐姐回娘家的时候也不多，回来也不像别的回娘家的人，在娘家住个三天五天七天八天，她一般早早来，当天来当天回。父母不在的娘家都是这样的，这没有什么可讲的。姐姐叫桃花。桃花一看到春花的样子，就说："又跟那个淘气了？"桃花总是把弟媳叫作"那个"。这一说就说得春花红了眼睛。

春花在姐姐桃花家里，转眼就过去了七八天。这期间春花气已休平，想着是不是该回去了，毕竟哥哥的家才是自己的家，在姐姐这里自己总是一个亲戚身份。姐姐却让她不要急，再待几天。实际春花到桃花家里，几乎一天也没得歇息。桃花家里天天拧麻绳卖，这是桃花家由来已久的一个营生。平日都是由桃花两口子拧麻绳，拧到一定量了，由杨文科拿到集市上去卖，桃花就在家里干干别的。如果家里没多少事，桃花也求着自己的几个娃娃帮自己一把，继续拧麻绳。娃们早就领教到这并不是一个游戏，实是一个苦差事。看到杨文科背着麻绳出门，他们就挤眉弄眼、蹑手蹑脚逃掉了，等桃花喊他们来拧麻绳时，他们已不知躲在了哪里。桃花大声哄骗说来吃烧洋芋等，也不见他们露面。按桃花的话说，现在的娃娃聪明了，知道你言舌子上面啥话，言舌子下面又是啥话。这不，瞌睡遇上了枕头，正好来了个帮忙的。春花来了，好，就帮着拧绳子，腾出杨文科来专门去卖绳子。所以春花在桃花家里，连杨文科也是满意的。当春花流露出要回去的意思时，桃花说："急啥？回去不还是干这个，干那个吗？还要受人的气。"最后，桃花见春花确实想回去，大概意识到自己这里于春花而言也不是个什么好去处吧，于是就对春花说了实话。桃花说："你再帮姐两天吧，生意都有个旺季淡季，等这两天一过，你就回去。冬天女人们没农事，不都是大屁股压在炕上给男人、娃娃做鞋子吗？做鞋子就需要麻绳的，也就这么一段时间能卖。"春花打着呵欠说："那你说还待几天？"春花一天也待不住了。拧麻绳拧得人天旋地转，吃饭不香，睡觉也觉得在拧麻绳，拧麻绳的时候又不停地打盹。桃花说："再帮姐三天你就回去。你回去你也是帮那个做活计，你以为你回去能享福？"

就在这期间，出了一个事情。一个街坊女人来桃花家串门子，一边纳着鞋底一边和桃花闲扯，渐渐两个女人的谈话就有些诡秘起来，好像两个人的一切心思一切交流都关乎春花，当着春花的面不便言说似的。除了含含混混的言语，两个人把女人们之间说秘密话的本事和手段都用上了。那女人深深地看着春花，好像她一眼就把眼前这个女子看准了。春花其实有些瞌睡，对姐姐和那女人的交流并无多大兴趣，倒是她们忙于交流时她可以腾出身来，一边习惯性地摇着拧绳车子一边睡觉。像她这样出身的人，一边劳动一边借机休息甚至睡觉，不是什么难事。小时候帮姐姐带孩子不就常这样吗？和嫂子去河里抬水，一路走一路休息着不是常有的事吗？除非你擀面、切面条，那是不能睡觉的。那时候睡觉危险，会切着手指，那样的时候，奇怪，也不会瞌睡。就着油灯做针线也会瞌睡，忽然被针刺一下，即刻就清醒了，清醒之后又可以做很长时间的针线。无论怀里抱着小娃娃还是拧麻绳，都是可以借那样的时候来睡觉的。好像睡着了，又好像没睡着。说睡着了还能听见别人的说话声，说没睡着又听不清在说什么。其实，也不关心在说什么。好像觉得自己在水里一沉一沉，就要被水淹没了，忽然惊醒过来，却发现自己就在干岸上，身边一滴水也没有。春花觉得自己睡睡醒醒了许多次，姐姐和那女人的话还没有说完。她不知道就在这个过程中，姐姐和那个女人已经决定了关于她的一件大事，就剩姐姐给她摊牌了。

那女人走的时候春花是记得的，记得那女人用深邃的眼神看着她，好像时刻在评估着她的成色似的，见春花也在看她，她马上换了眼神，给春花友好地笑笑，走出门去了。奇怪，那女人一走，春花忽然一点子睡意也没有了。她看着桃花身边的一大堆乱麻，忽然有些没好气地说："我明儿就回。""不是说好的三天吗？"桃花说，"你先不要急着回去，我有个要紧的话跟你说呢。我这也是为你，从今往后你不用再受那个的气了。"同一个人在不同的人那里有不同的称呼，春花呼作嫂子的人，到桃花嘴里却成了“那个”。春花说：“摇了一天了，把人的胳膊都摇掉了，看来我到哪搭都是个长工的命。”桃花好像没听到春花的话那样，说：“你姐夫这阵还没回来，我就这阵给你说吧。反正你说小也不小了，和你同年龄的，当妈的都有呢。”姐姐说的这话嫂子也说过，好像春花迟迟不当妈是她的一个罪过。

桃花和那女人挤眉弄眼了一个下午，所说的事情是，让春花给那女人的弟弟当媳妇。那女人的弟弟，死了老婆多年，有五个孩子，男人拉扯娃娃，有诸多的艰辛，就缺个洗锅抹灶、暖炕焐脚的女人。女人的弟弟才三十八岁，春花十三交十四了，说起来年龄上也不是太悬殊。关键过了一婚的男人知道疼女人。家里五个娃娃，现在小着，虎垒垒（意即长得快）几天就长大了，娃娃长大了，大人们不是就享福了吗？不要看眼前的困难，要看将来的福气，会过日子的人都不是看你现在咋样，都是看将来。桃花还说，关键是那个男人她也算熟悉，算有本事的一个人：“那人至少比你姐夫强一大截，家境在乡上这么多的人家里也能算个中等，会木匠活，给人做个案板、风匣什么的，都没有问题。你想谁家能不用案板，不用风匣呢？一家至少一个案板、一个风匣。这全乡有多少人家？你一年就算天天忙都忙不过来。一句话，事情要是成了，你就当你的娘子去吧。”都是桃花说，不闻春花说什么。于是桃花停住给春花输送麻线，盯住春花的眼睛问：“你听没听着？答应不答应？你要答应我再跟对方细说。”等不到春花的话，桃花又说：“我觉得是个好事情，你没有理由不答应；你要是答应了，有你自个的家了，吃睡穿戴都由你，再不看人的下巴，再不受人的气了。”正说着，那街坊女人忽然又走进来，走得自己热气腾腾的，把一块花布、一条新毛巾、一盒雪花膏搁在炕边上，说：“先没个给头，先把这个留下给你妹做件衣裳，别的过后再详细说。”桃花有些紧张地看着春花，说：“我们正说着呢，这也有些太着急了吧。”那女人说：“没啥，事情成不成都成，先给你妹做个衣裳叫穿上，好女女，花衣裳，一穿就不一样了。”说着就向着桃花挤了好几下眼睛，好像她挤眼睛的意思桃花都能尽数明白似的，然后就躲着春花的眼神走掉了。

春花觉得自己好像是在一个梦里。这都什么事。这都在干什么呀。桃花说：“看看看，正说着，花布、棉手巾的，都给你送过来了。”桃花停下拧麻绳，拿起手边的花布稀罕地看着。拿起毛巾稀罕地看着。雪花膏拧开来闻闻，香得她直皱鼻子。桃花笑着对春花说：“你看你看，八字没一撇呢，礼物就到了。”春花觉得自己在懵懵懂懂中有些说不清楚的兴奋，还没有谁跟她提过亲呢，还没有谁专门给她送过礼物呢，一送还送好几样。她想起哥哥买来的那件女式裤子，还是估衣，后面还有血迹，但是引起自己怎样的欢喜啊，想着自己穿上那裤子会是什么样子，想着在村里走着，被丫头们看到她穿着那样的裤子会是什么样子。但是，裤子再好，能比得上眼前的花布吗？这可不是二手货，这可是从来不曾见过什么人穿过、用过的，这是崭崭新新的布料，花布料。想做成棉的就做成棉的，想做成单的就做成单的，把这个花布做成的衣裳穿在身上，自己会是个什么样子呢？她记得好像自己从来没有穿过一件从开始就是新的衣裳，没有穿过，没有这个记忆，没有这个感受。没有谁特意地专门给她送过这样的礼物：这样的面上的小花跳动个不已的花布；还有毛巾，长这么大，就没有用这样的毛巾擦过一次脸，这种毛巾像是用来看的，做摆设的，不是用来擦脸的；还有雪花膏。这些礼物都是给她的吗？这些礼物给春花的心理带来了奇异的感受和很强的冲击力，使她不能静下心来理顺什么。她觉得任何礼物好像都是重过她自己的。她通过这些礼物重新感受着自己。她甚至有些担心，怕那几样东西在那里只是个诱饵，怕姐姐不给她。“你闻闻这味道。”桃花把打开着的雪花膏递过来让春花闻。春花把头扭到一边躲着，她说不清自己为什么会躲。但还是闻到那味道了，那是一丝好像离她很遥远和她没多大关系的味道，让人莫名地觉得心酸和想落泪的味道，真好闻。桃花说：“收不收人家的东西是你一句话的事，你说不收，就给人家送回去；你说收，那咱们就给他们回话，接下来就不是只要这点东西的话了。要诚心娶你，咱们再跟对方一样一样细细说，该要的一样也不能差下，总之双方面拉个平衡，不能一开始就叫你吃亏。”桃花这样说着，竟好像哽噎了一下。春花不知道自己能决定什么，被人提亲这事突如其来，搞得她有些慌乱，但更多的还是莫名的兴奋。被人提亲在心里原来可以激起如此大的动荡和混乱。已经送来的礼物再让退回去吗？那花布她还没有摸一下呢！错过了这个还有人给她送吗？送花布，送毛巾，送雪花膏吗？谁说得准呢。她莫名地担心。多少指望都落空了。好在花布等还都在姐姐那边，要是姐姐忽然一股脑儿把它们捧到她眼前，说：“给，都是你的。”那怎么办？那她怎么办？说来礼物暂时还是放在姐姐那边的好。

桃花用一副探究的样子看着春花，她看不出春花的真实意思。她觉得这样大的事情如此处理，是有些仓促了，她不该逼春花，应该给点起码的时间让春花考虑考虑。她不打算拧麻绳了，她想给妹妹留出一点时间来。要是照妹妹说的，她明天真不管不顾地走了呢？她要走也没办法，是不能拦的。就让她再想想吧，想通了，愿意，好，那就算是她自己做了决定，同时对方她也是了解的，除了娃娃多，除了男人年龄上稍稍有些大外，别的都还行，十八岁嫁八十岁的都有呢，何况这才三十八不到四十岁。奇怪，原本和那女人东一下西一下说着，根本没有想着话会说到这里来，但不知怎么着一步步就说到这里来了。她说妹妹还小没个婆家受嫂嫂的气，那女人说自己的弟弟不缺吃不缺穿就缺个媳妇，就这样不知不觉，把话说到一起去了。门外传来重重的脚步声，杨文科收摊回来了。正好这一轮麻绳也拧好了。桃花就对春花说：“麻绳今儿就拧到这，你好好想一想这个事，这是人家给你的东西，你拿上。”桃花当面要把礼物交给春花了，春花觉得自己的心像解冻的春水那样疾速地没头没脑地流着。

接下来的事情是这样，春花很快嫁给了一个叫马建邦的人，其时春花来桃花家还不到半个月。就那么巧，就在春花嫁过去第二天，她的哥哥来桃花家里接妹妹回去，因为地里要转粪了，需要春花这个人手。哪里想到才这点工夫，春花已嫁为人妇。春花的哥哥一怒之下，把姐姐和姐夫告了，说姐姐和姐夫趁着妹妹年少无知胡乱做主，从中获取高额彩礼。

一告即准，乡公所认定属买卖包办婚姻，宣布婚姻无效，一应聘礼，悉归春花所有。

只当了一夜新郎的马建邦不服，被乡公所逮去拘押一夜。

被拘押一夜的马建邦以涉嫌骗婚为由，再行申诉。

后经请示上峰，让春花将所得聘礼尽数退回给马建邦。

这事情就这样结束了。

·记工分·

从1980年9月5日起，直到1980年11月20日，记工员柳福才都没有给张晓梅记工分。柳福才没记，张晓梅记着。张晓梅不识字，她记工分的办法是，把一个火柴盒里的火柴移到另一个火柴盒里。先是一个火柴盒是空的，劳动一天，往空火柴盒里移一根火柴，到11月20日这一天，数了一数，已经有三十三根火柴，一根火柴十个工分，合起来不就是三百三十个工分了吗？这么多的工分没记上，犹如一个馍馍被切掉了少半个。11月20日是个特别的日子，每年的这一天，是年度工分截止日。过了这一天，今年的就算完了。后面的劳动挣的工分，就要算到来年的账上了。所以张晓梅想着必须在这一天鼓个劲儿把自己的工分记上。

此前张晓梅和大家一样，都是照例在劳动后到候在一边的柳福才跟前记工分。大家松松散散地排着队。柳福才头也不抬记着工分。好像他是不需要看人的，只把工分簿接过去，低头记上，又低头递出去。的确，大家都是一样的工分，没必要再多看什么的。记工分日子久了，也使得柳福才养出一种特别不容易效仿的样子来，好像一切都不在话下，只需他大笔一挥，好像他在当众炫耀某种绝活一样，好像他在写着大文章似的。当一种能力或者说权力为你所独有时，你在众人眼里就会显出一种特别的魅力和震慑力来。有人会带着多少有些讨好的口气和柳福才说什么。说什么是次要的，和行使着权力的柳福才说话才是重要的。柳福才慢慢地应付着，在工作中无暇旁顾的样子。当然也可以不讨好柳福才，毕竟他也只是个记工员而已。可以不讨好，但绝对不能惹着柳福才，惹着了柳福才，他也是有手段对付你的。张晓梅就是惹着了柳福才，使得轮到了记她的工分时，一直低着头的柳福才忽然就抬起头来，认出了她似的，把接在手里的工分簿又递回给张晓梅。

“还没记呢，”张晓梅说，“把我的工分给我记上。”

柳福才像是没听到她的话似的，手伸到她后面，把排在她后面的人手里的工分簿拿过去记了。这时就会形成一种现象，就是大家都会很自然地、不约而同地重新排队，会另外形成一个队列，这个队列正好可以把张晓梅排除在外。这个把张晓梅排除在外的队列近乎天成，就好像流水碰到了一个不值一提的拦挡物，稍稍斜了一下身子就过去了。大家脸上都带着一种奇怪的表情，好像他们用这个表情置身事外了似的。细细看来，这个表情还是有着一些迹象的，它好像隐隐地排斥着张晓梅，同时在暗暗地呼应并支持着柳福才。张晓梅就捏着自己的工分簿站在一边。如果说大家的表情有着某种一致的东西，那么她的表情就有些不一样，好像她是庄稼地里一棵没来得及除掉的野草似的。为了不影响大家排队记工分，张晓梅主动站得离队列远些。她有时也会看看柳福才。她看柳福才的眼神是复杂的。要说其中一点祈求的意思都没有也是不对的。有人躲闪地看她时，她就把头转向一边，好像任何嘲弄和同情她都不接受。柳福才的神情则像村里的民办教师张老师，张老师好罚站学生，罚站了一个两个学生在旁边时，他照旧不受影响继续上他的课。轮到张晓梅的丈夫柳福义记工分了。气氛多少有了一点异样。果然柳福才这时候又抬起头来，深深地看了柳福义一眼，接过工分簿给龙飞凤舞地记了。柳福义接过记了工分的工分簿赶紧走开到一边。等工分记完，就算是散工了。这时候已剩得没几个人。柳福才拧了钢笔帽要走时，张晓梅上前撵了两步。

“我的工分还没记呢，把我的记了再走。”张晓梅说。

有走开的社员又回头看着。柳福义远远站在一边，一副被风吹着的样子。他在远处等张晓梅。

柳福才像没听到那样把笔郑重地别在上衣兜里，开步要走。张晓梅赶上去拦在他前面，要他记了自己的工分再走。

柳福才绕开张晓梅迈着大步走了，边走边大声咳着，往地上吐一口痰，听他喀喀喀咳着的声音，好像他一嘴的干柴烈火。

很快大家就走得不见了，遗下刚刚劳动过的地方，好像送葬的人都走了，留下了新砌的坟包似的。

在渐落的夜影里起了小风。

柳福义站在那里，见张晓梅原地不动，就走回来劝她先回家再说。这种情况，已远不止一次两次，十次八次。辛辛苦苦起早贪黑劳动了，工分却记不到工分簿上，这算什么事？到时候拿啥分粮食分钱？柳福义有些后悔了，早知道这样子，就把黑叫驴借给他嘛，反正是作业组里的驴，又不是他自家的。说来要怪就怪老婆张晓梅，头发长见识短的东西。说到根儿上还是要怪他柳福义，自己一个男子汉大丈夫，就没个主张吗？听女人的话。再看看这耳根子软的下场。好在柳福才还网开一面，没有一锅烩，不是还给他柳福义记着工分吗？柳福义千思百想，深刻反省，觉得也不能全怪柳福才，自己这边也有做得不周的地方。要是能回过头来再做一遍，柳福才就不会听张晓梅的话，而是照自己想的来做。再说有啥，屁大点事，搞得几百工分没记上，自己还被从饲养院调了出来，你说到底是谁吃亏，谁占便宜？

两家的关系处到如此境地，说来并没有什么大事，说到事情的起因，简直不值一提。当然两家的关系一直不怎么样也是事实，但总的来说，各过各的日子，也还说得过去。就在几个月前的一天，两家起过冲突，冲突倒不小，动了手脚，但说到缘起，都不好意思再说似的。

那一天，大家都在地里锄草，张晓梅忽然听到赵祖英在说自家的闲话，一口一个烂眼子家，烂眼子家长烂眼子家短，烂眼子家东烂眼子家西。张晓梅先是忍着，装作没听到的样子，只是埋头锄草。但赵祖英好像是有意要让张晓梅听到似的，让张晓梅满耳朵都是赵祖英说烂眼子的声音。

张晓梅觉得再装作听不到就会招人笑话了，就回头低声说："烂眼子长烂眼子短的，吃你的喝你的了吗？"

赵祖英好像就等着和张晓梅干架呢，干刺蓬一样一点就着，说："不是烂眼子吗？眼睛里像长了个树柯杈。"

张晓梅忍不住回击说："我们眼睛不好不咬人，有些人长着个驴嘴动不动就咬人。"

大家都知道两个人骂的是什么。其实两个人的这些骂词，一方面是攻击着对方的丈夫，另一方面也算是在维护着自己的丈夫。村里几乎每个人都有绰号的。虽有绰号，但绰号是不能随便叫的。只有像赵祖英、张晓梅这样子吵嘴干架时，才可以叫绰号，而且这样一叫绰号，就让双方的关系糟糕起来紧张起来了。张晓梅的丈夫柳福义眼睛不好，绰号叫"烂眼子"；赵祖英的丈夫，记工员柳福才的绰号叫"驴嘴"。说来相较于官名，绰号往往是更接近一个人的真实情况的。这也许正是绰号不方便拿来叫的原因吧。

原本张晓梅的回击声是不大的，但是她这样一回击，却让赵祖英的声音大起来了，扶着锄头在后面问她骂谁是驴嘴。张晓梅不说话，只是埋头锄草，想不到赵祖英却来到她身边，让她说说清楚，刚才骂谁是驴嘴。

张晓梅头也不抬地说：“谁骂我，我就骂谁。”

话音没落，张晓梅就被一股突兀的力量掼倒在地。原来是在前面锄草的柳福才听到了，赶过来一把将低头锄草的张晓梅推了出去，完全没有准备的张晓梅像从高处失足那样跌在地上。像是怕张晓梅回过神来进攻那样，柳福才赶上一步，俯身抓住张晓梅的两只手，然后像捆麦子那样用一个硬邦邦的膝盖压在张晓梅的腰上，使张晓梅动弹不得。张晓梅挣扎着，她只有头和脚可以动。柳福才谋划了一下，就用一只手把张晓梅的两只手控制着，腾出一只手摁在张晓梅的额头上，这样张晓梅就只有脚能动了。张晓梅的双脚在地里蹬出深深的痕迹来。一些禾苗都被弄出来了。柳福才看着张晓梅蹬个不停的双脚，好像这一点反抗他是允许的，是可以接受的。柳福才一边像摁着一只待宰的羊那样摁着张晓梅，一边还不停地说着话，话里主要的意思是他为什么要这样对待张晓梅。

柳福才说：“你们女人们吵你们的嘴我不管，你不能连带上我，你骂我我就得让你长点记性对不对，我哥治不了你的病，我柳福才治你的病。”

不知柳福义怎样得知了信息，也赶了过来。等他小跑着赶过来的时候，地里已经恢复了劳动的样子。张晓梅一个人被落在后面，一瘸一拐地锄着草。都这样子了，还有什么可说的。好在柳福义来得迟了一些，要是来得早，正赶上，可让他怎么是好。柳福义到柳福才跟前，努力平复着自己的情绪，和他说了两层意思：“一、好男不跟女斗，你一个大男人不会不懂得这个道理吧？二、你也不想一想，你把她打坏了可怎么办？谁顶她劳动？你顶她劳动吗？你顶她一天挣那十个分工吗？”柳福义觉得自己问得柳福才哑口无言。然后柳福义陪着张晓梅锄了一段草，就回去了。饲养院里还有他的一大摊子活计呢，他还要给牲口铡草饮水呢，没多少闲工夫待在这里。

疼痛不适是过后才感受到的。张晓梅因此就在家里歇缓了四天，这四天虽然没有上工，但是工分却是给她照记着的。

这之后不久，有了这样一件事。一事有百样的处理法：处理好了，坏事变成好事；处理不当，好事变成瞎事。柳福义就觉得这件事没处理好，没处理好的原因是自己耳根子软，听了女人的话。原本这件事他可以处理得很漂亮，原本他觉得这是一件可以用来修复和柳福才关系的事，说不清为什么，他总有一种要和柳福才把关系修复好的愿望。结果不但没达到修复关系的目的，反而事与愿违，弄到不可收拾，说来都怪张晓梅见识短，瞎出主意。事情是这样的，柳福才在公社买了一吨炭，要借组里的黑叫驴套架子车去给他拉一下，借给他一天时间让他去拉炭。跟队长、组长都已经说好了，柳福才就让赵祖英来通知柳福义，哪天要用黑叫驴，让他那天不要给黑叫驴另安排活计。柳福义说好，但是到用驴的时间赵祖英兴致勃勃来拉驴时，却一时昏头没有让她拉走，结果弄到张晓梅的工分记不上不说，连带他的一份好工作也撇掉了。早知道就不对张晓梅说借驴的事了。他完全可以不说给张晓梅听的，但不知怎的，竟说给了张晓梅听，说他和赵祖英言约好了，到用驴的日子来拉驴就是了。

张晓梅却好像碰到了一件大事那样对他说："不要借给，哪有那么便当的事。你想一想，人家和队长借驴的时节，和组长借驴的时节，是谁去？是他婆姨去吗？"

柳福义想了想，也觉得不可能，和队长去借驴，和组长去借驴，一定是柳福才自己去说，指派婆姨去说有些不像话。

张晓梅说："对了，那我问问你，为啥和队长借驴是柳福才去，和组长借驴也是柳福才去，而到了你这里，柳福才不来了，来了个他的婆姨，说明啥，还要我多说吗？"

这话说得柳福义不舒服。

柳福义说："反正又不是咱家的驴，管那么多干啥？"

张晓梅说："照你这么说，队长借给他，组长借给他，那就是队长、组长家的驴了？说来也不是这个理。"

柳福义忽然心里一动，说："你就是受了柳福才的气，才这样子想呢。"

张晓梅说："这跟我受不受气没关系，关键是人家把队长、组长当个人，没把咱们当人。"

这话说得柳福义有些难受。

柳福义说："古言说得好，冤家宜解不宜结，你缓的那几天，人家不是给你把工分也记了吗？人的不好要记呢，人的好处也要记呢，至少从他给你记那几天的工分这事上看，柳福才也有他仁义的一面呢。"

张晓梅说："这话没错，瞎事不能记成好事，好事不能记成瞎事，这个道理我懂呢。我也想着和亲戚邻里把关系处理好。但这是两码事。要是柳福才敢让婆姨到队长、组长跟前借驴，我认他是个狠汉子。他把个婆姨单单使到你这里来，第一我看他欺负老实人，第二咱们偏不受他的欺负。"

"那你的意思是不借了？队长、组长都借，我一个伺候牲口的不借给人家？我有这个权力吗？"柳富义像舌头短了半截一样说。

张晓梅说："不是不借，借是肯定借呢，队长、组长都借了，咱们咋能不借？我的意思是，等他婆姨来拉驴，你就给她说一下，你说驴脾气不好，路上出个事不好交代，你让柳福才来拉，这不就是两方面都顾住了吗？一来把驴借了，没把人惹下，二来也免了咱们受一回窝囊气。"

柳富义说："这不一样吗？谁来也是拉个驴，只要不是咱们给他拉着去就行了嘛。"

张晓梅说："这能一样吗？这太不一样了。你好好想想这能算一样吗？"

柳福义枕着自己的双手盯着屋顶盯了半晚上，决定为家庭安稳，就把老婆的话听上一回。反正总归是要借又不是不借。但他心里总是没有底气，隐隐有一些不安，这种不安，不方便对张晓梅讲出来，只是自己在胡思乱想。

事实证明自己是对的，自己的不安是对的，自己的顾虑是有道理的。事实证明自己的考虑是周全的。果然照老婆的授意做了之后，柳福才没有来拉黑叫驴，在别的组里借了头骡子把炭拉回去了。

柳福义得知这个信息时，眼前一黑，心里像被掏了个大窟窿。不久他就被从饲养院调出来，跟上社员们犁地转粪了。社员们干什么，他就干什么了。哪里像以前当饲养员好。什么干惯了什么好，算来当饲养员也有小十年了。想占点小便宜也占不上了，比如像以前一样，弄点饲料，背点驴粪、牛粪烧炕，挪用点饲养院的煤油等，一系列好处，都不可能了。这都罢了，关键是，你辛辛苦苦劳动了，人家就是不给你记工分，不记工分，那么你到底劳动了没有呢？谁说得清楚。

看到张晓梅把一个火柴盒里的火柴煞有介事地移到另一个火柴盒里，费神记录着自己记不到工分簿上的工分时，柳福义的心里像由不得自己那样乱想，甚至有了嘲弄和幸灾乐祸的意思：“自己挖坑自己跳，自己作孽自己受吧。要是当初把黑叫驴痛痛快快借给他，工分簿不是被写得满满当当的吗？”

1980年11月20日黄昏，张晓梅觉得不能再拖了，今天必须把没记的工分给记上。张晓梅为这个事闹心了整整一天，一边劳动，一边蓄积着要去记工分的决心。

张晓梅要求丈夫柳福义陪她去找柳福才记工分。

对于老婆的邀请，柳福义表现得很颓唐很消极，他说事情就是这么个事情，清清楚楚的，难道他去了会给多记点工分？所以柳福义主张，还是张晓梅自己去找柳福才的好，他去不去于事无补。

张晓梅说："去了不让你说一句话，你就在我跟前站着就是了。"

柳福义说："自打没有借驴，两家的梁子就算结下了，思来想去不好弄。"

张晓梅说："你知道今年的工分就记到今儿为止，不能再耽搁了。工分记不上是我的损失，也是你的损失，对不对？这不是我一个人的事，要是我一个人的事，我就不麻烦你了。"

话说到这个程度，柳福义就答应陪老婆去记工分，然而还是显出一副老大不情愿的样子，好像都是老婆的原因，事情才落到今天这一步，现在看看，不但自己招麻烦，还连带上了无辜。

柳福才在院子里接待了他们，没让他们进屋去。

双方很容易就僵在了那里。谈不拢，无法谈。

张晓梅说："那么你给我说个不记工分的道理，要是你说得有道理，我就不记了。"

柳福才说："坏分子是可以不给记工分的。"

张晓梅说："我咋就成坏分子了？"

柳福才说："坏不坏你自己知道。"

柳福义说："兄弟，黑水汗流地把苦下了，你不是不知道，不记工分说不过去。这是个道理。另一个说，我们确实也有对不起你的地方，我也一直觉着亏欠你得很。但是呢，都这么长的时间过去了，你就是有气，我想也应该消得差不多了。哥劝你一句，不要和女人一般见识。你和她就不说了，咱两个说，就算我给你赔不是了。你看快到年底了，今儿不记，明儿就要记明年的了，你说今年劳动下的不记上，以后你要记也不方便了，大家伙都结算了，就剩下一个人，给你也添了个麻烦是不是？”

柳福义说得恳切，全神贯注看着柳福才，好像柳福才一张口就能吐出一疙瘩金子来。

柳福才低头想了一会儿，说：“你们都追到家里来了，我也就做个仁义事吧，那以前的事就一风吹了不再提，毕竟我们还是一个柳家对不对？”说得柳福义直点头，眼圈都好像是要红起来。

柳福才说：“是这么个道理，我哥刚才给我赔了不是，我也承当不起，我不需要我哥给我赔不是，我要谁骂了我谁给我赔不是、道歉。”

柳福义好不容易捞到了一根救命稻草那样看着张晓梅，似乎在问她“你听到了没有啊”，似乎在对她严厉的责备中又有着热切的鼓动，似乎是嫌她道歉已然道得有些慢了。

“给兄弟真心实意道上个歉吧，你的工分兄弟说了给你记呢。”柳福义递着眼色说。

张晓梅看着一边不说话。

柳福义有些急了，像怕错过了良机似的，说：“你耳朵是被驴毛塞了吗？赶紧给兄弟道上个歉！”

张晓梅转过头来，看着柳福才，有些神秘地笑了一笑说：“你把我揪头掀毛糟蹋了一顿，反过来要我给你道歉、赔不是，你自己觉着这是个道理吗？”

柳福才看着柳福义说：“你也听着了哥，再怨不到我了吧。现在就是赔不是我也不接受了。”说完话，把上衣口袋里的英雄牌钢笔往稳实里别了别，转身回屋去了。他的衣服是披着而不是穿着，就使得两只空袖子一摆一荡的，好像表达着某种情绪。

柳福义怒目看着张晓梅，狠狠跺了一下脚，一副恨铁不成钢的样子。

两个人出街门的时候正碰上柳福才放晚学的小儿子回来，就都闪在一边给孩子让路。孩子礼貌而友好地对他们笑着，柳福义还探手摸了一下小孩子头发很黑的头。

接下来的事情不用说大家都知道了，这样的事情往往可以轰动一时，就是在一口枯井里找到了柳福才小儿子的尸体，面无表情的张晓梅在一群人的包围中指认着现场，她手上的铐子在黑乎乎的人群里有些晃眼。

· 老缸 ·

早上，应该是刚刚出太阳的时候，李文娟在屋门前收拾母鸡身上的虱子。七八只小鸡娃围拢在她的脚边叽叽喳喳乱叫。李文娟系着长围裙，戴着护袖，全副武装的样子。她的两脚之间稍前位置有一个小碟，碟里盛着小米，就是给小鸡娃们吃的。但是小鸡娃并不吃，只是叽叽喳喳乱叫。几乎每一只小鸡娃都在叫着，然而并不显得吵闹，倒是有一种难得的活力和生气。偶尔也有一两只小鸡娃正好走到小碟边，探头啄一下，然后又叽叽咕咕走开，像是在尝味道罢了。母鸡蓬松着鸡毛，身上带着一股浓重的药味。鸡虱子要及时灭掉，不然鸡毛会被鸡啄得像癞痢头。鸡处理满身虱子的办法只有一个，那就是拼命啄自己的毛。所以靠鸡自己收拾身上的虱子是不现实的。李文娟用混合了辣椒水的白酒喷着鸡毛，把鸡毛分开来，喷在鸡毛的根儿里。鸡毛的根儿里像是要渗出血来。密密麻麻的鸡虱子像伏兵似的趴在那里，看久了简直能使人发疯。有小鸡娃跳到李文娟的脚上，在她穿着薄袜子的脚背上轻轻啄一下，使她觉得痒痒的。跳下李文娟的脚背的时候，小鸡娃发出夸张的叫声，冒着风险似的。李文娟只是往母鸡身上细致地喷药，并不关心别的。小鸡娃凌乱的叫声使她觉得耳朵里不停地往外喷溅着什么。

就在这时候，家里婆婆的拐杖声响起，她走出来了。拐杖声显得笃实，说明这拐杖是被充分地利用着。李文娟听到拐杖声到自己的身后了。她用余光看见婆婆手里的小板凳。小板凳很小，也只有婆婆那点屁股才能坐下。这只小板凳也只有婆婆用。不知陪伴婆婆多长时间了。小板凳显得老旧而结实，像用斧头也不容易把它劈开。要说家里最为得劲、最孝顺婆婆的，除了拐杖，就是这只小板凳了。婆婆的小板凳有固定位置，不坐小板凳时，婆婆就把它搁在炕墙下，她只要一伸手就可以准确地捉到。小板凳不只供婆婆坐在门前晒太阳，婆婆上炕的时候，也需要踩着它。婆婆住在最里面右手边的一个套间里，里面黑洞洞的，就是灯泡拉亮了也没有多亮。其实婆婆需要灯泡吗？婆婆的眼睛盲了有十多年了。

谁也说不清婆婆究竟需不需要灯泡。但家人总还要去婆婆屋子里的。而且确确实实每天晚上，婆婆屋里的灯也会亮那么一小会儿，然后像星星到白天自行消失那样不知什么时候就灭掉了。婆婆最重要的事情是每天早晨拎着自己的小板凳出门晒太阳。这是雷打不动的事。婆婆坐在门前晒太阳的时候，一切都会显露出一种古老而又神秘的意味。太阳也像发现了一个特殊的目标似的，突然间停下赶路，要一动不动把婆婆照上一阵子。婆婆的小板凳在李文娟的余光里像一个硬硬的活物。感觉到门前有人，婆婆一探一探的拐杖停住了。浓烈的药味使得婆婆的鼻子动了动。她的拐杖头儿探到一边去，她要绕开李文娟出门去。小鸡娃的叫声好像是可以忽略的。可以听到，也可以听不到。想听时就能听到，不想听时就听不到。这时候李文娟说："不要出去，要下雨了。"婆婆的拐杖头儿已经探到了门槛那里，在门槛上自下而上试探似的敲两下，拐杖头儿就越过门槛，稳稳地拄到了门槛外面。接着婆婆就迈过门槛出门去了。婆婆出门的时候，李文娟身上暗了片刻。李文娟没有抬头，还是忙着她的活计。这样过了有一阵子，门前忽然又一暗，婆婆出现在门前，而且拄着拐杖进来了。只见拐杖像出汗那样亮着。"下雨了吧，我说不要出去不要出去，还当我哄你呢。"李文娟带些埋怨地说。婆婆的拐杖头儿探到一边，她要绕开李文娟。但是拐杖头儿再探一下时，却发出一连串惊叫声来，像是有许多鼓鼓的小气球被踩破了。原来是拐杖头儿正拄在一只小鸡娃的小爪子上，它一副拼命挣扎着却逃不开的样子。婆婆也有些慌了，脸上是一种探求和聆听的样子，好像她不知道发生了什么事情，好像她不知道发生着什么事情，好像在这样的情况下，她只有一动不动才好，这就使得她的拐杖头儿长久地摁在小鸡娃的爪子上，让小鸡娃叫得像一串小鞭炮似的。真是想象不到那样一个小东西会有这样一种令人吃惊的叫声。情急之下，李文娟出手拉了拐杖一下，就使得失去平衡的婆婆一膝盖跪倒在地上，两手胡乱地扑到前面，祸不单行，又扑到了一只没来得及逃开的小鸡娃。婆婆手松开，小鸡娃没命地逃开了。

拐杖和小板凳也甩脱在一边。小板凳甩出老远，甩在屋内的暗影里，像一只小狗受惊后躲在了那里。

婆婆在地上摸她的拐杖。拐杖就在李文娟的身后。拐杖头儿对着婆婆，婆婆只要一伸手就可以摸到，但婆婆总是摸到一边去。这也跟婆婆是左手撑地，右手摸索有关。要是她两手换一下，右手撑地，左手来摸，是很容易摸到的。李文娟看着婆婆摸拐杖，然后就抓起伤着了小爪子的小鸡娃，看它伤得怎么样了。显然小鸡娃的一只爪子，连带着它的小腿，都废掉了。小鸡娃已经叫唤不动了，脑袋也有些耷拉。“好好的一个命，让你要了。”李文娟说。这时候婆婆终于摸到了她的拐杖，而且颤巍巍站了起来，看样子她在接着找她的小板凳了。就在这时候李文娟又来了一句，嘟嘟哝哝听不清在说什么，但显然是针对着婆婆的，就见那正寻找着小板凳的老人忽然就转过身来，向着刚才李文娟出声的方位挥出了一拐杖，好在李文娟嘟哝的时候是看着婆婆的，而且婆婆毕竟是看不见，就给李文娟轻易躲过了。就在这一瞬间，李文娟看到婆婆的一个膝盖那里，裤子磕破了，而且出了血。婆婆的拐杖还挥动着。挥动起来的拐杖好像是带动着婆婆，使她好像不能控制拐杖了。李文娟边躲边喊着，让婆婆不要乱来。小鸡娃们惊叫着都挤到门槛下的阴影里。忽然一声响，拐杖打到了躲在门后面的水缸，把水缸给打掉了一小块。那是一口老缸，在家里和婆婆是最老的两件物事。老缸身上攀缠着一圈一圈的粗铁丝，从缸脚一直缠到缸口儿那里。这一声响让内屋走出一个小伙子来，他刚刚睡醒的样子，疾步过来，捉住婆婆的手，把拐杖从老人的手里夺下来。他一手拿着拐杖，一手把老人扶到里面去，扶到老人自己的屋子里去。老人蹒跚地走着，看得出她的膝盖伤得不轻。

李文娟就移到门外边婆婆常常晒日头的地方给母鸡身上喷药。其实雨并不大，而且这时候已经停了。虽然院子里要开阔许多，但是鸡娃们还是围拢在李文娟的身边，爪子受伤的小鸡娃偎依在李文娟的脚边，惊魂未定的样子。由于肚子挨着地，它看起来还高不过李文娟的脚背。李文娟给它受伤的地方也喷了一点灭虱药，使它的爪子呈现出一副溃烂的样子。它的爪子像折下来的花枝似的，显然不能当爪子来用了。从里屋出来的小伙子是李文娟的儿子，高中生，正回来度暑假，每天都会睡到很晚才起，今天却是给外面的闹腾声惊醒了。他是老人一手带大的。他小的时候，老人的眼睛还好着，院子里的杏树上结了杏子，不待杏子熟，他就会趴在老人的背上揪杏子。为了揪到更高处的杏子，他还会对老人提要求，老人就两手扶树，脚尖颤颤地踮起来，以方便小孙子能揪到他想揪的杏子。

中午吃饭的时候，老人表示身体不舒服，不想吃。大家就依老人。一家几口在一起吃饭时，说起了早上的事。李文娟说了下雨，说了受伤的鸡爪子，说了老缸，等等。李文娟嘟哝说幸好她躲得快，要是躲得慢些，就和水缸一个下场了。男人听着不说话。他只是一边吃饭，一边听老婆说。吃过饭，趁着李文娟洗锅的时候，他到老人的屋子里小坐了一会儿，摸了摸老人的额头就出来了。老人的膝盖破了，老人没说，也就再没有人说，所以这个事他是不知道的。他出来看到老人的小板凳翻在一边的阴影里，就捡起来，悄悄放回老人常常放小板凳的地方。

夜里其实发生过一件大事，只是因为大家都不知道，才好像什么事也没发生过一样。其实是发生了的。就是到夜深人静的时候，老人忽然从炕上爬起来，解下自己腰间的布带子，挂在了屋窗边框上的一颗大铁钉上。老人的腰带是一条白口布带，四寸宽、两米多长，可以在腰间缠上几圈。老人就用这根布带，结成一个圆，一头挂在大铁钉上，一头套在自己的脖子上。真是巧了，好像专门设计的那样，她套着布带还可以睡到枕头上。稍稍有些勒迫感，但还不至于把她勒死。但是只要撤去枕头，她就会勒死了。撤去枕头再容易不过，只需用头顶一下，把枕头顶下炕去，目的就可以达到了。老人就这样脖子上套勒着布带在枕头上躺了很长时间。为了减轻脖子上的勒紧感，老人不时要把头从枕头上抬上一抬。要用手把脖子里的布带撑开一下，使布带和脖子之间暂时有一个间距。这期间好几次听到外面有人往尿盆里尿尿的声音。男人尿尿的声音和女人尿尿的声音截然不同，可以听得很清楚。有好几次，老人都想狠一狠心，把枕头一头顶落到炕下面去，但直到鸡叫，鸡叫过了头遍，又叫了二遍，她也没有做出那个在心里做过无数遍的动作来。等到窗子那里慢慢腾腾要亮起来时，老人已经改变了主意，她把套在脖子里的布条取下来，脑袋落在枕头上，很快就睡着了。挂在大铁钉上的布带显出一副百无聊赖的样子，悻悻然的样子。要是有谁那一刻看到它，一定会觉得害怕。但是有谁会看到呢？老人一觉睡醒（其实也就睡了一个小时左右），就从铁钉上取下布带，把夜里系的死结慢慢打开，又一如往常地系在腰间。她摸索着下炕时，准确地踩到在炕墙下值守了一夜的小板凳上。

第二天是一个好晴天，太阳好像是提前出来了，屋檐和半个窗子都被映亮着。等门槛那里有了阳光时，老人就出来晒日头了。她坐在自己的小板凳上，拐杖斜靠在一边的屋墙上，伸手可及。阳光有些挥霍地晒着老人，使老人觉得自己身上有了某种新鲜感。脖子上多少有些不舒服，使她要不停地咽唾沫。这时候李文娟从黑屋子里出来，被阳光照得身形有些虚淡。她手里拿着一只碗，碗里是三个煮得开花的洋芋，在强烈的阳光里，依然能看到从洋芋上出来的丝丝缕气，像是比阳光更精粹更灵动的某种东西。盛着开花的洋芋的碗悄然搁在老人面前，李文娟已经去忙别的事了。老人面朝阳光，静静地晒着，好像她满脸的皱纹都要被晒得舒展开来。她的一只手护在昨天被蹭破的地方，另一只手伸下去拿碗里的洋芋，有些烫，使她的手一下子拿开。但她再一次去拿时，好像洋芋已经不很烫了。拿在手里的洋芋和她的手形成某种很强烈的对比。她拿起洋芋，吹了吹，小心翼翼地吃了一口。

· 杏枝 ·

从县看守所到柳套村十几里路，田百江和小儿子田富海几乎没有说什么。只是嗵嗵嗵走路。十几里路，给人一种走不到尽头的感觉。田百江走在前面，田富海稍稍靠后一些，像是被田百江的脚步引领着，像是有意无意地和着田百江走路的节奏。他背着田百江简单的行李。东西都在一个绿色的蛇皮袋里，有洗脸的脸盆、毛巾、喝水的杯子等。随着走路，这些东西会发出一种零碎的声音，像是点缀或驱散着一种寂寞。田百江贪婪地看着眼前的一切，心情激动。从看守所出来，看到儿子的那一刻，他就觉得有很多话和眼泪一起要涌出来了，但只是落泪，没有说出什么来。田富海也流着泪接过田百江手里的蛇皮袋自己背上，给后面的警察深鞠个躬，挥挥手告别，爷儿俩就这样上了路。

一路上，田百江心里的话像暴雨后的野草一样疯长着，好像它们要争先恐后地出来，好像孵鸡娃孵过了期，早就应该破壳出来了，却是一句也出不来。说什么呢？怎么说呢？尤其是对小儿子田富海，可真是怎么说？怎么说都不对啊，都不合适啊，都找不到合适的话来说啊。一年没见，爷儿两个，应该是有说不完的话。要说的话太多时就不知道说什么了。

思前想后，田百江除了痛悔没有别的，其实每一件事情都有许多的节点，几乎每一个节点上都可以打住，都可以收手不让其发展，都可以不向这个方向去而向另外的方向去，但就是没有打住，就是没有往另外的方向去。眼睁睁地、白白地把一个个好的节点和机会都错过了。要是整个事情重来一遍，绝对不会是现在这个状况和程度。昏了头啊，一脑子的猪毛啊。田百江不知多少次像回看电影那样回看过每一个片段，觉得其实每一个片段里自己都有机会，只是自己没有抓住，轻易放过了。他想起他扬手打邻居的孩子时，孩子看着他的眼神，要是那一巴掌不打下去，要是那一巴掌不打得那么重，不伤着那孩子的耳朵，要是他打了那孩子后主动去给邻居道个歉，要是邻居上门问罪时口气软和一些，客气一些，自己这一方面也认上一点错，会有这样的事情吗？而且寻根究底，多大的一个事啊，竟弄成了今天这个样子。真不是人能干出来的，真是枉为人了。现在搞得让人悔断肠子不说，还让继续活着的人也活不好，让他们爷儿父子没办法一个看一个的脸，没办法像爷儿父子那样说几句该说的话、想说的话。

一句话，回头一想，能后悔死。

是个什么事儿呢？

想起来既觉得已经是遥不可及，又好像就发生在昨天。他们一家人中午拔麦子回来，一开门见邻居的儿子在他家的杏树上揪杏子。见门开了一家人进来，那孩子急忙从树上下来，举着一根上面有多个杏子的树枝要跑，他家西边的院墙是不高的，从那里可以翻到妥建堂的院子里。这孩子的家在他家的东边。这孩子只要翻过墙到妥建堂的院子里，就算是逃掉了。结果是没能逃掉。田百江因为是家里的掌柜，得以先进门来，于是他一眼就看到了，立刻跑上去追这孩子，把这孩子从墙头拉了下来。这才看到那根拿在孩子手里的杏枝是不小的，简直有一把量衣裁布的直尺那么长，上面有不少的杏子，像是看到了主人那样纷纷向他告状、诉委屈的样子。“狗日的，揪上两个吃就行了，还折柯杈，我让你折。”说着话，田百江就在那孩子头上重重拍了一巴掌。他看见孩子慌乱而又惊惧的眼神，看到孩子缩着脖子等着挨打的样子，他的第二巴掌没有再打下去，但是那一巴掌已经打得他自己都感到手痛。“这次饶过你，下次再上树折柯杈，小心我把你的牛巴子割了。”田百江说着就从孩子手里夺过杏枝，看着他翻过墙走掉了。孩子翻墙的时候一只鞋掉下来，田百江还捡起来给他扔过墙去。

就这么一桩事，要说从这里打住也就打住了，要说从此过去也就过去了，但是没想到黄昏时他们收工回来，还没有来得及洗一把脸，女人们也还没有来得及做饭，东边的邻居李生苍就寻上门来了。

李生苍气势汹汹，一副寻衅闹事的样子，问为什么打人，问为什么把人往死里打，听得出田百江那一巴掌是把他儿子的耳朵扇聋了，他嚷叫着要田百江把他的儿子送去医院治病，不然就会没个完。

田百江说："你儿子纸糊的吗？我一巴掌就把他打聋了？你是大夫还是法官？这是一。关键是，你也不问问我为啥打你儿子，有人养没人教，上人家的树偷杏吃，难道还偷对了吗？偷也可以，你折柯杈干啥？你的树让我们折柯杈能成不能成？"

田百江一边说着话，一边做出寻找的样子，他是找寻那根杏枝。其实就是一根树枝，并不是田百江所说的柯杈，柯杈和树枝还是两个概念。但是那根杏枝不知搁到哪里找不到了。

李生苍发现了这一点，问："你的柯杈在哪里呢？给我看看。再说谁能证明柯杈是我娃折的？都凭你一面之词吗？"

田百江说："你娃没折，我打你娃干啥？我咋没打别个，就打你娃？你也不用脑子想想吗？"

李生苍说："这正是我要问你的，我就来问你为啥平白无故打我娃。打也有个打法，把人的耳朵往聋里打？把人往死里打？走走走，我跟你也不多说，你自己到我家看看去。"

李生苍说着就上来拉田百江，田百江推搡着，李生苍蛮劲儿上来，一下子把田百江掼倒在地，而且骑在田百江的身上，揪着他的胸部要挥动拳头的样子。

这时候，田百江就喊道："哎，你两个没眼睛吗？你大叫人糟蹋着呢，你们就看不着吗？"

田百江这是在喊自己的两个儿子。

紧跟着就见李生苍身子一歪，从田百江身上栽下去了，像一麻袋粮食那样倒在一边。他头上挨了一扁担，竟就没有缓过来。就这样出下人命了。挥动扁担致人死命的是大儿子田富玉，那时候田富海正从远处的茅厕里解完大便出来，有些茫然和困惑地向这边望着。

接下来的事情是这样的，由田百江和虎志和，也就是田富海的三舅，商量计谋，让小儿子田富海顶替他哥田富玉去投案自首，证人就是虎志和。另外还找了一个证人，那人借有田百江的二百元钱，总是还不上，见田百江就躲，现在钱不用还了，只求他证明一下，就说他来田家借架子车，正碰到这档事，亲眼看见田百江的小儿子田富海情急之下，一个不小心，把骑在田百江身上如虎如狼的李生苍一扁担打翻在地。反正李生苍已死无对证，可以做这样的策划的。搞懂了姐夫和姐姐的意思后，事情就由足智多谋、颇有乡村知识分子风度的虎志和策划定夺。他们还商量好了，不请律师，以后上法庭就由虎志和去说，虎志和凭一条三寸不烂之舌再加上气定神闲的风度，应该是可以独当一面的。而且他们不是不认罪，不是不承担责任，他们已经有人投案自首了，还要怎么着。

让田富海顶替田富玉去认罪，也是一家人千思百虑、实在没办法的办法，是为了剁去左手保右手，舍了胆子保肝子。

田富玉、田富海两兄弟比较，田富玉的能力，可以说，要强出许多。首先，田富玉身体就要比田富海好，一个差不多一米八，一个一米六左右。其次，田富玉在县上经营着一家米粮店，生意红火，不久前刚从六十平方米的店里换到了九十多平方米的店里，一家人的主要开销，说实话都靠着田富玉。按说成家后一般都要分家另过的，但就是因为全家都依靠着田富玉，田富玉都有两个孩子了，还没有分出去单过。这一点上，除了要说田富玉的好，更要说儿媳妇的好。要是儿媳妇闹腾着要另家单过，天天闹腾，多孝顺担重的儿子也架不住闹，是不是？但儿媳妇从来就没有闹过，明面上没闹过，背地里一定也没有闹过。要是明面上装作贤惠的样子，背后给你闹腾，也不会这样子安生。儿媳妇真是个好媳妇，不但不生是非，还做着一大家口人的饭，里里外外，洗洗刷刷，天长日久，可真不是一件容易的事情。能碰上这样的儿媳妇真可以说是一大家人的福气。当然儿媳妇好的一个主要原因还是田富玉能干。事情总是一环套着一环的。一个好总是成就着另一个好。田富玉能干，这是第二点。还有一点其实已经说到了，而且好像是最为重要的，就是田富玉已经成家了，为人夫为人父了，他在不在，不是他一个人的事，牵扯着好几个人，牵扯着一大家子人。

相较于田富玉，田富海就简单了很多，首先是白面书生一个，高考了好几轮还是考不上，要不是哥哥田富玉力主他一考再考，在田百江这里，是早就想着抽椽熄火了。反正家里是田富玉拿事，再说也是田富玉出钱供应，所以田富玉让考，田富海还不能不考。20世纪80年代中期，大学还没有扩招，考个大学真是不容易，几年下来，大学没考上，倒把田富海弄得畏畏缩缩的短了精神，没个儿子娃娃的样子了。如果说田富玉一家人离不得，那么他田富海的有无在大家心里是没那么重要的。其次，还有很关键的一点是，田富海因为忙于考学，也没有来得及找媳妇成家，和哥哥比较，他是零零干干的一个人。

这样一个细账一笔笔算下来，就算出前面那个结果来，就是让田富海顶替田富玉去自首。要自首，自首要早，早自首于量刑是有利的，在这一点他三舅虎志和是很清楚的。一切都照着策划好的来，很快虎志和就带着田富海去自首了。大家都紧张地等待着一个理想的判决结果。

谁也没料到是，邻居妥建堂的女子把真相透露了出去。原来发生那个命案的时候，妥建堂的女子妥梅花正站在和田家相邻的矮墙那里，看了个清清楚楚。她说她看得分明，是高个子穿红衣服的人打的，不是穿黑衣服的小个子打的。妥梅花说："我们是邻居，我还认不得哪个高哪个低吗？"而且不止妥梅花一个人看到了这些，那天正好妥梅花的同学来妥梅花家串门子，打算晚上住在妥梅花家里，妥梅花就是和这个同学一起在矮墙后面站着的，所以妥梅花看到的，她的同学也看到了。妥梅花在学校是班干部，多届三好学生，品德言行都是可靠的。加上再审时，问到一些细节，田富海答得有纰漏，这案子就给翻了过来，结果是田富玉被枪毙不说，连带着虎志和与另一个做证者都吃了官司。当真相被揭露，另一个证人也痛哭流涕地改口时，能言善辩、气质不俗的虎志和也换了一个人似的，铁青了面目看着一边，任审判员、公诉人怎么发问也不回答。

田百江也被判刑一年，他在看守所里度过了一年的刑期。刑期满了，小儿子田富海来接他回家。

田百江爷儿俩走到村外的小石桥那里时，看到几个人像在照片里那样站在桥头。是田百江的老婆和儿媳妇，还有他的两个孙子。一年没见，小孙子明显长高了一些。田百江的眼泪热辣辣地涌出来，流了一脸。他没办法行走，立住脚，用手背擦着眼泪，嘴像放久了的凉粉那样抖个不住。这时候他的肩膀上落下一只手，那手轻轻地拍着他的肩头，像是在抚慰和劝谏似的。他知道那是谁的手，他知道那手搁在自己的肩上有多重，他百感交集，不能自已。但就是在这样的时候，他的心里也突然不合时宜又捕捉时机那样冒出一个念头来，把他自己也吓了一跳，但那念头一旦出现就显出一种顽固性，像一只带箭的兔子那样跟缠着他不愿离去。

他泪眼模糊，隐隐约约、恍恍惚惚看到桥头的人向他这里走来了，两个大人，两个孩子，老婆牵着一个，儿媳妇牵着一个，虽然眼里有那么多的泪水，但他还是分得出哪个是老婆哪个是儿媳妇，他的目光更多是落在儿媳妇的身上。

他禁不住想，儿媳妇虽然年轻，但也是一个寡妇了。多么好的儿媳妇。但是年轻的寡妇总有人家的门路和日子呢。他正是这么想的。他无师自通就想到了这里，他好像自自然然、一步到位就想到了这里。他想着小儿子还没有媳妇。这不正好吗？

然而怎么说？对儿媳妇怎么说？对小儿子怎么说？已经对小儿子做过一次那样的事情了，还怎么说？

在他迷离的泪眼中，一家人好像糊里糊涂在梦境里一般走到了一起。田百江的眼泪落到仰头看着的孙子脸上，使孙子有些不适地眨着眼睛。

·温棚·

傍晚时分，柳世莲正坐在灶前，背对着灶火口拔鸡毛。女儿圆圆和发发在一边的饭桌上写字。圆圆八岁，发发六岁。饭桌很小，两姊妹在两端坐着写字，头几乎能碰到一起。屋子里静得只有拔鸡毛的声音。那是一种很古怪的声音，听起来像老牲口嚼着夜草似的。

这时候就听到院里有动静，问说："家里有人吗？"

柳世莲就把没拔完毛的鸡搁在地上一片暗色的布上，收拾一下身上的鸡毛，出去了。

原来是村里的勉以贵来买蘑菇。

柳世莲家有一个温棚，里面培育着蘑菇、辣子、西红柿等。勉以贵来买点蘑菇。温棚在西墙角那里，虽说在同一个院子里，但因为院子大，就使得温棚距离街门有些远，看起来有些偏僻，从街门进来到温棚这里需要走好长一段时间。

温棚里有一种特别的气氛，让人感觉像蒙了头在被窝里那样。虽然一进去柳世莲就拉亮了灯，但显然这是省电的灯，看起来倒像是增加了温棚里的朦胧感，让人看不清楚。灯光下显现出来的是辣子、西红柿等，像玩捉迷藏那样给人一种屏气敛息的感觉。蘑菇在温棚的深暗处。好在柳世莲熟悉，很快就弄了一塑料袋过来。勉以贵拦住她问：“多少钱？”柳世莲说：“出去算。”这样说的时候，勉以贵的后背及脖子那里被灯光虚虚照着，两个人实际都在灯光的边缘部分。柳世莲把手里的塑料袋掂了掂，似乎在估量斤数。“你给上十块钱行了。”柳世莲说。勉以贵就掏出十块钱给柳世莲。

在接过塑料袋的一瞬，他忽然一把将柳世莲搂入怀里。

柳世莲暗暗惊叫了一声。“你干啥？”柳世莲说。勉以贵胳膊上用着力，嘴在柳世莲耳边热热地说：“忍不住了，嫂子，对不起。”“你要胡来我喊呢。”柳世莲说。这时候勉以贵的手已经摸入柳世莲的衣服里去了，里面那么热烫，好像摸到了一窝刚刚生出的蛋。“我喊呢，我真格喊呢。”柳世莲说，她好像说话的气力不够了似的。“你喊你喊，你一喊人就知道了，”勉以贵说，“放心，嫂子，我看到我哥去河那边的小卖部了，就这么一阵子机会，你叫我偷个嘴吃上两口。说实话，我不是买蘑菇来的。你还当我是买蘑菇来的？”勉以贵说着，手已经到了柳世莲腰那里，到了肚脐眼那里。裤带系得紧，加上柳世莲的肚子一使劲，勉以贵的手在肚脐眼那里好像被困住了。柳世莲说：“行了，行了，你再往下走我实话翻脸呢，你把我当成啥人了！”勉以贵用指头揉压着柳世莲的肚脐眼说：“好好好，听嫂子的，听嫂子的。”这样说着，手却是要试探着往下走，只是裤带勒紧着使他不方便下去。他腾出一只手来要解柳世莲的裤带。“你系这么紧干啥？”勉以贵好似埋怨地说。一只手解裤带是不好解的，尤其这样子急急慌慌地解别人的裤带。就在这时候，一阵男人的咳嗽声远远传来，好像炭灰里的几粒黯淡的火星似的。“快快快，娃娃大大回来了。”柳世莲说着在勉以贵的怀里挣扎起来，胳膊都打到勉以贵的脸了，打得勉以贵的脸生疼。勉以贵只好放脱柳世莲。“你等等再出来。”柳世莲出去的时候，这样说。

是柳世莲的男人吴志峰回来了。

吴志峰站在院子里看见柳世莲从温棚里出来，像温棚里着火了她前去救火那样。吴志峰向温棚方向走来。那时候已经落了夜影，一切看起来多少有些虚浮不实的感觉。柳世莲躲避着吴志峰。柳世莲想错开吴志峰回灶房那里去。吴志峰看着她说：“你这时候去棚里干啥？”柳世莲说：“不能去吗？我去揪几个辣子。”吴志峰说：“你揪的辣子呢？”柳世莲看看自己空着的手，说：“我去拿个装辣子的东西。”“那你拿去。”吴志峰说完就往温棚那里去了。

离温棚还有几步时，就见温棚的门像一个怪物的嘴那样突然张开，着急忙慌喷吐出一个人来，根本来不及看清是谁，那人就绕开吴志峰，像有很多条腿那样向着街门那里跑去了。吴志峰在后面追着。吴志峰追出门去，门外那人已经跑得什么都看不见了。街门那里清空着，好像一个死牲口瞪大着眼睛似的。一会儿就见吴志峰快快走进街门来，回身关上了门，快快走进灶房里去。

两个女儿把饭桌搬到炕上做作业了。柳世莲坐在灶火前用手摇鼓风机烧水。吴志峰看看炕上的两个孩子，忍了又忍，还是没有忍住，跳过去指着柳世莲的后脑勺，像是要枪毙她那样说："我，我把你个骂不得的，你个不要脸的，你干得好事。"

事情就是这么个事情，终于慢慢地弄大了。出事的当天晚上，吴志峰以极其沉痛的样子对两个女儿说，让她们吃过饭早早回她们的屋里休息去，他晚上需要和她们的妈妈好好谈谈，如果她觉得还有脸当她们的妈妈的话。

两个女儿听话地去了。圆圆离去时还到柳世莲身边，掐着她的手心悄悄说了两句什么。两个女儿出去不久，吴志峰就把门关上了，让柳世莲给他说实话，两个不要脸的东西在那黑洞洞的地方干了些啥。柳世莲的意思是，先吃饭，吃了饭她会说的。她说就是吴志峰不问，她也会向吴志峰做解释的，但是先把饭吃了再说。吴志峰干着嘴皮说："吃饭？我能吃得下去吗？你们把不要脸的事整下了，叫我像没事人一样吃饭，亏你说得出来。"确实这不大的一会儿工夫，看吴志峰，像霜打过的叶子一样，无形中人已经瘦了一小圈，尤其嘴皮，都要干出血痂来了。

柳世莲把做好的鸡肉米饭端上桌，说：“吃，吃罢了，你骂我打我都可以，先把饭吃了。”吴志峰悲哀地笑着说：“你是自个收拾下去呢，还是我一脚给你蹬下去？虽然是粮食五谷，不能胡来，我实在忍不住了我也蹬呢。”柳世莲就把饭桌收拾下去。柳世莲说：“好，我现在就给你交代。其实也没有啥交代的。那个姓勉的，那个驴，说是买蘑菇，咱们种了温棚就是给人买的，对不对？不光是给他姓勉的买，谁买咱们都卖呢，对不对？进了温棚，买罢蘑菇，人家不走，我就给你实说吧，人家不走人家一下子把我抱住了。”说到这里，柳世莲停住了，停了好一阵子。好像有一只表出来铮铮铮记录着这停住的时间，好像这停住的时间是需要掐表计算着的。吴志峰说：“抱住又咋了，难道就是个抱住？”柳世莲说：“我挣不脱，人家就把我摸了几下，你就来了，我就出来了。”吴志峰冷笑了一声，好像柳世莲说的尽是避重就轻的话，尽是谎言，好像柳世莲要说什么他都是清楚的，就看柳世莲说不说而已。吴志峰说：“我给你说，你不把根根蔓蔓说清，我跟你没完，你真是杀人不用刀子。”柳世莲说：“就是摸了几下，不信你问那个驴去。”吴志峰说：“你再不要在我跟前驴啊驴啊地骂，你不用在我跟前装样子，我清楚着呢。”“你清楚啥呢？”柳世莲说。“我清楚啥呢你比我清楚，我把你个野狐精。”吴志峰从牙缝里挤出狠话。柳世莲说：“就是摸了几下，我要是一句不实，你把我头割了我都没话说。”“真是不得了，我出去才一阵阵，两个在这里就搞上了。这要是我出去十天半月，这还了得？！”吴志峰无限感慨地说，他说的时候苦笑着，好像对面不远处有一个人在听着他的话似的。“咱两个一起这么长时间了，一个对一个有个起码的了解呢。我是个胡来的人吗，你拍着心口子说？”稍顿顿，柳世莲又说，“我知道你这个人心重，我就不要脸的话都说了，说个干干净净，一点不剩，好叫你放心。”柳世莲说到这里深吸了一口气，像是自己在给自己鼓劲那样，接着显得坦然地说：“就是摸了几下，奶头上摸了摸，肚子上摸了摸。”听得吴志峰闭紧了眼睛，害怕看到什么似的。“你个骂不得的，人家摸你就让摸？”吴志峰说。柳世莲说：“一个大男人，比你高，比你宽，你骂人家不睬，挣嘛挣不脱，你说让我咋办？我正想着咬他呢，你的声音就来了。”“我要不来那还真把事情给出下了，我要不来你两个想干啥你说。”柳世莲接住吴志峰的话说：“你不来我咬他呢，我已经准备好了咬他呢。”

柳世莲说：“反正说来说去就这么点事，你原谅了就这么点事，你不原谅嘛我也不知道再说啥，事情从头到尾就是这么个事情，我给你连根带蔓都交代了，再让我交代我就只能编了。两口子这么多年，一个还不知道一个吗？”

吴志峰沉思了一会儿，说：“好，你要是说完了你休息去。”这话说得倒温和。柳世莲看了看吴志峰，好像在判断着他的气究竟消了有多少。柳世莲趁机说：“那我把吃的给你端来你吃上点，我给你热一下，可能凉了。”吴志峰像个病汉那样乏乏地摆着手，意思是不用了，即便是端来他也是不吃的。“你睡去。”吴志峰声音寡淡地说。实际柳世莲也一口没吃。原本是有鸡肉，一家人想和和美美吃上一顿，谁想到竟落到这样一个结果。柳世莲不安而又歉疚地看了一会儿吴志峰，说了句“那我先睡了”，就紧挨着窗子睡了。后来她又像记起了什么那样，爬起来把十块钱扔给吴志峰，说：“这是卖蘑菇的钱。”钱像害怕着吴志峰那样没扔远就落下来。吴志峰向钱这里凉凉地投来一眼，目无所见似的。

夜里柳世莲醒来好几次，都见吴志峰靠着炕墙坐着，心事重重的样子。柳世莲想劝劝他，又不知怎么劝才好，就转过头去，一会儿工夫她又睡着了。睡梦里她把勉以贵的胳膊都咬烂了。“你吼喊啥？”吴志峰吃惊地看着她说。柳世莲惊醒来，说：“你还没睡吗？”这时候看窗子，天都要快亮了。

吴志峰宣布自己不活了。他的口袋里装着一包老鼠药，他说他不想活了，他说他要吃老鼠药呢。柳世莲说：“你吃我也吃，要死都死。”吴志峰说：“你死啥，你好好活着去。”吴志峰说，他还有几个事没有办完，办完了，他就死，就把老鼠药吃了，也就两三天的时间。

害怕真出事，柳世莲让圆圆去把村支书吴志刚叫了来。

吴志刚、吴志峰算是本家兄弟，一个太爷的根子。吴志刚闻讯来看，一看吴志峰的样子，吴志刚觉得事情是到了一个很是严重的程度，吴志峰看起来像得了绝症的人知道了自己的病情那样。吴志刚不敢大意，做了许多工作，征得了吴志峰的同意后，就把勉以贵两口子叫到了吴志峰家，然后两家人面对面，当着村支书吴志刚的面来商量这个事，总之是要解决事情，要大事化小，小事化了，不能把个好端端的人弄成这样。

柳世莲当着众人的面，让勉以贵把那天的事一五一十不加不减说个清楚。勉以贵有些不好意思，但看柳世莲说得坚决，柳世莲简直是有些求他的样子了，他就觉得自己说清楚是必要的，于是就说了，说完还打了自己两个耳光，说真是吃了迷魂药，竟做出了这样禽兽不如的事，请哥哥嫂嫂原谅。勉以贵的女人也在一旁帮着说，再出现这样的事，不要说别人，她就把勉以贵三下五除二骟了。说得吴志刚忍不住笑了。但几个当事人都没有笑。吴志刚说："无论如何，事情是出下了。说是出下事情了，说破天也就这么大点的事情而已，人在世上，谁没有个脑子一昏二热的时候呢？乡里乡亲的，抬头不见低头见，就都包容原谅着吧，不然，为这么点屁事情，一个把一个杀了又能顶个啥？事情已经到了这一地步，你们两口子就给我哥我嫂子道上个歉，尤其我嫂子，是真正的受害人，受了这边的气还要受那边的气，风箱里的老鼠两头受气。"吴志刚说得柳世莲流下泪来。吴志刚说："道歉不光是口头上说说，得有诚意，这次这个事，看样子把我哥伤得劲大，那是这么个，我提议你们两口子给我哥两口子赔上五百块钱，这个事情就算了了，从此再不提起，你们觉得行不行？"

两边一时都没有说什么。从勉以贵老婆的神情看，显然觉得五百块钱是高了。吴志峰这边，当然是看吴志峰的了。只要吴志峰可以，柳世莲怎么着都可以。但好像赔偿款并没有打动吴志峰。他依然一副悲苦的样子，好像这样的事并不是钱可以解决的。

一看僵住了，吴志刚说："我的法子尽了，你们要看得起我这个支书，就照我说的办；你们要有更好的解决办法，也成，我就不管了，你们也不要再找我。"

吴志刚这样说了，就见勉以贵像下了决心似的说："既然支书说了，既然我已经把错事干下了，不把自个狠狠痛给一下也不能算个教训，我老婆的主我做了，就五百块钱，我三天内给你凑齐交清，同时当着支书的面，我给哥哥嫂子道歉，我不是人，干了畜生干的事，请哥哥嫂子大人不计小人过，以后我们和以前一样，还是亲帮亲、邻帮邻。"勉以贵主动拉了吴志峰的手说："对不起，哥，请原谅。"吴志峰的手一直捏着自己的脚脖子，不情愿给勉以贵拉，但还是勉强让拉了。接着勉以贵又给柳世莲鞠躬，说："对不起，嫂子，请原谅。"

吴志峰像落水的人被救上岸，还没有完全缓过来那样。

大家都看着吴志峰。

吴志刚说："哥，你不能死钻牛角尖，也不是多大的事。就算再大的事，也得解决是不是？你看人家两口子把话都说到这个程度了，你也就大度一下原谅了吧。"在众目睽睽之下，吴志峰好像是有些不安和拘谨，他把腿伸开了一下，轻轻咳嗽了一声说：“那就照大家说的来。”这一说时，气氛一下子轻松了很多。吴志刚开玩笑那样说：“听圆圆说，你把老鼠药都准备好了，现在把老鼠药给我吧。”吴志峰按着口袋说：“没有的事，娃们胡说呢，我还没那么脆弱。”“你真是有些脆弱，你看你那脸色。”吴志刚说。吴志峰说：“没事，我没事。”吴志刚就不再和吴志峰说什么。让勉以贵当着吴志峰两口子的面打好欠条，现欠吴志峰人民币五百元，两下言明，三日内还清。大家都松了一口气。一件看似棘手的事终于得到了妥善解决。

但是三天未到，吴志峰就悔约了，并且到乡上去，把勉以贵告了。

乡派出所把勉以贵逮去了。

同时，吴志峰宣布自己活够了，不活了，说他要吃老鼠药了。搞得很多人都知道吴志峰要吃老鼠药了。柳世莲想方设法要从吴志峰身上拿走老鼠药，没有成功。她连下跪的手段都用过了，没用。这时候乡上一次次传话让吴志峰、柳世莲去接受问讯。吴志峰说他不去，他没有什么要说的，事情是谁做的谁说去。

下午两个女儿放学回来，见家里的气氛不同丁往日，家里没有像往日那样，一进门就能看到妈妈，妈妈就会来摸摸她们的脑袋，这个头上摸一下，那个头上摸一下，那天没有这样的待遇；而且也没有一回家就能吃到的饭菜。下午回到家，进了灶房，见冰锅冷灶的。灶火口里黑洞洞的。往日总是响个不停的手摇鼓风机也像哑巴了一样没有声音。案板上倒是干干净净，但是这时候的案板不该是这个样子啊。到旁边的房子里去，见一个人蒙了头睡着，从露出来的一点头皮看，那是大大，不是妈妈。

后来是在温棚里找到了柳世莲，她把自己药死在里面似乎已经好长时间了。

石舒清：写作的最终目的，还是要回到生养我的乡土

［采访手记］

舒晋瑜

石舒清的小说里都有着真实生活的影子。

石舒清自谦虚构能力不强，完全出于向壁虚构的小说不多。但是正因为很多东西是写自己，在他是一种倾诉和宣泄，在读者，是一种聆听、领悟，以及走近作家的心。

20世纪80年代末，宁夏《固原报》发表了署名为乱鸣收集整理的一首花儿。这是石舒清发表的第一个作品。从此，这位刚刚结束高考的年轻作者的文学之梦悄然而绚烂地绽放；从此，他的目光没离开过西海固，因为他觉得故乡就像是自己的另外一个心脏："比我的这个心更壮硕，更有力，更慈悲，也更深情。"

他始终将目光投注在淳朴的故土，以散文式的笔法舒缓地讲述村子里的故事。他饱含深情，但叙述极其克制；他语言凝练，但故事之多似乎又显出像不断的毛线团般喋喋不休——就像长篇小说《底片》的写作，计划三万字的故事，讲成了二十多万字。

这在石舒清的创作里毕竟是少数。他沉迷于短篇小说的创作，沉浸在对乡村故土的不断开掘，就像《果院》题记中他所引用博尔赫斯的话“我只对平凡的事物感到惊异”，他耐心地、细致地、寂寞又略带悲伤地记录，感受与体验着生命的酸甜苦辣，抒写人们在生活重压下的韧性和尊严。

上一次采访还是十年前。那时，石舒清坦率地告诉我说，他不愿意做一个多产作家，“好作品和多少没关系的，而且越是好作品，越是不可能多”。但他一直坚持写，“写作是一件十分棘手的事情。像猫捉刺猬一样，既想吃刺猬的肉，又忌惮于那满身的刺。我觉得凡写出好作品的人都必须付出相应的代价，这并非迷信，而是公道所在”。

法国作家莫里亚克说：“如果我很好地写了我的村子，那么我就写到了世界上所有的村子。”在石舒清看来，只要真正地能回到自己，回到人所共有的那个“本我”，即等于走向了世界。

时间竟然可以把一个苦的童年酿成美酒一样的印象和感觉。从写作的角度，石舒清感激自己生在这样的村子，有这样的父母和亲邻。

舒晋瑜：“您从什么时候起喜欢写作？能否谈谈当时的具体情况？”

石舒清：“如果可以算的话，我从初二就开始了文学写作，当时作文写得还可以，老师会在班里作为范文读，就有了信心和虚荣心，开始在日记本上写起来，写的都是武打小说，还让我的一个画画不错的同学给我插图。后来这个同学成了我的二连襟。

“开始往杂志社投稿已经到了上高中的时候，我的一个同学，也是亲戚，忽然在我地区的文学刊物《六盘山》上发表了一组诗，班里几个作文一贯不错的同学都大受刺激，我就写了一篇小说也投给了《六盘山》，收到了编辑老师的回信，说基础不错，让我改改再寄去。当时正是高三紧张的时候，高考的事放过一边，我开始全力以赴神神秘秘改小说。最终这小说没能发出来，但我的写作兴趣已经被引逗了起来。

“发表的第一篇东西是一首西北花儿，发表在地区周报《固原报》，名义上是采录的，演唱者的署名是田俊义、马俊花，记录人的署名是乱鸣。田俊义、马俊花是我父母的名字，乱鸣是我当时给自己起的笔名。实际上是我自己创作的。只有四句，收到四块钱的稿费。就算是由此开始了我的写作征程。”

舒晋瑜：“对文学、对阅读的爱好，是否受父亲影响比较多？”

石舒清：“应该说，我喜欢文学，和我父亲有关，父亲是一个农民，上学大概只有一两年，但是喜欢看书，我印象很深的是童年时候，家里有个小木箱，小木箱上有一摞书，有《水浒传》《新儿女英雄传》《侍卫官杂记》等，父亲喜欢看书，白天要在队里劳动，看书的时间是没有的，晚上就着煤油灯看书，睡着了灯没有灭，把头发都烧着了。父亲还会给我和妹妹讲《西游记》。

“后来父亲凭借自学能力考上了民办教师，就在村里教书。我开始写作后，一大段时间，父亲都是我的第一读者。那时候当然还没有电子稿，我因为教书当班主任忙，我的不少投稿都是父亲从我的日记本抄到稿纸上，然后投稿给杂志社。后来父亲还开始了写日记，把他这一生的经历闻见都写下来，写了差不多有一百本。父亲的日记都写在教师用的那种教案本上，一本按三万字算，父亲的日记也有三百万字了。我从父亲的日记里找素材，写过三个中篇小说、一个短篇小说，其中两个小说的名字直接就叫《父亲讲的故事》。还记得我小时候，村里人写信都来找我父亲给他们写，来找父亲写信的人都很恭敬，会拿着鸡蛋等礼物。父亲还给村里结婚的人家写过对联。后来给村里写信写对联的事我也干过。信写好了还要给前来写信者当面念一念，算是当场验收，显然我写的信就远没有我父亲写的让大家满意。现在想，可能是我要写得洋气的缘故，父亲则是有一说一，有二说二，不兜圈子，不图文采，现在想起来这应该对我的写作是有某种启发的。

“所以说有这样一个父亲，肯定是对我的写作产生了深远的影响。”

作者和编辑之间最理想的关系是亦师亦友的关系，相互信任、相互欣赏、相互依赖、相互成全。

舒晋瑜：“您在大学时期就发表小说《田长工小传》，当时是怎样的情况？是认识《六盘山》期刊的编辑吗？还是他们在自然来稿中发现了您的作品？”

石舒清：“《田长工小传》是我发表的第一篇小说，应该是1988年，当时我还在固原师专上学。那时候可能正值刊物的一个转型期，记得当期的刊物封面上是一个很妖冶的女子画像，这多少是有些遗憾的。但能发表已经很不错了。印象最深的是我得了整整一百元稿费，当时我一个月的伙食费是二十六元。一百元是一笔大钱了。可能是我按捺不住卖派了，结果这钱给一个老乡借去了，直到快毕业才还我。

“小说发出来后我买了一盒烟去拜访责编老师成蹊，他当时是风头正健的青年作家，在《青年文学》发了一篇叫《杀狗》的小说，那时候的《青年文学》是很不容易上去的。记得成蹊意气风发地在单位门外捣台球玩，边打球边说着鼓励我的话。

“虽然从学校去《六盘山》编辑部步行一刻钟就到了，但我还是投稿过去的，并没有直接送稿子到编辑部，我是天生缺乏胆量的人。当时固原师专的文学气氛很好，发表过作品的有好几位，有同学已然在《朔方》头条发表小说，这种文学气氛是很给力的。直到现在，我对最初发表我文章的几个刊物，如《六盘山》《回族文学》《朔方》《固原报》，都有着一种很特别的感情，像对自己最初上学时的学校的感情一样。”

舒晋瑜：“和报刊编辑打交道的过程中有什么印象深刻的故事吗？早年的编辑和现在的编辑，您觉得有哪些不同？对您的写作有参与或指导的编辑，有哪些人？”

石舒清：“最早和编辑打交道应该是1987年，给《固原报》投稿，一首西北花儿得以发表，编辑老师叫张隽义，至今没见过面，听说是北京知青。后来给我相当多帮助和鼓励的编辑老师当然有很多，难以一一列姓名在这里，列个大概吧，没列到的老师会永远在我心里。我列在这里的编辑老师有《固原报》的张隽义、张强，《六盘山》的成蹊，《回族文学》的李明、王勇，《朔方》的虞期湘、冯剑华、李春俊、吴善珍，《人民文学》的李敬泽、宁小龄、邱华栋，《小说选刊》的冯敏、艾真，《十月》的王占君、陈东捷、赵兰振、谷禾，《花城》的申霞艳、杜小烨，《中国作家》的杨志广、李双丽，《上海文学》的陈思和、徐大隆、甫跃辉，《黄河文学》的闻玉霞，十月文艺出版社的韩敬群、郑实，等等。名字不能列得太多了，搞得自己好像是个人物似的，但在我自己，这个名单其实是应该详细来列的。就像非常著名的编辑家何锐和林建法，虽然没见过面，但都在电话里交流过，在我看来，与这样的人有过交集应该是一种荣誉。

“我觉得于一个写作者而言，编辑老师的重要性怎么强调都不为过，像李春俊、赵兰振、虞期湘、王占君、李敬泽、宁小龄、李双丽、申霞艳等师友给予我的关注和提携让我铭记终生。

“写作这么多年，和编辑老师之间难忘的故事肯定是有一些的，比如《十月》的王占君老师就说过，我给他寄稿子，每次寄好多篇，他都是把我的稿子排开在办公桌上来筛选的。这让我惭愧，不应该给一个大刊的主编狂轰滥炸一样寄稿子的，我要是刊物编辑，遇到这样寄稿子的作者，不客气就拉黑。记得王占君老师说这个往事的时候，并没有什么不愉快，倒好像有些愉快似的。这给了我很深的印象和触动。还有就是刚开始写作的时候，给黑龙江的《北方文学》投了一篇小说，来信说拟用。后来小说没被采用，但责编付德芳老师随着退稿，还寄了一个汇款单，好像有一百五十元钱之多，近我两个月的工资了。没发表拿什么稿费？原来竟然是退稿费，就是原本答应要用的稿子，最终没用，于是给作者一笔退稿费作为补偿和安慰。我不过是一个初试身手的小作者而已，竟然就得到这样的待遇，为写作几十年来所仅有，所以印象是非常深刻的。后来付德芳老师在《北方文学》补一份遗憾似的，一次性就发了我三篇小说。但直到如今，我们也不曾见过一面。

“说到那时候的编辑，和如今的编辑，好像还是很有区别的。一个明显的区别是，那时候联系不方便，联系方式多是写信，但好像联系并不少，现在要联系再方便没有了，反而是很疏于联系了。另外，人总是习惯于怀旧的原因吧，觉得那时候的编辑从综合素养到亲和力再到敬业精神，都要更好一些。

“当然无论任何时候，和编辑的关系主要还是取决于自己的写作能力和性格为人，自己方方面面都乏善可陈，而强求和编辑之间的理想关系，用脚趾头想想也清楚是不可能的。我觉得作者和编辑之间最理想的关系是亦师亦友的关系，相互信任、相互欣赏、相互依赖、相互成全。”

石舒清的生活由三大块构成，读书写作之外，就是逛旧书摊。

舒晋瑜：“阅读和写作是作家的日常功课，能谈谈您的阅读情况吗？童年时期的阅读是怎样的？”

石舒清：“我多年来的生活都简单到有些单调，不过是读书写字。写的时候也并不多，主要还是看书。看书没有系统性，正像鲁迅先生说的那种‘随便翻翻’，就是这本书看几页，那本书看几页。一部长篇小说，陆陆续续可能会读一年或更长时间，所以看起来生活在书堆里，看起来一直在读书，但因为是以这样一个方式在读书，收获和效果就不是太明显。所谓好像什么都知道一点，什么都难以谈出个所以然。说来和我的生活状态也相一致，我的生活就是不太积极的，碎片化的，随性的，缺乏计划性和整体性。这让我也认识到我这样的人做不了什么大事情。但也并不因此觉得沮丧，觉得就这样生活着活下去也是可以的。

“童年时期的阅读是不多的，可能读过一些连环画，还有就是父亲的那点屈指可数的藏书。《水浒传》肯定是煞有介事地乱翻过。放羊的时候，在僻静处就着暖阳读《新儿女英雄传》的情景可以记一辈子。还读过一本给我印象很深的书，书名不记得了，女作者写的，第一人称讲述，带自传色彩，其中一个情节是女主人公在童蒙时候，当着家人和客人的面熟背《长恨歌》，使客人特别惊讶，给家人格外长脸。薄薄的一本书，后来没有再碰到过，好像永远地错过了。这本忘了名字的书对我的文学趣味甚至人生观也许都有过影响，毕竟那正是一个人的许多方面正在形成的重要阶段。我现在回想那本书，好像还能品咂到那本书特有的气质和气息，好像其中那个讲个不停的小姑娘我亲眼见过，和我是青梅竹马的关系，我们之间有着初恋的那种感觉。说来真是匪夷所思近乎痴人说梦了。”

舒晋瑜：“写作是受到谁的影响？有没有某位作家或某部作品启发您，立志成为一名作家？”

石舒清：“不知道有没有人可以不加犹豫脱口而出那样，说出给自己命运般影响的一个作家来。我说的时候觉得自己还是犹豫的。就是说，这个答案并不是那么分明和具体。比如莫言，就说到多个作家对他的影响，其中有蒲松龄、鲁迅、川端康成、马尔克斯、福克纳等等，谁的影响更大更直接，大概莫言自己也是说不清楚的。我感到我最乐意受其影响的作家就是鲁迅，很多人都说到过鲁迅对自己写作的影响，就搞得后来者不好说了，说起来给人一种抱粗大腿的鹦鹉学舌的感觉。但我确实喜欢鲁迅文字里的那种特有的质感和气息，觉得那是离我最近的营养和源泉。《呐喊》《彷徨》《故事新编》《野草》几本书，好像整个旧中国及其百姓都存身其中，好像已经形成了一个文学王国或富矿，给我一种随取随用、用之不竭的感觉。”

舒晋瑜：“《看书余记》一书中，提到您常去书摊上淘书——很享受淘书的过程？”

石舒清：“逛旧书摊确实占了我生活中的一大块，如果说我的生活由三大块构成，读书写作之外，另一块就是逛旧书摊了。已经逛了有三十多年。写作是对生活的记录，我写逛旧书摊的文字也不少了，像您提到的《看书余记》，其中所记，大部分都是关于逛旧书摊的，另外还写过《淘书记》《淘来的故事》等小说。说是小说，大致都是纪实，搞得我都不太方便去旧书摊了。

“和几个比较讲究的朋友比较，我收书确实是有些滥，常常是一包一包往家里提，搞得家里不成样子。老婆就多次威胁我说她要搬出去另住。一次她还故意约几个朋友来家里看我的藏书，都是夫妻成双成对的，一次性竟来了三对共六人。朋友虽然尽可能客气着，顾着我的面子，但也忍不住做出实话实说的样子告诫我：‘这样子是不行的，家里毕竟不是书店对不对？就是书店，也不该是这个样子对不对？’搞得我理屈词穷，诺诺连声，表示他们前脚出门，后脚我就要采取措施。先把客人打发走了再说。当老婆带了朋友指认罪证那样数落着我那些书时，我自己也觉得这个家算是被我祸祸了。因为收书，搞得自己在家里无形中好像矮了一头，尤其提着几大包书回家时，心里是有些忐忑的，有时候会把书暂寄在小区熟悉的店里，回家且侦查一番再相机行事不迟。

“一次在公交车上，得遇了老家的一个文化官员，我们不见面已多年，他儒雅如旧，见我又是布袋子又是塑料袋，又是书又是老砚台还连带着笔洗什么的（那天除了收书，又正好收到一个老砚台和仿古青花瓷笔洗），搞得自己活脱脱一个刚刚收工的民工模样。老乡看着我的眼神是有些特别的，好像在说：‘怎么竟过着这样一份日子？’又好像在说：‘原来你在过着这样一种日子啊。’实际在我，这都没什么的，逛书摊已经上瘾，自己也清楚，这病是不好治了。

“因为买书，和摆书摊的多年下来建立了非常好的合作关系，这种互惠互利的关系其实是最可靠最长久的。有人知道我的喜好，会把一些好东西收着秘而不宣，等我去时才神神秘秘拿出来，说是特意留给我的，那份被区别对待的特殊礼遇，是很有益于身心健康的啊。就在前几天我还遇到过一档好事，去旧书摊，碰到的人都说：‘谁谁谁有一套好书，不卖给别人，声称就给你留着。’说得我心里热乎乎的，赶紧过去探看，原来是一套1957年版的《红楼梦》，印制精良，其中有许多绣像插页。我出价六百元，老板说，要是六百元早卖了，谁谁谁就给了六百元没卖。但还是六百元卖给了我。还把我的手紧紧握了一握，表示好东西就是要留给自己人。我当然投桃报李那样把他的手也用着力握一握。试想一下，如我老婆者，只看到书是如何把家里搞得不成样子，哪里知道买卖者之间的这些特别心思和特别乐趣呢？

“人心惟危，偶尔心思也会有变化，念头一动，想把书淘汰掉一些，不是有入有出，出旧入新吗？但是一本一本翻着看哪些书可以淘汰时，却发现一本也舍不得，好像每一本都是亲儿子。”

舒晋瑜：“重要的阅读都会做读书笔记吗？这个习惯是什么时候养成的？您对很多作品的理解往往有独到之处。”

石舒清：“我觉得自己还不能算是一个合格的读书人，读得有难度或者少兴趣时就容易放弃，不能啃硬骨头，不能迎难而上，比如朋友给我推荐过学者萨义德的名著《格格不入——萨义德回忆录》，我读来觉得不得其门而入，就轻易放过了，还有大家都津津乐道的福克纳的小说，尤其长篇，我也是觉得不合我的阅读兴趣而望洋兴叹、望而却步。但我有写随笔的习惯，断断续续也坚持了许多年，随笔中有一块，就是专门把我喜欢的作品里的好句子、好细节记下来，积少成多，如果整理一下，也会是比较可观的。托尔斯泰就把自己感兴趣的名人名言、名段名句摘编了一本书，因为是以托尔斯泰的眼光做判断和选择的，就使得这本书也成了一部传世之作，所以著作的形式也可以是很多样的。自己写不出来或写不好时，也可以在大量而又持久的阅读中，把自己以为好的那些东西摘编出来。说到这里，好像对我是一种提醒，我倒是有愿望以后出这样一本书。”

石舒清认同李敬泽的观点：好的短篇小说像一潭深水，既“清澈见底”，又“深不可测”。

舒晋瑜：“您的读书有一个观点‘重温一下的必要实在是有的’——一般什么样的书会重温？”

石舒清：“渐渐有了一个认识或者说经验，就是与其博览，不如精读，当然最好是博览和精读相结合。但比较于博览，更应该强调的是精读。沙子一车，不如金子一颗。所谓精读，当然是读那些值得精读的书，我觉得精读包含着两重意思：一是细细读，二是反复读。反复读也就是重温，‘温故而知新’，温故的目的正在于通过温故得到新的东西，有新收获，记得我重读鲁迅的《孔乙己》和史铁生的《老屋小记》的时候，这种温故知新的体会就很确切地被我感受到了。打一个不怎么恰当的比方，这种温故知新的感觉，就好像从你很久都不穿的衣服口袋里，不期然又摸出一厚沓钱来。

“我曾想把我的藏书细过一下，挑选出三百本值得重温的书来慢慢读，反复读。这可能比泛泛读一万本书都更必要更有效。”

舒晋瑜：“您谈到不喜欢赫塔·米勒的短篇小说集《低地》，作者采用的是一种万花筒式的写作手法，一瞬之间可以看到许多的点，但看不清其中一个具体的点——您所赞赏的短篇小说是怎样的？您从哪些地方判断作品的艺术水准？”

石舒清：“人的看法不是一成不变的，尤其在文艺上，有时候会喜欢满满实实的东西，有时候又喜欢突出一点、留白很多的东西。比如赫塔·米勒，我记得说过不喜欢她的《低地》，现在却觉得观点有变，觉得万花筒式的写作其实是一种更接近真实的更具有难度的写作，因为生活本身就是这样子纷纷攘攘、难分头绪来到你眼前的。我喜欢的短篇小说我愿意举例来说，好比鲁迅的《铸剑》、马尔克斯的《礼拜二午睡时刻》、托尔斯泰的《三死》、张贤亮的《普贤寺》、莫言的《大风》、史铁生的《老屋小记》、张承志的《辉煌的波马》等，都是我眼里的好短篇小说，当然我心目中类似的好短篇还有很多，选出三十篇来应该没有问题。虽然福克纳的《我弥留之际》我难以攀缘，但他的短篇小说《献给艾米莉的玫瑰》我又是很喜欢的。但愿我不要记错，我记得关于短篇小说，李敬泽老师有个说法很启发我，他说好的短篇小说像一潭深水，既‘清澈见底’，又‘深不可测’，我觉得这个看似矛盾的说法说出了我对短篇小说的追求标准。”

舒晋瑜：“‘抄一篇好文章，远远好过自己写一篇庸常的文章’”——这种习惯现在还有吗？您最常抄谁的文章？看得出来您读书也杂，《周信芳演出剧本选集》《条编技术》《黑麋鹿如诗说》《泉州回族谱牒资料选编》《清代货币金融史稿》……选书的标准是什么？如此博览群书，家里收藏的书有多少册统计过吗？怎么处理藏书？”

石舒清：“抄录别人的文章基于两点考虑：一是加强记忆，好东西最好能熟记不忘，‘好记性不如烂笔头’，于是就多抄几遍；二是对文章的理解方面，读一遍和抄一遍也是不一样的，所谓‘眼过千遍不如手过一遍’。我对书法也感兴趣，有时候也会铺开案子写一写，写什么就是重要的，反过来会影响到写的心情和效果，这方面我和别人差不多，多是抄录古典文学经典著作，比如我就特别喜欢抄白居易的养生诗，《心经》也喜欢一遍遍来写，有着抄经当药的良好愿望。

“我收书确实是有些太杂了，超出了自己的兴趣范围和能力范围，比如我就收了不少外文书，日文、俄文、世界语等等，在这样的书面前实际上就等同于文盲，连自己也说不清收这样的书做什么。非必要的书不收，作为一个收旧书多年的人，这样的告诫和约束其实是起不了什么作用的。”

《清水里的刀子》中暗含着民间文化的原型，作品的隐形结构来自传说。

舒晋瑜：“《清水里的刀子》获鲁迅文学奖，在当时的宁夏引起轰动了吧？您是怎么庆祝的？”

石舒清：“《清水里的刀子》获奖后，我首先从李敬泽老师那里得到信息，这小说就是在《人民文学》发表的，李老师当时是《人民文学》的副主编，小说写出来我就寄给了李老师，责编是宁小龄老师。当时《人民文学》有一个《新人新作》专栏，那一期专栏推出了两篇小说，一篇是陈继明的《寂静与芬芳》，另一篇就是我的《清水里的刀子》。

《寂静与芬芳》也是陈继明兄的短篇小说代表作，现在回头看，依然是非常好的小说。发表我们小说的时候，李敬泽老师还配发了一篇文章，叫《两棵树，在远方》。小说发表后，《小说选刊》又选发了，这是《小说选刊》第一次选发我的小说，责编冯敏老师还配了短评，年底又获了《小说选刊》评选的优秀小说奖。最高兴的当然还是获得了鲁迅文学奖。

“当李敬泽老师电话告诉了我消息时，我道谢后紧跟着的一句话是：‘我给我父亲说一下。’李敬泽老师说：‘好，给老人说一下。’然后我就去街上走，觉得自己轻飘飘的有种梦游的感觉。

“至于庆贺方面，《银川晚报》出了一个专版，然后自治区宣传部和自治区文联开了一个庆功会，当时主管文艺的自治区副书记任启兴也来了，做了非常鼓励人心的讲话，接下来张贤亮老师又以个人名义给了我两千元奖金，当时鲁迅文学奖的奖金是三千元。领奖的时候，我特意跑到陕西红柯那里去，他也是短篇小说获奖者，获奖作品叫《吹牛》，我到他家，他安排我在他所在的学校招待所住了一夜，然后我们结伴去绍兴领奖。大致就是这样的一个过程。”

舒晋瑜：“这篇作品据说当时写得很快？是在什么背景下创作出来的？”

石舒清：“老实说，没有什么特别的背景。但确实写得快，我一天时间就写了出来。我们这里有一个民间传说，说牛一类大牲，宰掉的时候，能从饮它的水里看到宰它的那把刀子。我因为身体不是太好的原因，年纪轻轻，就对生死问题有一些思索，于是就结合这个传说，写出了这篇小说。我当时写了有两篇小说，一并寄给了李敬泽老师，他留下了《清水里的刀子》，把另一篇退我了，后来退掉的这篇运气也不错，杨志广老师帮我发在了他担任副主编的《中国作家》上，叫《银子的声音》。在《清水里的刀子》获得鲁迅文学奖的同时，《银子的声音》也获得了《中国作家》短篇小说奖，还有一个短篇小说几乎同时获得了十月文学奖。运气好得很，连李敬泽老师也说，运气来了门板都挡不住。这么多年下来，我觉得真是有文运一说的。”

舒晋瑜：“能否以《清水里的刀子》为例，谈谈您的创作体会？”

石舒清：“从《清水里的刀子》的写作，我得到的一个体会是，写作还是要从民间文学汲取营养。我的写作一直和民间文学有关，写过名叫《古今》的小说，‘古今’在我们这里其实就是民间文学的奶名。我还把民间文学专家孙剑冰先生采录的一个民间故事改成了小说《公冶长》，这是我自己觉得比较有意思的一篇小说。我发现很多作家都对民间文学感兴趣，鲁迅的《故事新编》就可算是对民间文学的再创作，普希金、辛格、托尔斯泰、屠格涅夫等作家都写文章强调过民间文学与作家写作之间的关系。我的《清水里的刀子》从民间文学里获得启发和营养，我要永远记得这一点。”

舒晋瑜：“很喜欢《清水里的刀子》，老人马子善与一头即将被宰杀的老牛之间的感情，他的每一个细微的动作和表情所折射出来的内心之痛，非常有感染力。能否谈谈您所认为的一篇好小说需要具备的元素？”

石舒清：“《清水里的刀子》这样的小说我可能再也写不出来了。我的小说观念也发生了变化，过于抒情的小说可能不再是我的选项，而且这一方面的能力好像也不同于既往。正如和年轻人一样恋爱是不再可能的事了。关于写一篇好小说要注意或者说要遵循什么，我相信听我说过的人一定把耳朵都要捂起来了，觉得我老是这一句。是的，不要我说则罢，要说就还是这一句，鲁迅先生说的八字作文法：‘选材要严，开掘要深。’能做到符合这八个字，小说差不到哪里去的。”

舒晋瑜：“您把鲁迅先生视为自己的精神源泉，获得鲁迅文学奖，您有怎样的体会？多次获得骏马奖等各种奖项，如何看待荣誉？”

石舒清：“作为一个素来喜欢鲁迅文字的人，获得了以鲁迅命名的文学奖，当然是很开心的。但我的性格、气质和鲁迅真是相去甚远，我是藏在人群中任何事也不愿露头实际上也不敢露头的人，这样一个人竟始终如一地喜欢着鲁迅，说来也是一个值得分析的事了，大概在于缺什么补什么了吧。

“荣誉确实也是获得了一些。我觉得在中国这么多的写作者里面，要获得荣誉，运气首先是非常重要的一个方面。我对纯粹来自写作方面的荣誉还是看重的，比如获得了一个人民文学奖或者十月文学奖，就会觉得很开心，身上的各种不舒服好像都能因此减轻一些。非写作性的荣誉哪怕多响亮也不会很看重，可有可无的感觉。我觉得来自写作本身的荣誉对写作还是有促进作用的，会给作者加添一些助力，会让作者以更高的标准要求自己。作为一个写作者，我最开心的事就是得到小说被录用的消息，要是在发表的基础上还能被转载，还能获奖，我的心就因此变得又肃穆又雀跃了，肃穆说明了我的感激，雀跃意味着我又得到了开心的机会。”

张贤亮评价说，石舒清擅长写细微的东西，石舒清认同这一评价，并视为鼓励。

舒晋瑜：“《底片》是您唯一一部长篇小说？张贤亮评价您擅长写细微的东西，您觉得他说得准确吗？类似的评价或评论对您的创作有帮助吗？您如何看待评论？”

石舒清：“除了《底片》，还有《地动》我也是作为长篇小说来写的。我的长篇小说在形式上和惯见的长篇小说不同，我也不管那么多，先写出来再说。

“张贤亮先生说我善于写细微的东西，我把这看作对我的鼓励，也愿意从这个方向去努力。我常记得三岛由纪夫对川端康成的一个评价，说川端康成是‘写微小事物的巨匠’，说明从细微处写，写小事物，也可以有所作为。

“我经常看评论，尤其给我写的评论，我会很认真地看。算是一种深度交流。我觉得评论家密切结合着文本谈出来的见解还是很值得一看的。有时候评论家的某一句话就可以让你受益终生，比如李敬泽老师说我有着一个‘僻静的精神资源’就让我常常回味不已。还有他就我的一个短篇小说《颜色》的点评，说我既好像写了很多，最终又好像什么也没有写。这话会促使我在有无存续方面做很多的思考。有朋友因为很熟悉你，说出一句旁敲侧击的话会对你有持久的作用和影响，与朋友白草闲谈间的不少话我听了会记下来，比如他说到汪曾祺先生对语言的一个要求，说好的语言其实是一种‘苦心经营的随便’。这样的话我不但会记下来，还会时加温习。还有像申霞艳女士就我的小说《清水里的刀子》写过一篇评论，我就觉得写一篇小说能催生这么一篇评论也值了。我看一篇东西没把握时就会请白草也看看，听听他的看法，觉得他作为鉴赏家和评论家，一般比作家有着更好的包容度和判断力。”

石舒清的家乡曾发生了一次环球大地震，死亡近三十万人。这件事一直压在他心里，直到地震百年纪念日前夕，才完成长篇小说《地动》。

舒晋瑜：“2020年出版的《地动》，讲述了一百年前海原大地震灾难中各阶层人物的不同遭际和命运，听说这本书计划写三万字，结果写了近二十万字？是怎样的一种写作状态？”

石舒清：“《地动》写的是一个真实事件，一百年前，我的家乡发生了一次环球大地震，死亡近三十万人，我县遇难人数占全县总人口的百分之五十九。我开始写作不久就有写这一题材的打算，但一直到了百年纪念日的前夕，才因为某种机缘，开始了动笔写作。

“素材是我县的一个作家提供的，也是缘分，我叫田裕民，给我提供素材的女作家叫田玉珍，我们并没有见过面，互相之间知道对方都是写作的，如此而已。她长时间在海原县地震局工作，对地震特别敏感，收有各种学术和文学资料。她不知从哪里得知我要写海原大地震，可能是出于某种责任感和督促的意思，就把她手头的资料慷慨地给了我，搁在我小区门房那里，然后通知我去取，所以我们之间面对面几乎没说过一句话。有人看名字还以为我们是兄妹关系呢。

“拿到素材后，我是有些激动的，刚开始的打算是写三万字，于我这样的写作者而言，三万字已经是大体量写作了，我在宁夏文学艺术院工作，院长是诗人杨梓，知道我要写海原大地震，而且立誓要写三万字时，说三万字不行，要写就写八万字，题目就叫《地动》。我就听他的，把小说的名字定成了《地动》，对八万字的说法觉得这是不可能摘到手里的果子，只能听听而已。但是一气写下来，搞到电脑上一看，自己也振奋起来，竟然弄出了近二十万字。

“大概有四十天左右，我集中时间和精力写《地动》，每天写一个人或一个事，状态好的时候，也有一天写两篇的，就这样写成了《地动》，也是有幸在《十月》发表了出来。编辑是我在鲁迅文学院学习时候的同学谷禾，他接到稿子第一时间就看了，很及时地给了我鼓励，还推荐给十月文艺出版社出了书，所以我的两部长篇小说的运气都是很好的。

“《地动》在于我的意义是不用多说的，我作为一个喜欢写作的人，作为一个地震经历者和受难者的后裔，在地震整整一百年后，写了这样一部书，写得好坏且不论，只这个行为的完成，就能给我相当的安慰。我感谢这样的机会落在我头上。和别的许多写作相比，这样的写作使我和很多的人有了深切的联系，和一片埋着我褓衣的土地有了深切的联系。因为其中的资料多是口口相传留下来的，除了必要的艺术加工外，其中的人事都是实有其人、实有其事。”

石舒清说：“最终的写作目的和理想，还是要回到写生我养我的那块乡土，写回族，这是独属于我的素材和资源。”

舒晋瑜：“写作三十年来，您多数都在写老家那个地方，写乡土，写回族，写自己的经历见闻，担心重复或资源枯竭吗？”

石舒清：“这样的写法，素材是容易写完的。而我又是虚构能力不强的写作者，每写一篇作品，总要有个实实在在的人物或事件，或者是细节，作为触动点、激发点，这样才可以写起来。无中生有、平地起楼的能力，我是不具备的。而重复写作又是写作之大忌，所谓‘作者不累读者累’。

“一天，读到莫言先生的一篇文章，正是谈素材的，也说到一个作者，无论经历多丰富，闻见多广博，在素材方面也总是有限的，如何保持素材的持续性和新鲜感，莫言先生说到他的一个法子，就是看到他乡他人的事情，有必要写成小说，他即做一个置换的工作，把他乡变作自己的故乡高密，把他人换作自己的亲朋邻里，这样，素材不就多起来了吗？陌生的不就转为熟悉的了吗？一语惊醒蠢笨汉。

“我除了写作就是数十年如一日爱逛旧书摊，陆陆续续收到许多旧书和资料，有时翻看着，心为所动，觉得很多人事尘封故纸堆里，其实是有必要拎出来再给大家看看的，有必要再梳理梳理、说道说道的。所谓旧事泛新意者是也。借鉴莫言先生的法子，我先把找到的资料在心里贮存起来加以酝酿，好比母鸡孵蛋，所孵的蛋未必是自己亲生的，但只要全心全意、尽心尽力孵育了，也会孵化出活活泼泼、健健康康的小鸡娃来。”

舒晋瑜：“这就是《公冶长》？”

石舒清：“《公冶长》算是第一篇，嗣后近十年，我大量收集和消化我收到的各样资料，写了许多与我绝无关联的人物和事件，写了唐太宗与陈玄奘，写了苏东坡及乌台诗案，写了弘一法师，写了慈禧和珍妃，等等。在我是一个训练和挑战。

“算是摸着石头过河。我一直觉得写作就是摸着石头过河的事。

“有过这样一个写作上的训练和实践后，我要是再回头去写我的老家，文笔和视角都会有些不一样吧。我的最终的写作目的和理想，还是要回到写生我养我的那块乡土，写回族，这是独属于我的素材和资源。”

图书在版编目（CIP）数据

石舒清作品精选集 / 石舒清著. -- 南宁：广西民族出版社，2024. 10. --（全国少数民族文学创作骏马奖获奖作家作品精选集 / 东西主编）. -- ISBN 978-7-5363-7849-0

I. I217. 2

中国国家版本馆CIP数据核字第2024D9P466号

全国少数民族文学创作骏马奖获奖作家作品精选集

石舒清作品精选集

SHISHUQING ZUOPIN JINGXUANJI

东西　主编

出 版 人：石朝雄
项目统筹：吴柏强
项目协调：白　煜　吴桐言
责任编辑：梁　倩　邓钰娟
装帧设计：张文昕
责任校对：庞丽明　黄裕蝶
责任印制：梁海彪　张东杰
出版发行：广西民族出版社
地址：广西南宁市青秀区桂春路3号　邮编：530028
电话：0771-5523216　传真：0771-5523225
电子邮箱：bws@gxmzbook.com
印　　刷：广西民族印刷包装集团有限公司
规　　格：889毫米×1194毫米　1/32
印　　张：10.625
字　　数：219千字
版　　次：2024年10月第1版
印　　次：2024年10月第1次印刷
书　　号：ISBN 978-7-5363-7849-0
定　　价：58.00元